MAKO

Passionné d'histoire antique et de romans noirs, Laurent Guillaume vit actuellement au Mali, où il exerce ses fonctions d'officier de police en tant que coopérant.

LAURENT GUILLAUME

Mako

PRÉFACE INÉDITE D'OLIVIER MARCHAL

LES NOUVEAUX AUTEURS

© Éditions Les Nouveaux Auteurs – Prisma Presse, 2009.
ISBN : 978-2-253-12859-5 – 1ʳᵉ publication LGF

À Violaine, Camille et Lucie, les femmes de ma vie.

À Killian, mon presque fils.

PRÉFACE

On ne se débarrasse jamais de son métier de flic.
Dix-sept ans ont passé depuis que j'ai quitté la
« grande maison » et les images sont toujours
accrochées à mes nuits.
Des images d'horreur, de sang et de larmes,
de soldats perdus dans une spirale de violence
à laquelle ils n'étaient pas préparés.

Ces images, elles restent à vie.
Elles vous accompagnent au sortir de nuits
sans rêves, vous plantent face à un quotidien
que vous affrontez avec le regard de celui qui sait.
Qui sait que le monde véritable n'est peut-être
pas celui pour lequel on vous a éduqué.
Qu'il y a un monde parallèle, celui des flics
pauvres clébards abandonnés, livrés à eux-mêmes
et obligés de survivre en marge de la raison et
des beaux discours.

Des flics qui boivent pour anesthésier leur mémoire
souillée par le souvenir des cadavres et du chagrin de
« ceux qui restent ».

De toutes ces familles anéanties par une douleur qui ne les quittera plus jamais.
Des larmes des collègues en train d'assister à l'autopsie d'une petite fille violée et étranglée.
Des cris déchirants des mamans auxquelles on est obligés d'annoncer la terrible nouvelle en fixant le bout de nos pompes, incapables d'affronter leur regard où le malheur s'est inscrit brutalement.
Sans prévenir.

Le malheur.
Ce fils de pute qui saccage des familles entières.
Et qui frappe à la porte des flics chaque jour.

Comme le disait le commandant Dahan dans un de mes films, « au-dessus il y a les vivants, en dessous les morts, et au milieu il y a les flics ».

Le cul entre deux chaises.
Avec l'espoir que tout ça finira un jour.
Ou du moins que les nôtres seront préservés.

Alors on se surprend à prier un Dieu auquel on ne croit plus pour que cela ne nous arrive jamais.
On se lève la nuit pour regarder ses enfants dormir et on pleure en silence.
On les emmène à l'école le matin et on se dit que la vie, ça devrait toujours être comme dans une cour de récréation.
Et puis on rentre, le cœur et l'âme lourds.

Et on se rend compte que l'on ne sert pas à grand-chose.
Que « la mort est la nuit de ce jour inquiet qu'on appelle la vie ».
Et qu'il faut continuer à faire semblant.
Pour ne pas sombrer…

Laurent Guillaume fait partie de ces flics.
Il nous touche par son écriture sans concession,
sa connaissance de ce métier unique, ses
personnages ambigus et attachants malgré
leur violence et leurs défauts.
Il nous explique qu'il n'y a pas de flic parfait.
Les flics parfaits sont planqués dans des bureaux
de ministère à lécher la gomme de leur crayon
et le cul de leurs supérieurs sans gloire en espérant
accéder aux places privilégiées dans des bureaux
encore plus grands et encore plus chauds.
Ces bureaux tant convoités.
Plus près du bon Dieu.

Les autres, ce sont Mako et les siens.
Des flics gonflés d'adrénaline, traqués par
leurs démons et obsédés par leur boulot.
Un boulot de terrain.
Celui qui ne pardonne pas aux faibles.
Un boulot dont ils sont obligés de transgresser
certaines règles pour le faire bien.
Au détriment de leur propre bonheur.
Et de leur vie privée.

Plongez-vous dans *Mako*.
Dans la banlieue et la nuit glacée.

Dans les bagnoles de service qui sentent le sang,
la clope, la peur et la sueur de ceux qui sont
les gardiens de vos rêves.

Peut-être aimerez-vous un peu plus les flics.
Peut-être découvrirez-vous un monde
désenchanté auquel vous ne vous attendiez pas.
Mais vous découvrirez surtout le plaisir de lire
une incroyable descente aux enfers.
Avec un héros jusqu'au-boutiste.
Qui se bat pour la seule chose qui lui reste : la vérité.
Celle que l'on doit aux victimes et à leurs proches.

Laurent Guillaume signe un roman palpitant
et d'une force désespérée qui vous emmènera
aux portes de l'enfer...
Un coup de maître...

Olivier MARCHAL.

I

Lorsque Lily sortit du night-club, le froid de la nuit la saisit brutalement. Elle salua le portier d'un petit geste de la main. Le colosse, vêtu d'une parka de cuir noir, crâne rasé et regard épais, soufflait dans ses mains pour les réchauffer. Il répondit d'un hochement de la tête. Elle s'engagea dans la rue pendant que, simultanément, les rumeurs de musique techno s'estompaient. Les premières respirations lui brûlèrent les poumons tant l'air était glacial. Elle frissonna, sa petite robe de Stretch et son joli blouson d'été ne la préservaient pas des températures hivernales. Ses pieds, ankylosés par plusieurs heures de danse, la faisaient souffrir. Lily noua ses bras autour de sa poitrine pour atténuer la sensation de froid. Quelle soirée de merde ! Plusieurs types, alléchés par ses formes graciles et son maquillage exubérant, avaient tenté leur chance. Que des pauvres mecs sans intérêt et sans discussion. Elle soupira, les Français étaient persuadés que toutes les filles des pays de l'Est étaient des putes. Elle se reprocha cette sortie en boîte. Non seulement elle avait dépensé une part non négligeable de ses maigres deniers, mais, en plus, elle sera fatiguée demain matin pour ses partiels de psychologie. C'était d'ailleurs la raison pour laquelle ses copines avaient toutes refusé de sortir. « Quelle conne je fais ! » marmonna-t-elle. La rue était complètement déserte. Le son des talons métalliques de ses bottes montantes martelait nerveusement le bitume luisant d'humidité. Clac, clac, clac. La cité universitaire était encore loin et, à cette heure indue, pas question d'attraper un bus. Elle frissonna à nouveau, mais de nervosité cette fois. Un bruit de moteur gronda derrière Lily. La jeune fille sursauta et se retourna. Un gros 4 × 4 noir venait de se garer à une centaine de mètres. Des hommes descendirent sur le trottoir et parlèrent entre eux, l'un d'eux éclata d'un rire gras. Pas de quoi s'alarmer. Lily pressa le pas malgré tout. Elle s'alluma une cigarette et songea que ses habits allaient encore empester la clope. « Il faudra que je les laisse cette nuit sur le petit balcon », pensa-t-elle. Le 4 × 4 la dépassa soudainement en faisant hurler son puissant moteur. Le cœur de Lily faillit s'arrêter de battre. Le véhicule disparut au coin de la rue dans un couinement de pneus maltraités. Lily reprit sa marche en pestant. « Quel connard ! » Elle consulta sa montre et dut orienter le cadran afin de pouvoir lire le verdict des aiguilles à la lumière d'un lampadaire. 4 h 30. Ça lui laissait tout au plus deux heures de sommeil, à condition de faire l'impasse sur le petit déjeuner. Cela l'arrangeait puisque, de toute façon, elle n'avait plus rien à manger, hormis un paquet de pâtes, une boîte de raviolis et une bouteille de lait entamée. Les larmes lui montèrent aux yeux. Soudain, sa famille, sa mère, son père et même son insupportable petit frère lui manquèrent à un point tel que cela lui fit mal physiquement.

Un son métallique tinta juste derrière elle. Le cœur de Lily se mit à battre à tout rompre. Elle jeta un coup d'œil par-dessus son épaule. Un homme marchait tranquillement derrière elle, à une vingtaine de mètres. Il jouait avec un briquet-tempête dont il ouvrait et fermait le couvercle avec le pouce. Il était vêtu d'une veste de treillis couleur camouflage et portait un bonnet noir enfoncé jusqu'aux oreilles. Il parut gigantesque à la jeune fille. Ses yeux luisaient dans l'ombre de son visage osseux. À cet instant, Lily sut. Son cœur s'affola dans sa poitrine et ses genoux menacèrent de flancher. Elle prit une profonde inspiration et repartit en direction de la cité universitaire, accélérant le pas. Elle était à la limite de courir, mais sachant que, si elle cédait à la tentation, l'homme serait sur elle en quelques enjambées, elle réfrénait son envie de s'enfuir. Une sueur froide lui coula entre les omoplates. Elle réfléchissait à toute vitesse. Son téléphone était dans la poche avant de son blouson. Elle fit glisser discrètement sa main et se saisit du portable. Toujours en tentant de dissimuler son geste, faisant écran de son corps, elle fit coulisser le combiné et composa d'une main le numéro de la police. Elle portait discrètement le portable à l'oreille lorsqu'une poigne d'acier saisit son bras. Elle tenta de se dégager, mais l'homme se colla contre elle en maintenant le poignet dans un étau. Il serra si fort que Lily, les larmes aux yeux, dut lâcher le téléphone sous l'effet de la douleur. L'homme empestait l'alcool, il lécha la joue de la jeune fille d'un grand coup de langue. Lily cria de dégoût. C'était froid, humide et répugnant. C'était le baiser de la mort. Elle hurla de peur et d'impuissance.

– Non, lâchez-moi ! Au secours !

Il la frappa violemment de sa main libre.

– Ta gueule !

Personne ne réagit dans la rue. Dans ce quartier, les gens courbaient l'échine et s'occupaient de leurs affaires. C'était préférable. À moitié assommée, incapable de résister, Lily se sentit happée, tirée par le poignet en direction d'un grand bâtiment sombre, un peu en retrait de la rue. Elle geignit, mais ne put qu'opposer une faible résistance à la force colossale de son agresseur. L'homme s'arrêta un bref instant devant un mur d'enceinte en pierres meulières. Un portail métallique lui barrait le passage. Il donna un grand coup de pied dans l'obstacle avec un han de bûcheron. La serrure céda et le battant s'ouvrit dans un grincement aigu de protestation. Lily hurla à nouveau lorsque son bourreau l'entraîna dans les ténèbres.

La voiture de police banalisée hantait les quartiers déshumanisés de la banlieue. Dans la rue, pas âme qui vive pour tromper l'ennui des occupants du véhicule. Le front collé contre la vitre froide du passager avant, Mako, les yeux vides, regardait les néons des lampadaires hacher la nuit de leur ersatz de lumière. Il contemplait le ciel de la banlieue avec un rien de dégoût. Il avait une nuance tirant sur l'orange pisseux. Le policier ne se rappelait même plus quelle était la couleur réelle de la nuit.

— Y'a pas d'étoiles.
— Quoi ? Qu'est-ce tu dis ? râla Bill, le chauffeur.
Sur la banquette arrière, Papa marmonna :
— Il dit qu'il n'y a pas d'étoiles.
Mako regarda les deux membres de son équipage. Bill conduisait, attentif et tendu, cherchant le crâne[1]. Petit, osseux et nerveux, il s'était mis en tête de battre le

---

1. Flagrant délit.

record de la BAC 43. Ces salopards avaient réalisé trente-huit interpellations le mois dernier. La honte pour l'équipe de Mako qui avait peiné à en ramener une vingtaine. À l'arrière, gigantesque, placide et doté d'une imposante moustache, Papa avait casé ses cent vingt kilos sur la banquette de la grosse berline. Il caressait distraitement le cuir souple et clair du siège. C'était une belle voiture, un véhicule reclassé en provenance du Service de protection des hautes personnalités. Véhicule rapide. Il fallait avoir subi un stage particulièrement éprouvant pour gagner le droit de poser ses fesses derrière le volant de cette bagnole. Normal, des ministres avaient honoré ce véhicule de leur présence technocratique. Le puissant moteur V6 ronronnait, engloutissant les kilomètres de rues désertes. Le froid avait chassé la clientèle de la BAC 47 de son terrain de jeu, elle se terrait dans les montées d'escalier des immeubles gris de la cité, fumant cigarettes et joints.

– C'est normal, ça s'appelle la pollution lumineuse, reprit Bill, j'ai vu une émission là-dessus, l'autre jour, à la télé.

Dans la vie, Bill faisait bien deux choses, tenir un volant et chasser les voyous. Le reste du temps, il le passait devant sa télévision à ingurgiter les programmes des chaînes culturelles. Il adorait étaler sa science pour épater ses collègues. Il ne voyait pas, ou feignait de ne pas voir, les regards ironiques que ses coéquipiers échangeaient.

Mako soupira :

– Putain de banlieue, même la lumière est polluée…

La radio embarquée du véhicule l'interrompit.

– À tous les véhicules dans le secteur du quartier des

navigateurs, on signale une alarme intrusion à l'école Jules-Ferry, rue Savorgnan-de-Brazza.

Mako se pencha et se saisit du micro en soupirant d'aise :

– On dirait que les affaires reprennent. Il annonça au micro : BAC 47 prend l'intervention école Jules-Ferry.

– Bien reçu, BAC 47.

Bill pressa la pédale de l'accélérateur. Le moteur feula et propulsa ses passagers dans les rues glacées. Mako baissa la vitre électrique de sa portière et sortit le gyrophare tournoyant. Le bleu fit un bruit métallique quand le support magnétique adhéra au toit du véhicule. Il remonta la vitre. Comme à chaque fois, depuis vingt ans, Mako frissonna de plaisir.

Lily ne percevait plus son environnement qu'à travers un brouillard épais de souffrance et d'angoisse. L'homme la traînait par les cheveux. À chaque fois qu'elle trébuchait, son bourreau la soulevait de terre, la faisant hurler. Le cuir chevelu de la jeune fille semblait sur le point de s'arracher. Elle sanglotait, gémissait, le suppliait de l'épargner. Elle ne pouvait croire que cela lui arrivait. Pas à elle. Un immense sentiment de révolte mêlé d'impuissance l'envahit. L'homme s'arrêta un bref instant, ils étaient dans un immense couloir bordé, sur la gauche, de grandes baies vitrées donnant sur une cour intérieure. Dehors, tout était sombre, calme et indifférent. Lily distingua l'ombre d'un chêne séculaire dont les branches s'agitaient mollement sous la caresse de la bise. Sur la droite, il y avait une demi-douzaine de portes en bois qui s'étalaient en enfilade. Un violent coup de pied de l'homme fit voler en éclats la plus proche d'entre elles. Il traîna Lily dans une grande pièce sombre, meublée d'une quinzaine de petites tables pour enfants et d'autant de paires de chaises. Au mur, des dessins maladroits et naïfs représentaient des animaux et des maisons aux cheminées fumantes. Une salle de classe ! Lily comprit alors que le projet de l'homme était de la violer dans une école maternelle. Que lui ferait-il ensuite ? Prendrait-il le risque de laisser en vie un témoin ?

L'homme, satisfait, déclara :
– Ici on sera bien.

Il avait un drôle d'accent. La jeune fille réalisa que lui aussi était probablement originaire de l'est de l'Europe, mais elle ne put déterminer de quel pays exactement. En un éclair, Lily prit sa décision. Criant comme une folle afin de se donner du courage, elle se retourna contre son agresseur, les doigts tendus en avant, elle laboura le visage émacié de ses ongles vernis de rouge. L'homme, surpris, ne put esquiver. Elle y mit tout son cœur, tout son courage, toute sa haine. L'homme poussa un hurlement rageur et lâcha sa proie. Lily, enfin libre de ses mouvements, se précipita au fond de la salle de classe. Il y avait une porte qui devait donner accès à la pièce voisine. Elle eut l'impression de vivre l'un de ces cauchemars dans lesquels on ne peut s'enfuir, car nos jambes refusent de nous porter. Elle parvint malgré tout à atteindre la porte. La jeune femme hurla sa frustration et sa déception lorsqu'elle constata que la poignée était verrouillée, fermée de l'autre côté. Son cri de rage se transforma en hurlement de terreur, lorsque, se retournant, elle réalisa que l'homme était sur elle. Il la frappa violemment, l'envoyant valdinguer dans les petites tables. Il la releva, puis il la frappa encore et encore, froidement, comme le boxeur se défoule sur son sac de frappe. À chaque fois qu'elle tombait, l'homme la relevait. Lily sentit ses dents se répandre dans sa bouche, ses côtes craquer sous l'impact des poings durs comme l'acier. Elle s'effondra dans un cri muet de souffrance. À la frontière de l'inconscience, elle devina la silhouette gigantesque de l'homme se penchant par-dessus son corps meurtri. Il déboutonna sa braguette.

– T'as pas été très gentille avec Vloran. Il te faut une bonne leçon.

La voiture de police filait comme le vent. Pas question de mettre le deux-tons. La nuit les sons portent bien trop loin. À deux cents mètres de l'école Jules-Ferry, Mako rentra le gyrophare dans l'habitacle du véhicule.

– C'est là, grogna-t-il, un soupçon d'impatience dans la voix.

Bill éteignit les feux du véhicule et passa le levier de vitesse au point mort. La voiture vint mourir silencieusement devant un grand bâtiment sombre. Bill tira doucement et progressivement le frein à main afin de ne pas déclencher les feux stop. S'il y avait des cambrioleurs dans le bâtiment, il y aurait probablement un chouffe[1] planqué pas loin. Tout doucement, la voiture s'immobilisa. Mako vérifia que le plafonnier était bien débranché. Pas question d'illuminer l'habitacle au moment de sortir. Il contrôlait la petite lampe à chaque fois, car les types de l'état-major empruntaient régulièrement les véhicules rapides en journée pour épater leurs maîtresses. Eux se foutaient royalement des règles

---

1. Guetteur.

de sécurité. Rassuré, il ouvrit délicatement la portière. Derrière lui, Papa fit de même. Les deux hommes se glissèrent dans la nuit en direction du groupe scolaire. Bill s'alluma une clope en les regardant disparaître. Mako n'aurait pas apprécié qu'il risque de les faire repérer par la lueur de sa cigarette mais, après tout, qu'il aille se faire foutre, ce fils de pute paranoïaque. Il s'empara du micro de la radio embarquée.

– TN Alpha, BAC 47 sur place, école Jules-Ferry.
– Bien reçu, BAC 47.

Mako franchit d'un bond le mur d'enceinte de l'école et se réceptionna dans la cour de récréation. Il entendit Papa pester. Le gros fit un détour et passa par la porte d'accès, béante.

– Putain, Mako, mais qu'est-ce que tu branles, le portail est ouvert. Attends-moi, bordel. T'as même pas vu qu'il y avait une effraction !
– Si, j'ai vu.

Le flic, imperturbable, scrutait le groupe scolaire. Le bâtiment, construit en briques rouges, datait de la fin du XIXe siècle. Les trois étages du bâtiment étaient vaguement menaçants, plongés dans l'obscurité. Il y avait quelqu'un à l'intérieur. Cela pouvait aussi bien être des junkies occupés à se faire une injection à l'abri des regards, qu'une équipe de cambrioleurs en quête d'ordinateurs à refourguer. Mako prit la direction du bâtiment en petites foulées. Papa, qui n'aimait pas courir, le suivit en maugréant.

L'homme ahanait, son sexe bandé fouillait l'intimité de Lily, la déchirait. La jeune fille, elle, n'était plus là. Elle s'était réfugiée loin, très loin au fond de son désespoir dans un endroit où plus rien ne pouvait l'atteindre. L'homme, trop occupé à essayer de prendre son plaisir, ne remarquait même pas qu'il chevauchait une coquille vide, une enveloppe de chair. De toute façon, peu lui importait. Il allait et venait mécaniquement.

– Réjouis-toi, c'est une nouvelle vie qui commence, ahana-t-il tout en poursuivant son effort.

Il s'arrêta brusquement. Quelque chose n'allait pas. Comme tous les animaux humains, la nature l'avait doté d'un sixième sens. Il eut soudainement l'impression que la fille et lui n'étaient plus seuls dans la pièce. C'était déjà trop tard. Il perçut un grondement et, simultanément, un avant-bras vint se plaquer contre sa gorge, faisant pression contre la glotte. Une puissante traction l'arracha à sa victime et l'entraîna, étouffant, vers l'arrière sans qu'il puisse résister. Il fut projeté contre le mur d'en face avec une telle violence que l'impact fit exploser une bibliothèque couverte d'ouvrages scolaires. Les livres se répandirent dans la pièce avec fracas. L'homme, le pantalon en bas des pieds, le sexe encore arrogant, tenta de se relever. En face de lui son adversaire le dévisageait, les yeux vides, sans expression. Il portait une tenue noire, un bombers, avec un brassard orange… Un putain de flic. Ce fut sa dernière pensée cohérente, la seconde d'après il sombra dans un océan de souffrance. Mako avait asséné un magistral coup de rangers dans les testicules du violeur. L'homme s'effondra sans même un cri. Il resta allongé dans une position fœtale, pressant ses mains jointes contre son bas-ventre. Sa bouche cherchait l'air, formant un O, pareille à celle d'une carpe extirpée à son étang et s'étouffant dans l'épuisette du pêcheur.

Papa entra dans la pièce, il alluma la lumière et cligna des yeux.

– Putain, le carnage !

La salle de classe semblait avoir été dévastée par un ouragan. La jeune fille s'était réfugiée à l'autre bout de la pièce. Son œil droit était complètement fermé par une ecchymose. Le nez semblait cassé. Papa, curieux, s'approcha de l'homme gémissant au sol. Il contempla le visage du violeur.

– Connais pas celui-là ! Mais, nom de Dieu, qu'est-ce que t'as fait à sa face de rat ?

– C'est pas moi, la petite a dû se défendre, elle a griffé la gueule de ce connard, répondit Mako, absent.

Il fixait le violeur qui se tordait par terre en silence. Papa contempla le visage blême de son collègue et ami.

– Ça va, camarade ? T'as pas l'air en forme.

– Appelle les secours, la gamine est salement amochée.

Papa haussa les épaules et s'empara de sa radio portable en soupirant. Mako s'approcha du violeur, le saisit par l'épaule et par le coude et le retourna violemment. La tête heurta bruyamment le sol. Il passa les menottes à l'homme sans que ce dernier oppose la moindre résistance. La voix de Papa résonna dans la pièce :

– TN Alpha, de BAC 47, pour l'école Jules-Ferry, en fait d'intrusion il s'agit d'un viol, un viol consommé. Un individu interpellé. Je demande une assistance médicale pour la victime, ainsi que la présence de l'OPJ sur les lieux.

Mako s'approcha doucement de la jeune fille. Elle le dévisagea et soudain ses jambes maculées de sang s'agitèrent frénétiquement, battant le sol pour reculer.

– Non, non, non, non…
– C'est fini, nous, on est les gentils. Faut plus avoir peur. Il vous fera plus de mal, ça, je vous le promets.

La fille cessa de s'agiter lorsque son dos rencontra un mur. Ses yeux dilatés n'étaient plus que deux puits de terreur. Sa figure tuméfiée n'exprimait plus de sentiments humains. Mako approcha doucement sa main du visage ravagé. Il savait pourtant que, dans ces situations, il fallait toujours éviter les contacts physiques avec la victime. Mais ce n'était pas une victime, c'était une petite fille. Elle hurla. Mako, gêné, arrêta net son geste. La radio de Papa émit un message aux tonalités métalliques.

– Bien reçu, BAC 47, les secours sont en route ainsi que l'OPJ.

Mako se redressa dans le grincement léger du cuir de ses chaussures d'intervention. Le visage défait, il murmura :

– Trop tard… putain, trop tard.

II

Le commissariat du secteur était agité d'une activité fébrile, singulière à une heure si avancée dans la nuit. Le véhicule de la BAC 47 entra en trombe dans la cour. Bill stoppa la voiture devant l'entrée latérale. Mako descendit du véhicule, une petite sacoche en cuir noir à la main. Simultanément, à l'arrière, Papa aida le violeur à s'extirper de la voiture. L'homme ne s'était manifestement pas remis de sa confrontation avec la chaussure de Mako. Escorté par le colosse moustachu, il marchait, voûté et grimaçant de douleur, vers le poste de police. Mako se pencha dans l'habitacle en direction de son chauffeur.

– Va garer la bagnole puis viens nous filer un coup de main et sans tarder, y'a du taf…

Bill, un sourire mauvais aux lèvres, démarra en trombe pour signifier son mécontentement. Pas plus que les autres policiers de la BAC, il n'aimait la phase de paperasse. Mako soupira et entra dans le poste pendant que le chauffeur stationnait la voiture. À l'intérieur, c'était l'effervescence. La lumière blanche et aveuglante des néons éblouit Mako pendant une fraction de seconde. L'odeur de café et de cigarette froide, mêlée aux effluves plus âcres de transpiration, provoquait toujours les mêmes sensations contradictoires chez le policier. Un sentiment de répulsion allié à l'intime conviction qu'il était chez lui, dans son monde. Les ordres du chef de poste claquaient dans la pièce, se mêlant aux plaisanteries grasses et aux éclats de rire dans un joyeux brouhaha. Comme tous les locaux de police, le commissariat du secteur était un endroit froid et fonctionnel. Le carrelage gris sale montait haut sur les murs comme pour les protéger des éclaboussures de la misère humaine. Quelques affiches touristiques tentaient vainement d'apporter une touche colorée à cet endroit monochrome. Elles vantaient la beauté de destinations touristiques du bout du monde, plein sud, cocotiers et plages de sable fin. Le commissaire du secteur s'était dernièrement offusqué de la multiplication de posters représentant des femmes à demi nues posant alanguies sur des motos de grosse cylindrée. Il avait fait enlever toutes les affichettes qui froissaient sa sensibilité de fonctionnaire d'élite. Les policiers s'étaient alors rabattus sur des posters touristiques pour s'évader un peu, tout de même… Au fond de la pièce, Mako repéra la silhouette du violeur. Les policiers de permanence au poste l'emmenaient vers les cellules de garde à vue. Alors qu'il s'avançait plus avant, un collègue de la BAC locale l'intercepta en l'agrippant par la manche du blouson. Mako frémit, il n'avait jamais aimé ce type.

— Alors comme ça, Mako, t'as fait un viol en flag ? Espèce de salopard, t'as un bol de cocu, tonitrua le policier aux yeux de bovin.

Mako regarda longuement la grosse main velue posée sur son blouson, il répondit froidement :

— J'ai à faire, alors… tu permets ?

Le policier, gêné, lâcha la manche en se raclant la gorge :

– Hum ! Ouais, bien sûr, excuse…

Il s'éloigna sous le regard haineux de l'homme qui laissa fuser un « connard », les dents serrées. Indifférent, Mako héla un jeune policier stagiaire à la mise débraillée et aux yeux rougis de fatigue. Les premiers mois à la nuit étaient toujours très difficiles. L'organisme prenait un coup sévère. Après, on s'habituait.

– Dis-moi, gamin, peux-tu me dire qui est l'OPJ de permanence cette nuit ?

– C'est le capitaine Berthier, major. Il est dans la pièce d'audition des mineurs avec la victime et un médecin des pompiers.

– Merci mon gars.

Mako monta à l'étage et se rendit devant la porte que lui avait désignée son jeune collègue. Il l'ouvrit tout doucement en l'entrebâillant. Dans une pièce aménagée pour les enfants, avec un mobilier à leur taille, des jouets et des peluches, se tenaient deux policiers en civil, un homme d'une cinquantaine d'années et une femme aux traits masculins qui prenait des notes sur un calepin. Juste à côté d'eux, un pompier auscultait la jeune femme violée. Elle s'appelait Lily Hamori, d'après ce qu'avait pu lire Mako sur sa carte d'étudiante. Elle était hongroise et venait tout juste d'avoir vingt et un ans. Le capitaine Berthier se tourna vers Mako.

– La porte, bordel ! Oh, c'est toi, Makovski.

– Salut, Michel, je peux te voir deux secondes ?

Berthier acquiesça et se tourna vers son équipière de la brigade judiciaire de nuit :

– Continue sans moi Laurence, je ferai les réquisitions aux urgences pour les prélèvements plus tard.

La femme fit un petit geste de la main en direction de Mako. Berthier sortit de la pièce.

– Qu'est-ce que tu veux, Makovski ?

– T'aurais quand même pu l'installer ailleurs que dans la salle des mineurs.

Les deux hommes descendaient les escaliers en direction du poste.

– Et pourquoi donc ?

– Je te rappelle qu'elle a été violée dans une salle de classe, à l'intérieur d'une école maternelle.

Berthier réfléchit un bref instant.

– C'est vrai, t'as raison. Je vais la faire transférer dans un bureau de la Sûreté[1].

– Comment va-t-elle ?

– Pas trop mal vu les circonstances. Ses blessures sont superficielles en dépit du côté spectaculaire. Je vais, malgré tout, la faire hospitaliser. Le médecin des S-P suspecte une fracture du nez et peut-être de la mâchoire. Elle a perdu des dents aussi…

– Elle a parlé ?

– Seulement à Laurence. C'est une étudiante hongroise, vingt et un ans, pas de famille. Elle s'appelle Lily Hamori…

Mako fit signe au capitaine qu'il était déjà informé.

– Pour l'instant elle ne veut même pas évoquer le viol, poursuivit Berthier. Dès qu'on aborde le sujet, elle se ferme comme une huître.

Berthier se tourna vers l'assistance policière et beugla à la cantonade :

– Quelqu'un a les fafs de l'autre enculé ?

Un jeune gardien de la paix s'avança en exhibant une

---

1. Unité d'investigations.

carte de séjour et un permis de conduire. Il les tendit à Berthier qui entreprit de les consulter. Pendant ce temps, le jeune policier, un Antillais plutôt joli garçon, grand, mince, les traits fins, regardait Mako avec un sourire un peu niais aux lèvres. Sans lever les yeux des documents qu'il consultait, Berthier demanda au jeune homme :

– Qu'est-ce que t'as, petit ? T'es amoureux ?

– Heu… Non, capitaine, bien évidemment que non ! balbutia le gardien.

– Alors, au lieu de rêvasser, va me passer ce connard aux antécédents[1], et n'oublie pas de me les rapporter, déclara l'officier en lui tendant les documents.

Le jeune policier s'en saisit prestement et se rua vers un poste informatique. Berthier se marrait.

– On dirait que t'as gagné un fan, déclara-t-il à l'intention de Mako.

Celui-ci haussa les épaules :

– Alors, c'est qui, ce pélot ?

– Vloran Vidic, c'est un Kosovar. Tiens ? Il est agent de sécurité dans une boîte qui s'appelle Protecguard SA, fit le policier en sortant une carte professionnelle.

Il tendit à Mako un carton prétentieux orné d'un aigle et sur lequel avait été apposée la photographie du violeur. Ce dernier jeta un œil rapide et rendit la carte.

– Un Kosovar, répéta Berthier, cela explique le viol.

– Quoi ? Comment ça ? Qu'est-ce qui explique le viol ?

– Les Kosovars, lorsqu'ils recrutent une pute, c'est généralement une fille de l'Est sans attaches. Ils lui pètent la gueule pour l'attendrir puis la violent à

---

1. Fichier judiciaire qui répertorie les infractions commises par les délinquants.

plusieurs reprises pour la rendre docile. Elles déposent jamais plainte, elles ont trop peur. Ces mecs-là, ce ne sont pas des tendres.

Mako s'arrêta brusquement de marcher. Ses yeux brillaient d'une étrange lueur :

– On n'a pas besoin qu'elle dépose plainte, Papa et moi, on était là, on est témoins…

– On verra ce qu'en dira le proc, répondit Berthier, songeur, maintenant montre-moi la bête. Il faut que je lui notifie ses droits.

Lorsque la porte donnant accès au local des gardes à vue s'ouvrit, Vloran Vidic n'eut pas un mouvement. Il ne tressaillit pas et ses yeux fixes, braqués sur une lézarde du mur de sa cellule, ne cillèrent pas. Le Kosovar s'était transformé en une statue d'indifférence. Il attendait, assis sur le lit de béton armé, seul mobilier de la cellule. Une couverture en méchante laine piquée était pliée sur la banquette. Au sol traînaient plusieurs barquettes de plastique blanc et des briquettes de jus de fruits vides, les reliefs des repas des précédents locataires. Berthier s'approcha de la vitre blindée qui le séparait du violeur. Il était accompagné de Mako et de Papa. Le jeune gardien antillais fermait la marche, tenant à la main le trousseau de clés qui donnait accès aux cages. Berthier sortit de sa poche un petit calepin et un stylo. Il s'adressa au prisonnier, usant d'un ton grandiloquent en toquant sur le verre épais :

– Hé, Vidic, je t'annonce que tu es en garde à vue, le Code de procédure pénale m'oblige à te dire que même une crevure dans ton genre a des droits. Tu veux faire prévenir un membre de ta famille, ta femme, ton patron ou encore ton enculé de frère, si malheureusement Dieu a voulu que t'en aies un ?

Le Kosovar fit un signe négatif de la tête, Berthier poursuivit :

— Veux-tu voir un toubib pour vérifier que tes joyeuses fonctionnent toujours ? Ce serait dommage qu'un beau gosse comme toi ne puisse plus avoir d'enfants.

Papa gloussa. Le Kosovar tourna le regard en direction de Mako. Les yeux du prisonnier étaient tellement clairs qu'ils en étaient presque translucides. Aucun des deux hommes ne baissa le regard. Vidic fit à nouveau un signe négatif de la tête pour signifier qu'il ne voulait pas de médecin, sans pour autant quitter des yeux le policier. Berthier, mal à l'aise, demanda :

— Et enfin, la dernière question, veux-tu voir un avocat afin d'éviter qu'en taule ton joli petit cul serve trop longtemps de garage à bittes à des petits camarades en manque de gonzesses ?

Papa, qui n'avait pas pour défaut d'aimer l'humour fin et toute autre forme de subtilité d'ailleurs, explosa d'un rire tonitruant. Il adorait Berthier. Vidic ignora la réplique et s'adressa directement à Mako :

— C'était pas très fair-play ce que t'as fait, tout à l'heure. Par-derrière...

— Putain, il est gonflé ce mec, s'insurgea Berthier.

— C'est sûr que ce que tu as fait, toi, à cette gamine, c'était très fair-play, répliqua Mako dont les yeux n'étaient plus que deux fentes.

— Je lui ai rien fait, elle a demandé. C'est juste une petite salope qui aime qu'on la bouscule un peu, ricana le violeur.

Mako demeura immobile quelques instants. Puis il se tourna vers le jeune policier antillais :

— Toi ! C'est quoi, ton nom ?
— Vincent Sainte-Rose, major.
— Tout le monde m'appelle Mako, le reprit-il. Vincent, tu vas ouvrir la cage…
— Ça ne va pas, Mako ! N'y pense même pas ! s'insurgea Berthier, qui tenta de s'interposer.
Papa, gentiment mais fermement, repoussa le capitaine. Vincent hésita un bref instant. Mako le dévisageait. Le jeune homme soupira et s'avança. Il introduisit la clé dans la serrure, déverrouilla le mécanisme et ouvrit la porte. D'un geste vif, Mako retira son ceinturon au bout duquel pendaient son arme et ses menottes. Il tendit le tout à Papa.
— T'es sûr de vouloir le faire ? demanda le gros un peu inquiet en se saisissant du ceinturon.
— T'occupe…
Il pénétra dans la cellule exiguë. Le violeur se leva. Dans l'école maternelle, Mako n'avait pas réalisé à quel point le Kosovar était grand. Le policier lui rendait une bonne tête. Des avant-bras puissants couverts de tatouages dépassaient du pull-over de son adversaire. Brusquement et sans un bruit, Vidic bondit sur Mako. Le policier ne put éviter l'assaut. Le Kosovar le percuta de tout son poids, envoyant Mako cogner violemment dans la porte blindée de la cellule. L'impact claqua comme un coup de tonnerre, faisant tressaillir Berthier qui jura. Heureusement pour Mako, son gilet pare-balles absorba une grosse partie du choc. Il se campa sur ses appuis et riposta d'un coup de coude dans la face du Kosovar. Sonné, Vidic recula, les jambes flageolantes. Son nez avait explosé et un torrent écarlate dévalait son visage hagard. Mako n'en avait pas fini. Mako en voulait encore. Les yeux grands ouverts,

presque exorbités, il balaya les deux jambes de son adversaire, qui s'écrasa au sol. Sous le choc, les poumons se vidèrent comme des soufflets. Le policier était déjà sur le violeur. Dans sa bulle de haine, il n'entendit pas les hurlements de ses collègues lui ordonnant d'arrêter. Assis à califourchon sur Vidic, Mako lui asséna une série de coups à la face, faisant exploser le visage, ravageant les traits âpres, faisant sauter les dents. La mâchoire, ne pas oublier la mâchoire… Pour toi, Lily… Mako sentit à peine la poigne terrible de Papa qui l'arracha au Kosovar inconscient et le plaqua contre le mur opposé.

– Bordel, mais t'es sourd ou quoi, arrête, nom de Dieu, arrête ! beuglait le gros.

Il finit par lâcher son chef. Mako, les bras ballants, chancelant, reprenait contact avec la réalité. Il considéra ses collègues. Papa le dévisageait d'un air navré, presque triste. Vincent, gêné, se dandinait d'une jambe sur l'autre. Berthier, quant à lui, était penché sur le corps inanimé de Vidic. Il fusilla Mako du regard :

– T'es content, espèce d'abruti ? Tu te sens mieux ?

Mako baissa les yeux vers ses mains maculées du sang de Vidic. Elles étaient agitées d'un tremblement qu'il ne pouvait contrôler.

Plus tard, Berthier en communication téléphonique transpirait abondamment. Il bredouilla quelques excuses et se fendit d'un :

– Bien compris, monsieur le substitut. Je fais le nécessaire, monsieur le substitut. Bonne nuit, monsieur le substitut.

Il soupira en se frottant les yeux. Mako, assis derrière un ordinateur avait attaqué la rédaction de son procès-verbal d'interpellation. À côté de lui, Papa s'escrimait à remplir une grille de mots croisés. Bill se grillait une cigarette juste sous le panneau d'interdiction de fumer. Michel s'approcha des membres de la BAC.

– Bon, on dirait que les choses se décantent. Cela intéresse quelqu'un ?

– Dis toujours, déclara Mako, sans quitter pour autant l'écran des yeux.

– J'ai passé plusieurs coups de bigo. Tout d'abord concernant l'état de Vidic. Tu l'as bien amoché, mais par chance il a la tête dure, heureusement que les pompiers étaient encore là. Ils l'ont évacué aux urgences. Il devrait s'en sortir sans trop de casse…

– Nous voilà rassurés, marmonna Bill en se curant les ongles d'un air détaché.

Berthier poursuivit en ignorant la saillie.

– Tu seras sans doute ravi, Mako, d'apprendre que le Kosovar a un palmarès impressionnant, il a fait l'objet de procédures pour extorsion, agression sexuelle, port d'arme, j'en passe et des meilleures.

Mako s'alluma lui aussi une cigarette. Il aspira la fumée avec délice puis il considéra sa main tenant la tige. Elle ne tremblait plus. Berthier perdit son sang-froid :

– Putain, mais tu déconnes complètement Makovski. Et comment je vais justifier la boucherie au proc ? Entends-moi bien, ce mec pourrait crever devant moi que ça me réjouirait. Mais j'ai des comptes à rendre. Ton petit numéro de duellistes risque de faire foirer la procédure. Ça va se terminer en eau de boudin parce que tu ne sais pas te contrôler. Sans compter que le proc pourrait bien saisir les bœufs[1].

– Eh bien, cela ne sera pas la première fois, déclara Mako, imperturbable.

– Avec tes antécédents, ce pourrait bien être la dernière… répondit le capitaine d'un ton las.

Papa leva les yeux de son carnet de mots croisés. Il considéra Berthier par-dessus ses lunettes de lecture :

– On est une bonne dizaine à être prêts à jurer que Vidic a agressé Mako pendant la fouille.

– C'est pas le problème, bande de nazes. Je me fous que Mako passe ou non au tourniquet. Moi, ce que je veux, c'est que cet empaffé de Kosovar aille au trou. Et là, quand le proc verra dans quel état il est… Je crois bien que tu viens de lui offrir son billet de sortie, Mako.

Berthier sortit de la pièce en claquant la porte. Bill ricana. Papa contempla la porte close, pensif.

– T'en fais pas, Mako, il est comme ça, Michel, il s'emporte, il gueule et puis il arrange les choses.

– Non, il a raison, j'ai déconné ce coup-ci.

Papa posa une énorme paluche sur l'épaule de son ami :

– Allez, te fais pas de mouron. Et puis demain on fait la fête. Je te rappelle que c'est mon pot de départ. Après-demain, je suis à la retraite. J'en aurai fini de toute cette merde. Je vais pouvoir m'occuper de mes pigeons.

Aussi surprenant que cela fût, Papa avait une passion qui lui valait parfois les commentaires ironiques de ses collègues. Il était colombophile. Sa passion et son

---

1. Bœuf-carottes : l'Inspection générale des services, la police des polices.

amour des pigeons voyageurs avaient quelque chose d'enfantin qui attendrissait Mako. Ce dernier ne répondit pas. Il tira sur sa cigarette en considérant Vincent Sainte-Rose qui s'affairait dans le local vitré du chef de poste.

III

L'appartement était plongé dans l'obscurité lorsque Mako entra. Il ouvrit doucement la porte d'entrée. Dehors, l'horizon se teintait de mauve et les artères du cœur de la ville commençaient à se boucher pour leur infarctus quotidien. Les voitures se touchaient presque, répandant leur pestilence dans l'atmosphère. Il était temps de se coucher. Mako referma la porte en prenant soin de ne pas la claquer. Il posa son trousseau de clés et son téléphone portable sur la table de la salle à manger. C'était un appartement propre, mais triste, décoré sans véritable recherche, équipé chez un fabricant industriel de meubles. Au mur, des lithographies de supermarché essayaient tant bien que mal de donner un peu de gaieté à l'endroit. Une petite bibliothèque trônait contre le mur du fond du salon. Quelques livres, souvenirs d'études secondaires sans suite, partageaient le rayonnage de contreplaqué avec des CD de rock et des DVD de films d'action. Mako se dirigea vers la cuisine. Sans allumer la lumière, il ouvrit le Frigidaire. Bizarrement, le doux ronronnement électrique du moteur du frigo l'apaisa. Il se saisit d'une bière qui l'attendait dans le bac de la porte. Lorsqu'il se redressa, il sursauta et faillit laisser tomber la bouteille. Nathalie se tenait juste devant lui. Il n'avait pas entendu son épouse approcher. La lumière du Frigidaire conférait aux traits de la jeune femme une pâleur blafarde. Elle considérait Mako d'un air narquois. Elle était petite, des cheveux filasse encadraient l'ovale d'un visage dont les traits avaient été beaux... autrefois. Ils étaient désormais empreints d'une sévérité et d'une dureté que soulignaient des petites rides autour des yeux. Elle était vêtue d'un tee-shirt informe et d'une robe de chambre qui ne parvenait plus à dissimuler sa grossesse. Lorsqu'elle s'était sue enceinte, elle avait pleuré pendant plusieurs jours, puis avait décidé d'avorter pour finalement renoncer. Chez certaines femmes la grossesse magnifie la beauté, ce n'était pas le cas en ce qui concernait Nathalie. La vie qui se développait en elle semblait la ronger, lui enlever toute joie et tout espoir. Au fur et à mesure que son ventre s'arrondissait, la jeune femme dépérissait. Comme pris en flagrant délit, Mako, gêné, posa la bière sur la minuscule table de la cuisine.

– Tu m'as fait peur, marmonna-t-il.

– Comment va, mon chéri ? Ta nuit s'est bien passée ? le questionna-t-elle gentiment.

Mako ôta son blouson, sortit son pistolet de service de l'étui. Il enleva le chargeur, fit glisser la culasse afin de récupérer la balle qui attendait patiemment son heure dans la chambre de l'arme. Il donna les deux coups de sécurité réglementaires en direction du mur de la cuisine. Les yeux de Nathalie brillaient d'un éclat joyeux. Il remit l'arme désormais vide dans son étui, et le chargeur dans la poche de cuisse de son pantalon. Il pouvait enfin la regarder droit dans les yeux.

– C'était une nuit de merde comme les autres. Mais dis-moi, tu ne devrais pas être à la clinique ?

– Je ne suis pas très bien ce matin et puis ton fils n'arrête pas de bouger. J'ai appelé le service pour leur dire que je ne viendrai pas bosser.

Le policier regarda le ventre déformé, il tendit la main doucement, mais, au moment de le toucher, il la retira vivement comme s'il craignait de se brûler. Il se saisit de la bière et la porta à ses lèvres.

– Ce n'est pas un peu tôt pour une bière, six heures du mat ? demanda Nathalie en fronçant les sourcils.

– Tout est relatif, pour un nuiteux six heures c'est la fin de journée.

Mako, la bière à la main, se dirigea vers la chambre. À l'intérieur, la vision du lit froissé conjuguée à l'odeur de Nathalie le contraria, sans trop qu'il sache pourquoi. Il rangea son arme avec le chargeur dans un placard au-dessus du lit. Dans le salon, la voix de son épouse résonna :

– C'est une journée à marquer d'une pierre blanche !

– Et pourquoi donc ? demanda-t-il.

– J'ai foutu la frousse au grand Mako.

La fête avait été organisée dans la salle d'appel de la BAC. Le lieutenant avait donné son autorisation. Le commissaire était même passé et s'était lancé dans un de ces discours laborieux que tout le monde détestait, mais que personne n'aurait voulu manquer. Papier en main pour ne rien oublier, le chef de service avait donc énuméré les postes dans lesquels Papa avait sévi (une faute de frappe, il avait dû rater la touche R du clavier). Cela avait été assez rapide, car le gros, à part quelques années dans un commissariat d'arrondissement de la capitale, avait fait toute sa carrière à la BAC. Le commissaire cita les principaux faits d'armes du sous-brigadier Léonard Maleux et là, cela avait pris un peu plus de temps. Une partie de l'assemblée pouffa à l'énoncé du prénom de Papa. Seuls les proches connaissaient la vérité. Le gros cachait jalousement ce détail de son état civil, il fronça les sourcils et foudroya du regard les insolents. À l'évocation de l'interpellation du huitième ou du dixième braqueur (personne n'avait tenu le compte) réalisée en flag, un impertinent lança : « Patron, vous n'avez pas la gorge sèche à force de nous lire l'annuaire des voyous de la région ? » Le chef de service rendit les armes et plia sa feuille de bon gré en souriant, s'excusant presque. Un tonnerre d'applaudissements avait alors retenti dans la grande salle carrelée et tout le monde félicita Papa pour ce cap, désormais franchi, cap que tout le monde désirait et redoutait tout à la fois.

Les bouteilles d'alcool subirent un sort terrible. Seuls les anciens alcooliques se contentèrent de jus de fruits. Le commissaire ferma les yeux sur cette entorse à la dernière circulaire du ministre, il s'autorisa même un verre de kir. Maintenant, la fête battait son plein. Papa se pavanait dans un tablier imitant un corps nu de femme à la poitrine généreuse. Partout du papier-cadeau et des cartons d'emballage témoignaient de l'affection de la grande maison pour son fils aîné qui allait rejoindre la cohorte des anciens. On lui offrit une montre de valeur, car chacun sait que les retraités n'ont plus le temps de rien. Suivit toute une ribambelle de cadeaux de plus ou moins bon goût. Papa rayonnait. Mako savourait une bière glacée, le regard dans le vague. À côté, Vincent sirotait un soda.

– Je suis super-honoré d'avoir été invité au pot de départ de Papa, déclara le jeune policier.

– Il t'en prie, c'est naturel, fit Mako en désignant le gros d'un mouvement du menton.

Les deux hommes demeurèrent muets quelques instants. Autour d'eux l'animation retombait et certains avaient commencé à remplir un grand sac-poubelle de détritus.

– Bon, on dirait que les formalités protocolaires s'achèvent, il était temps, reprit Mako.

Vincent toussa, gêné. Papa s'approcha en se trémoussant, parodiant ce qu'il pensait être une démarche féminine. Il soupira et retira le tablier.

– Putain, ce qu'on s'est marré… Vingt ans de BAC, tout de même, ça fait un bail. Cela me fait penser que je ne sais même pas qui va me remplacer dans l'équipe. Le lieutenant t'en a parlé, Mako ? fit le gros en clignant d'un œil.

Bill, qui avait toujours une oreille qui traînait, rappliqua immédiatement, une bière à la main.

– Ouais, dis donc, cela m'intéresse, car j'ai un pote qui justement…

– Comme si le lieutenant avait son mot à dire, poursuivit Mako en ignorant Bill. Papa, tu sais bien que j'ai déjà fait mon choix.

Bill lança un regard affolé à Vincent :

– Holà, holà, calmos, j'aimerais bien être consulté, moi aussi, je fais partie de l'équipe.

Il continua en s'adressant à Vincent :

– Toi ! la bleusaille, va nous chercher des bières, les hommes ont soif.

Vincent s'éloigna en direction du buffet. Bill s'adressa alors à son chef de patrouille :

– Putain, tu ne vas quand même pas prendre le… le…
– Le quoi ? Le nègre ?

Bill s'empourpra et bredouilla :

– Mais non, bordel ! C'est juste que c'est un bitos, il entrave rien à la BAC ce mec-là, il est même pas débourré. Et puis, il faut avoir passé les tests…

– Il les a réussis et haut la main avec cela. Tu vas devoir te faire une raison : on va bosser avec un négro, répliqua Mako.

Vincent arrivait avec quatre bières dans les mains.

– On a du bol, ce sont les dernières, les collègues ont presque tout sifflé.

Gentiment, il en tendit une à Bill. Ce dernier ignora le jeune policier.

– Putain de merde, marmonna-t-il en s'en allant, furieux.

– Quoi ? Qu'est-ce que j'ai fait ?

Mako posa une main paternelle sur l'épaule du jeune homme :

– Rien, petit, ça va lui passer. Bon, on ne va tout de même pas s'arrêter en si bon chemin. Et si on allait se finir en boîte, tous les trois ?

Papa se retourna, son tablier dans une main et la bière dans l'autre :

– Ce que ça passe vite quand même !

Des larmes couraient sur ses grosses joues et vinrent se perdre dans la brousse touffue de ses moustaches.

Le Torpédo était l'un des rares clubs sélects de la banlieue. La boîte de nuit, qui ne désemplissait pas les week-ends, drainait une clientèle hétéroclite et multiculturelle. Un imposant service de sécurité assurait la quiétude de l'établissement. C'était d'autant plus nécessaire que le club était situé à proximité des cités les plus populaires. Mais le propriétaire ne se souciait pas du voisinage qui, pour d'autres, aurait été encombrant. Karim était issu de ces mêmes quartiers, il y avait toujours vécu et en connaissait les usages et les règles. Car il y avait bien des règles. La principale d'entre elles, la seule qui valait, celle qui pouvait vous valoir les pires ennuis, des ennuis définitifs même, si vous la transgressiez, c'était la règle du silence. Par le passé Karim l'avait toujours respectée et elle lui avait coûté cher. Très cher. Neuf ans d'incarcération avec en prime le tour de France des maisons d'arrêt. Histoire de lui rendre la détention plus pénible encore. Le système n'aime pas les fortes têtes surtout lorsqu'elles trafiquent du shit et en grosse quantité avec cela. Karim avait pris son mal en patience, c'est long neuf ans. À la sortie, il avait dû repartir de zéro car ceux qu'il avait protégés par son silence souffraient d'une sorte d'amnésie sélective. Ils avaient rayé Karim de leur mémoire, et, pour ceux qui n'avaient pas oublié, ils se trouvaient dans une mauvaise passe financière, les pauvres. Karim avait vite compris qu'il n'avait rien à espérer de ses anciens amis. Les keufs, eux, utilisaient plutôt le terme technique : complices. Il avait dû se rendre à l'évidence. Dans le business il n'y a pas d'amitié qui vaille, car les sentiments sont un luxe que ne peuvent se payer les dealers. Alors, Karim avait repris la seule activité qu'il connût parfaitement. Il remit sur pied un business de shit. Mais il était seul cette fois et, forcément, il dérangeait. Ainsi lorsque les condés vinrent pour une visite de courtoisie à six heures du matin et qu'ils trouvèrent ce pour quoi ils étaient venus,

Karim leur fit une proposition, une de celles qu'un flic ne peut refuser. Paul se souvenait parfaitement de ce matin-là. À l'époque il était capitaine adjoint au commandant de la brigade des stups de la Sûreté départementale. Il n'avait pu s'empêcher de ressentir de l'admiration face à l'attitude digne et calme de Karim lorsqu'il avait exhibé les quatre savonnettes de 250 g de résine de cannabis chacune. Le dealer était assis sur son lit, vêtu d'un simple caleçon. C'était un beau mec, d'origine kabyle, avec des yeux verts et un corps d'athlète, fruit de neuf années d'entraînement intensif dans les salles de musculation des maisons d'arrêt. Il avait eu un simple sourire résigné et avait épargné aux policiers les cris, les protestations et les menaces qui vont, en général, de pair avec les perquisitions. Après s'être habillé, au moment de sortir de l'appartement, menotté dans le dos et encadré de deux flics, il s'était brusquement arrêté et s'était adressé à Paul.

– Je ne veux pas retourner à la rate[1].

– Ça, il aurait fallu y penser avant de replonger, lui avait répondu Paul, les sourcils froncés.

– L'équipe qui braque les PMU, ça t'intéresse ?

Paul avait répondu d'un ton agacé :

– Je suis aux stups, tu t'en souviens ? Les braquos, c'est pas mon rayon !

– Et si les pélots c'étaient des junkies ?

Paul avait réfléchi en quelques secondes. À cette époque une équipe s'était spécialisée dans le braquage de cafés PMU. Ils prenaient des risques insensés et n'hésitaient pas flinguer à tout va. Deux personnes avaient déjà fait les frais du manque de professionna-

---

1. La prison.

lisme des voyous. La première, un patron de café qui avait reçu une balle dans un poumon, était dans un état sérieux, mais ses jours n'étaient pas en danger comme l'énonçaient froidement les bulletins médicaux. La seconde, un vieux monsieur qui pariait dans un autre établissement, avait eu la mauvaise idée de faire un commentaire désobligeant lors d'une attaque. Il avait récolté un traumatisme crânien, fruit d'un méchant coup de crosse de fusil à pompe sur son front dégarni. Tous les flics savaient que si les braqueurs n'étaient pas mis rapidement hors d'état de nuire, ce n'était plus qu'une question de jours avant qu'il y ait des morts.

Paul hésitait. Les choses allaient se compliquer. Il avait le choix entre poursuivre son affaire malgré tout et passer un marché. Dans le premier cas le dealer ne cracherait plus rien, il en était sûr, même en contrepartie d'un allègement de peine. Ce type ne voulait pas mettre un pied en taule, ça ce n'était pas négociable. Dans le second cas, il prenait un risque en le relâchant contre des informations qui, d'ailleurs, pouvaient se révéler bidon. Paul pesta. Il soupesa les quatre savonnettes. Un kilo qui ne pesait pas lourd par rapport à trois braqueurs fous dans la nature. Il braqua ses yeux noirs sur Karim.

– Donne-moi les noms.

Karim éclata de rire.

– Ça va pas, non ? Et qu'est-ce qui me dit que tu me colleras pas à la rate après ?

– Écoute, mec, va falloir qu'on se fasse mutuellement confiance, alors réfléchis vite, je n'ai pas toute la journée.

Les deux hommes se dévisagèrent. Aucun des deux ne sourcilla.

– Malik, Luis et Jérôme. Ils carburent tous à la grise.

– Tu te fous de ma gueule ? Je veux des noms de famille !

– Malik s'est fait pécho avec de l'héro il y a trois mois par vous, les stups. Il a un tatouage de loup sur le biceps droit. Luis et Jérôme, ce sont des gitans qui crèchent dans le campement du carrefour près de l'usine de retraitement. Je connais pas les noms. C'est rare des rebeux qui braquent avec des manouches, c'est pas naturel...

Paul avait soupiré en ordonnant à un de ses hommes :

– Retire-lui les pinces. J'espère que je n'aurai pas à le regretter...

Karim avait réclamé qu'on lui restitue le shit, mais le policier, sèchement, lui avait conseillé de ne pas trop tirer sur la corde. Cela avait été un jeu d'enfant d'identifier les trois braqueurs et de les interpeller.

Cinq ans plus tard, Paul se disait qu'il ne regrettait rien. Ils étaient là, tous les deux, dans les bureaux attenants à la boîte de nuit. Paul se délectait d'un single malt écossais, un whisky que Karim réservait au seul policier. Paul n'avait pas beaucoup changé depuis ce jour où ils avaient fait connaissance. Ses cheveux étaient devenus complètement blancs, ce qui lui conférait une aura de sagesse. Il avait su contenir l'invasion des bourrelets en s'astreignant à la pratique quotidienne de la course à pied. Karim, lui, s'était un peu épaissi. Il avait du mal à résister à la bonne chère. Les femmes le trouvaient cependant toujours aussi séduisant. Entre les deux hommes, au fil des années, était née une amitié contre nature qu'aucun des deux ne pouvait expliquer. C'était comme cela. Chacun avait confiance en l'autre. Dans ce monde de flics et de voyous, monde sans honneur, fait de mensonges, de rouerie et de tromperies, c'était rare, quasi miraculeux. Karim avait poursuivi son petit commerce en prenant bien garde de ne pas trop se faire remarquer. Le secret c'était de ne pas être trop gourmand, de ne pas devenir une cible. Paul fermait les yeux sur les activités souterraines du Kabyle… tant qu'il jouait le jeu et lui fournissait des infos sur le monde interlope de la truanderie. Seuls quelques initiés savaient que Karim était le tonton de Paul et cela suffisait à le protéger. Chez les flics, un tonton fiable est le bien le plus précieux, c'est sacré, ça se respecte. Si le tonton joue le jeu, le flic lui doit sa protection. Paul était de l'ancienne école. Il respectait une forme de code d'honneur, celui des vieux enquêteurs de la PJ, poivrots, roublards, vicieux, mais n'ayant qu'une parole. Maintenant Paul était commandant et il était le numéro deux de la Sûreté. Il aurait dû se cantonner à des tâches administratives, mais le policier avait le terrain dans le sang. À l'instar des junkies qu'il traquait, il ne pouvait décrocher. Tous les flics de la banlieue savaient qu'il avait un tonton de première bourre. On l'avait d'ailleurs surnommé « le prophète », car il ne se trompait jamais.

Karim buvait un jus de fruits. Il avait arrêté l'alcool en même temps qu'il s'était découvert un intérêt grandissant pour la religion, il avait décidé de changer de vie. Il y avait de cela deux ans, le Kabyle avait investi tous les gains de son business de shit dans une boîte de nuit, le Torpédo. Il avait réalisé enfin son rêve, une vie rangée avec une femme et même un petit garçon à venir. Mais il avait conservé ses contacts avec ses anciens partenaires. Chez les truands, il avait acquis une réputation de sage, et comme il n'était plus dans le business il n'était pas suspect de partialité. Les voyous le respectaient et lui demandaient régulièrement de trancher les litiges qui les opposaient dans leurs activités criminelles. Karim demeurait un auxiliaire précieux de la police.

Le Kabyle regardait les terminaux numériques sur lesquels étaient projetées les images capturées dans le club. On y voyait des troupeaux de jeunes s'agiter sur des musiques épileptiques. Karim reporta son attention sur son ami.

– Regarde-les, c'est pitoyable ! La moitié d'entre eux devrait être dans son lit en prévision de l'école, demain.

– Tu m'as fait venir pour ça, Karim ? Pour t'apitoyer sur le sort de la jeunesse dépravée, celle à qui d'ailleurs tu vendais de la drogue il n'y a pas si longtemps de cela, riposta le commandant, ironique.

Karim haussa les épaules.

– Je ne les ai jamais forcés à rien.

– Ça, c'est l'argument de tous les vendeurs de mort, dealers, trafiquants d'armes…

– Je me demande parfois si je ne faisais pas moins de dégâts avec mon business de shit, l'interrompit Karim, un rien d'agacement dans la voix.

– Au moins, ce business-là est légal, fit Paul en désignant les écrans de télévision. Bon, Karim, tu ne m'as pas demandé de passer pour qu'on taille une bavette sur tes pseudo-remords de truand repenti.

Karim explosa de rire.

– T'as parfaitement raison, mon Paul.

Le Kabyle se leva de son bureau et fit les cent pas dans la pièce. Paul attendit patiemment.

– En fait, j'ai un marché à te proposer, un marché gagnant pour chacun de nous deux, déclara Karim, s'arrêtant devant son ami en le toisant.

Paul considéra le liquide ambré qu'il fit tourner doucement dans le verre à whisky.

– Continue, mon pote, tu commences à m'intéresser.
– Tu connais mon petit frère, Sofiane ?
– Bien sûr, combien de fois je lui ai sauvé la mise à ce petit con, parce que tu me l'avais demandé.
– Il s'est foutu dans une merde noire.
– Tu m'étonnes là…
– Il faut que tu m'aides.
– Si je me rappelle bien, la dernière fois que je lui ai arrangé le coup, je t'avais dit que c'était la dernière fois.
– En effet, mais cette fois-ci j'ai quelque chose pour toi en échange, une équipe de pélots. Pas n'importe qui, des vrais enculés, des types dangereux. Crois-moi, c'est du lourd.
– Dis toujours.
– Qu'est-ce qui me dit que tu me laisseras pas tomber après ?
– Écoute, mec, il va falloir qu'on se fasse mutuellement confiance.

Les deux hommes explosèrent de rire. Paul avala une rasade de malt qu'il fit passer sur le palais, humecter la langue et glisser dans la gorge, un nectar…

– OK, je t'explique, reprit Karim. Sofiane part en live ces derniers temps. Il commence à se prendre pour un dur. Il a dû voir trop de films de gangsters à la con. Bref, depuis quelques mois il fréquente ces types…
– Quels types ?
– Des mecs des pays de l'Est, des Albanais, je crois. D'après ce que je sais, ils faisaient plutôt dans le tapin. Des filles de chez eux.
– Faisaient ?
– Ouais, dernièrement ils ont décidé de diversifier leurs activités. Souviens-toi, l'année dernière grâce à

ma modeste collaboration, tes gars ont pété un réseau de poudre.

– C'était une belle affaire, en effet, et alors ?

– À part quelques caves qui traficotent, la place est demeurée libre et la demande n'a jamais été aussi forte. Ces bâtards ont eu vite fait de comprendre l'intérêt de reprendre le business de la dame blanche. Ils ont des mules qui ramènent le matos d'Afrique. J'ai pas encore le détail, mais ça viendra.

– Et Sofiane là-dedans ?

– Ils ont fait connaissance au Torpédo, y'a quelques semaines. Ces types cherchent un réseau de distribution au détail, eux, ce sont des grossistes. Sofiane s'est servi de mon nom et de ma réputation comme d'une carte de visite. Le pire c'est que des potes à moi ont décidé de le suivre. Putain, j'arrive pas à le croire, dans la famille on fait dans le shit pas dans la CC[1]. C'est du poison, cette saloperie.

– Karim, épargne-moi tes considérations à deux balles sur les drogues dures et les drogues douces, qu'est-ce que tu veux exactement ?

Le Kabyle s'approcha d'une étagère sur laquelle trônaient des photos. Il regardait plus particulièrement un vieux cliché sur lequel il posait fièrement en compagnie d'un gamin d'une demi-douzaine d'années. Karim le tenait dans ses bras, avec une fierté protectrice toute paternelle. Karim prit le cadre dans les mains.

– Si je te donne de quoi faire tomber ces fils de pute, je veux que Sofiane n'ait aucun problème. Il va y avoir une grosse livraison, de quoi faire plonger toute

---

1. Cocaïne.

l'équipe. Tu me garantis qu'il n'y aura pas de poursuites contre mon frère et ils sont à toi.

– C'est pas aussi simple, je ne suis pas le seul à décider, il faut que j'aie l'accord du proc.

– Ça, c'est ton problème.

– OK, je vais essayer d'arranger le coup. Dis-moi, Karim, t'aurais pas les blazes de ces types ?

– Si je les avais, je te les aurais déjà filés. À toi de jouer maintenant.

Paul acquiesça, il sentait l'excitation le gagner. La chasse était ouverte. Soudain Karim sembla se figer, il posa brutalement le cadre photo sur son bureau. Paul interrogatif regardait son ami, il avait les yeux tournés vers les moniteurs de contrôle, ceux donnant sur l'entrée du Torpédo.

– Putain, regarde qui débarque chez moi !

Mako, Papa et Vincent entrèrent dans le Torpédo. Les flashes de lumière stroboscopique, le rythme sourd des basses martelant les entrailles, l'air saturé d'odeurs corporelles et de fumée de cigarette les assaillirent violemment. Quelques instants auparavant, dans la voiture, Papa s'était renfrogné lorsqu'il avait deviné où Mako avait décidé de les emmener.

– Tu fais chier, Makovski, y'a pourtant des centaines de boîtes de nuit dans la région… avait-il marmonné.

Les trois policiers se tenaient là, avec vaguement le sentiment d'être déplacés dans cet univers. Le club était plein à craquer.

– On dirait que les affaires de Karim sont florissantes, ricana Mako.

Il était comme hypnotisé, les yeux plissés. Il

semblait chercher quelque vérité dans les contorsions grotesques des danseurs. Il s'ébroua et prit les devants, il s'avança vers une banquette sur laquelle étaient vautrés cinq gamins. Sur la table, devant eux, reposaient deux cadavres de bouteilles de vodka. Mako s'adressa aux jeunes :

– C'est libre ici ?

– Tu vois bien que non, papy, ricana un adolescent manifestement ivre.

Mako exhiba sa carte tricolore.

– En fait, c'est libre, mais tu ne le sais pas encore, gamin. Casse-toi avec tes potes avant que je jette un œil à ta carte d'identité, histoire de savoir si tu ne devrais pas être couché chez papa et maman en attendant l'école.

Les jeunes protestèrent pour la forme, mais se levèrent et cédèrent la place. Ils prirent la direction de la sortie en chancelant.

Consterné, Vincent les considéra s'en allant, il demanda :

– On ne fait rien ? Ils vont prendre leur voiture pour rentrer, c'est certain et dans cet état…

– On n'est pas des nounous, ces petits cons ont des parents. C'est pas notre problème, martela Mako.

Le major regarda ses deux collègues silencieux et renfrognés. Il s'adressa à eux, tentant l'apaisement :

– Allez, les gars, pas d'esprit chagrin ! Ce soir on fait la fête, asseyons-nous.

Ils venaient à peine de prendre place dans les fauteuils moelleux, que Mako s'en extirpait joyeusement.

– Je vais chercher des munitions.

Lorsqu'il se fut éloigné, Vincent se pencha vers Papa pour lui demander :

– Pourquoi tu ne tiens pas à venir ici, Papa ?

– C'est parce que cette boîte appartient à un type que Mako cherche à faire tomber depuis des années, un certain Karim. Avec Mako, c'est jamais vraiment les vacances, il y a toujours une raison professionnelle...

– Les bons flics donnent tout pour leur boulot, c'est pour ça que j'aimerais bien intégrer son équipe, on dit que c'est le meilleur dans sa partie.

– Y'a aucun boulot qui mérite que tu lui donnes tout, c'est la seule vérité. Il n'a jamais été capable de le comprendre.

Papa s'alluma un cigarillo et aspira la fumée âcre avec délice. Vincent se garda de le couper. Le gros reprit.

– D'ailleurs, ça lui a coûté cher, très cher. Quant à savoir s'il est le meilleur, il l'a peut-être été, par le passé...

Papa considéra la lueur incandescente qui palpitait au bout de la tige de tabac roulé. Surpris, Vincent réalisa que sous ses dehors bonhommes, le gros dissimulait un esprit profond. Papa était tout sauf l'imbécile qu'il laissait paraître.

– Je te trouve dur pour quelqu'un qui se dit son ami.

– Je ne suis pas son ami, je suis bien plus que cela. Ça fait vingt ans qu'on bosse ensemble, lui et moi. Toutes ces nuits, je les ai passées avec lui pendant que ma bergère roupillait seule dans mon plumard. Ça me donne des droits. On est plus qu'un couple, déclara le gros d'une traite. Il soupira en demandant :

– T'es marié, petit ?

– Pas encore, j'ai une copine...

– Eh bien, tu verras que t'auras des secrets que tu ne pourras pas partager avec elle. Ton coéquipier, lui,

il saura tout de toi, c'est comme cela et c'est très bien ainsi.
– Tu penses que j'ai mes chances ? Je veux dire...
– Il t'a déjà choisi. Mais je ne suis pas sûr que tu doives t'en réjouir.

Mako arriva, triomphant, avec une bouteille de whisky à la main.
– Les mecs, vous ne devinerez jamais qui j'ai vu sortir d'ici, en loucedé...

IV

Mako serra les dents et grogna. Une sueur âcre lui coula le long du front. Il donna tout ce qui lui restait d'énergie. La barre se soulevait tout doucement. Ne pas lâcher, encore quelques centimètres. Au-dessus de lui, Vincent annonça :

– Dix-huit !

Avec un han de bûcheron, Mako reposa la barre sur son support. Il se releva étourdi par la violence de l'effort qu'il venait de fournir.

– Dix-huit barres à cent kilos, s'exclama Vincent enthousiaste, c'est incroyable.

– C'est pas incroyable, c'est de la discipline.

Mako considéra l'image que lui renvoyait l'une des nombreuses glaces qui couvraient les murs de la salle de sport. C'était celle d'un homme de taille moyenne, la quarantaine entamée jusqu'à la moitié, trapu, le crâne rasé plutôt que dégarni, la mâchoire carrée, la poitrine épaisse, des bras puissants et gonflés par l'exercice. T'as pas une gueule de porte-bonheur, pensa le policier, satisfait de l'examen. Il appelait cela la minute de Narcisse.

– Tu vois, petit, le risque avec la musculation c'est d'user les glaces. Faut pas se regarder trop longtemps au risque d'y prendre goût. C'est démontré scientifiquement : ça rend con. Regarde autour de toi, y'a plein de types qui ont contracté la maladie.

Vincent ne put s'empêcher de regarder. Mako sourit.

– C'est vrai qu'il faudrait que je prenne un peu de poids, pour le boulot, je veux dire. Tout le monde dit que j'ai un physique de danseuse, déclara le jeune policier.

– C'est pas une question de poids, c'est là-dedans que ça se passe, répondit Mako en pointant son index sur son front humide. C'est qu'une question de volonté. T'as raison cependant, faut quand même que tu prennes un peu de poids. Mais surtout parce que tu fais pitié.

Mako allégea la barre de la quasi-totalité de ses poids et laissa la place à Vincent. Pendant que le gamin s'acharnait à l'impressionner, il contempla sa salle de sport. C'était une vieille salle de musculation. Des machines antédiluviennes étaient rafistolées de bric et de broc. Les haltères, en fonte, noircissaient les mains et meurtrissaient les paumes. Ça sentait la transpiration et le désodorisant. Ça sentait la volonté et le masochisme. Ici foin de bellâtres bronzés aux UV et de pétasses en bodys moulants. La moitié des clients était des voyous, l'autre moitié était constituée de policiers. Il n'y avait pas de tension cependant, car la salle était considérée par les uns et les autres comme étant une zone de stricte neutralité.

Un bruit sourd, répétitif, attira l'attention de Mako. Tout au fond, un type massacrait allègrement un sac de boxe. La frappe sèche, pure et sans élan témoignait d'un degré technique très élevé. La vitesse d'exécution, la cadence des coups indiquaient, quant à elles, une condition physique hors du commun. Vincent reposa péniblement la barre. Mako accompagna le mouvement.

– Ça brûle, j'ai l'impression que mes pecs se déchirent, souffla Vincent.

– Tu verras, bientôt, tu aimeras cette sensation.

– Ça m'étonnerait, moi je suis un footeux. Je n'aime pas vraiment ce type d'exercice qui n'a rien de ludique, il faut qu'il y ait un enjeu. Là il n'y a rien.

– La victoire sur soi-même, c'est le meilleur enjeu qui soit. Si tu veux faire partie de mon équipage, tu vas devoir faire tes preuves.

– Papa et Bill ont aussi été obligés de faire leurs preuves ainsi ?

– Papa est dispensé, c'est le soldat le plus ancien de l'unité, c'est… c'était la mémoire vivante de la BAC. Quant à Bill, c'est le meilleur cerceau[1] que je connaisse. Toi, tu vas être le sac de sable[2]. Tu as tout à prouver, en particulier à moi, ton chef d'équipage. Maintenant, pousse-toi, je suis en train de refroidir.

Mako, aidé de Vincent, rechargea la barre jusqu'à ce qu'elle atteigne cent kilos. Elle ployait légèrement sous la charge. Satisfait, Mako se glissa dessous. Il positionna ses mains de façon à ce qu'elle soit à équidistance des extrémités. Respecter l'équilibre, c'est essentiel. Il ferma les yeux un bref instant en faisant apparaître un chiffre dans son esprit, un compte à rebours. Il souffla bruyamment et décolla la barre de son support. Il enchaîna les mouvements de piston. Vingt, dix-neuf, dix-huit, dix-sept, seize, quinze… À dix, il fit une courte pause, puis reprit le mouvement. Il reposa la barre à la

---

1. Volant, pilote.
2. Accompagnateur, policier assis à l'arrière du véhicule.

vingtième répétition accomplie avec un râle de satisfaction.

– Et vingt ! s'exclama Vincent avec enthousiasme.

Tout le haut du corps de Mako était assommé, anesthésié, gonflé par la congestion musculaire. Il reprit sa respiration. Il jeta un œil en direction du boxeur. Ce dernier buvait au goulot d'une bouteille d'eau minérale. Il regardait en direction du policier. Lorsque leurs regards se croisèrent, l'homme mima le geste de trinquer à l'aide de sa bouteille. Mako fit un signe de la tête. C'était un grand type tout en muscle, pas un pet de graisse, constata avec amertume le policier. Il devait avoir entre trente-cinq et quarante ans. Ses biceps étaient ornés de tatouages tribaux en forme de bandeaux. Le visage était dur et aimable tout à la fois. Immédiatement, Mako le détesta.

Le policier reporta son attention sur Vincent. Il se releva en grognant :

– Allez, gamin, c'est à toi. Montre-moi ce que tu as dans le sac.

Vincent soupira.

Plus tard, les deux policiers sortaient de la salle de sport, les cheveux encore humides de la douche, lorsque la sonnerie du téléphone cellulaire de Mako retentit. Le policier décrocha, c'était Berthier.

– Mako ? J'ai des nouvelles fraîches concernant Vidic.

– Vas-y, Michel, je t'écoute.

– Le Kosovar a été mis en examen pour agression sexuelle et violences volontaires et... placé sous contrôle judiciaire.

Mako jura. Cela signifiait qu'il ne serait pas incarcéré et que les faits avaient été requalifiés à la baisse.

— Putain, c'est pas possible, quel enfoiré, ce juge d'instruction !

— Comme je l'avais prédit, la petite n'a pas voulu déposer plainte, et dans le dossier il n'y a que vos dépositions à Papa et toi. De plus, le juge a dû se déplacer à l'hôpital pour l'interrogatoire de première comparution. Quand il a vu la gueule cabossée de Vidic, ça n'a pas fait bonne impression. Le juge des libertés, quant à lui, a estimé que monsieur Vidic présentait des garanties de représentation, puisque cet empaffé est salarié dans une boîte de sécurité avec pignon sur rue. Bref, ça ne s'annonce pas super-bien.

— Et Vidic, il est déjà dehors ?

— Il est toujours à l'hosto en observation, mais il doit sortir ce soir vers dix-huit heures. J'ai fait lever la garde du détenu, il est libre désormais.

Mako raccrocha.

— Ça ne va pas, major ? s'inquiéta Vincent.

— Putain, je t'ai déjà dit de m'appeler Mako et pour répondre à ta question, non, ça ne va pas, grogna Mako en composant un numéro sur son téléphone portable.

Il patienta quelques secondes et lorsque son interlocuteur décrocha il déclara d'une voix ferme :

— Lieutenant ? C'est Makovski… Ouais, ça va !… Mais je vais avoir un empêchement d'ordre personnel pour ce soir… Non, ce n'est pas grave ! Je voudrais juste pouvoir poser un jour de congé… Super ! Merci ! À demain, lieutenant.

Il se tourna vers son jeune collègue abasourdi.

— Allez, viens, gamin, je te paie un chocolat.

Mako attendait patiemment devant le Centre hospitalier universitaire. C'était un bâtiment immense et rectangulaire qui dressait sa vingtaine d'étages tout en longueur vers la nuit tombante. Le CHU était à l'image de la banlieue dans laquelle il était implanté. Froid, inhumain, sans âme. Le policier était vêtu de cuir, assis sur sa moto de grosse cylindrée, il patientait. La buée de sa respiration s'échappait par la visière ouverte de son casque intégral. Mako caressait le carénage de sa bécane. Un VMax. Pour être ancien, l'engin n'en était pas dépassé pour autant. Mako aimait sa moto plus que de raison. Il la chouchoutait, l'astiquait presque tous les jours, tant et si bien que Nathalie lui avait, un jour, fait remarquer qu'elle aurait bien aimé, elle aussi, être l'objet de tant d'attentions. Nathalie. Comment les choses avaient pu changer à tel point entre eux ? Leur histoire n'avait pas commencé par un coup de foudre, elle avait commencé dans le sang et la testostérone.

C'était un soir d'été, le soleil mettait un temps infini à bien vouloir daigner se coucher. Mako n'aime pas travailler de jour, il a toujours l'impression bizarre d'être observé par tout le monde. Tant que le crépuscule lui-même n'est pas mort, il refuse de bosser, sauf cas d'extrême urgence. Mako aime et déteste la nuit, tout à la fois. Elle est sa meilleure alliée et sa pire ennemie. Il patrouillait donc dans les Bas-fonds. C'était le surnom que les flics avaient donné à un quartier qui devait être rénové. Des kilomètres carrés d'usines désaffectées et de logements ouvriers en brique rouge attendaient un hypothétique projet immobilier qui ne venait pas. Les classes populaires avaient été priées de laisser la place à des bureaux, des commerces et des lofts pour bobos fortunés. La capitale s'étalait sur sa banlieue, elle avait besoin de place. Mais les travaux tardaient à débuter et, la nature ayant horreur du vide, les lieux avaient rapidement été colonisés. L'endroit avait drainé tout ce que la région comptait de clochards, junkies, dealers et marginaux. Les flics, la plupart du temps, hésitaient à s'y risquer. Seule la BAC, par défi, aimait à y patrouiller.

Ce soir-là, la BAC 47 avait repéré un dealer d'héroïne, recherché suite à une série d'overdoses mortelles qui avait frappé le milieu toxicomane de la capitale. Les flics devenant trop pressants, le dealer avait trouvé refuge en banlieue, dans les Bas-fonds. Il déambulait en compagnie de Satan, un pit-bull de gros gabarit, qui lui servait de garde du corps et, à l'occasion, de confident, car les dealers ont parfois, eux aussi, des tourments qui les rongent. Mako avait toujours la sale manie d'aller seul à l'interpellation, sans attendre Papa, qui, il fallait bien le reconnaître, n'était pas doué pour la course à pied. Le dealer s'était enfui et, lorsqu'il avait senti que les choses se gâtaient et qu'il ne pourrait pas aisément se débarrasser du keuf, il avait lâché le fauve sur son poursuivant. Mako avait à peine eu le temps d'avoir peur. La bête lui était arrivée dessus dans un grondement sourd, ce qu'il restait de ses oreilles taillées baissé, les crocs apparents dégoulinant de bave. Le cliquetis des griffes sur le bitume, le jeu des muscles puissants sous le poil ras et bringé, alors que le pit lui bondissait à la gorge, tout cela avait marqué le policier pour le restant de ses jours. Des années après, juste avant de s'endormir, il lui semblait entendre, parfois encore, le bruit des griffes crissant sur le goudron. Il avait crié, un cri de rage et de peur. Heureusement, il avait eu le réflexe de tendre le bras gauche... le bon bras. La mâchoire puissante avait happé la manche du bombers et le chien, toujours grondant férocement, s'était mis à secouer frénétiquement sa gueule puissante. Mako hurlait, de douleur cette fois-ci, les quarante kilos du chien se contorsionnant sauvagement, suspendus à son bras meurtri. Papa était arrivé hors d'haleine, l'arme à la main, pendant que Bill freinait juste derrière en faisant hurler les pneus. Papa avait crié à l'attention de son chef de bord :

– Arrête de bouger, putain, je vais dégommer le clébard !

– Laisse tomber, bordel de merde, avait répondu Mako, que la perspective de prendre, en plus, une balle n'enchantait pas.

La douleur était atroce, il avait eu la vision de son bras arraché. De sa main droite, il avait dégainé son pistolet en se félicitant d'avoir chambré au préalable une cartouche. Il avait craint un instant de laisser tomber l'arme, tant le pit-bull le secouait, mais il était parvenu, à l'aide du pouce, à relever le cran de sécurité. Il avait collé l'arme contre le flanc musclé de la bête, en prenant garde de ne pas être dans la ligne de tir. Il avait pressé trois fois la détente. Ça avait claqué fort, mais Mako avait à peine entendu les détonations. Le chien avait lâché prise et était tombé au sol. Un silence halluciné avait fait place aux cris et aux grognements. Puis le dealer était revenu en courant et en criant le nom de son chien.

– Satan, oh non, pas ça, Satan !

Il s'était effondré devant la dépouille de ce qui avait été son seul ami. Il s'était laissé menotter par Papa sans opposer de résistance, en sanglotant. Le gros, qui avait un cœur d'artichaut, y était allé de sa larme. Mako l'avait engueulé pour la forme et avait demandé à Bill d'appeler les secours. Son bras lui faisait un mal de chien. Ça brûlait comme un fer rouge. Heureusement pour lui, le blouson d'aviateur avait protégé son avant-bras. Les sapeurs-pompiers l'avaient conduit aux urgences du CHU, celui même devant lequel il faisait le pied de grue, ce soir, où un médecin l'avait reçu avec un soupçon de désinvolture (on n'aimait pas les flics dans cet hôpital). Il l'avait laissé aux soins diligents d'une infirmière débutante. Elle était jolie et un rien naïve. Par principe, Mako l'avait draguée. Après l'avoir désinfecté, pansé et lui avoir administré un traitement antirabique et antibiotique, elle avait consenti à lui donner son numéro de téléphone. Ils s'étaient revus à plusieurs reprises et avaient fini par s'installer ensemble puis, tout naturellement, ils s'étaient mariés. Avec le recul, Mako avait le sentiment d'avoir été piégé par la vie. Le temps passant, les nuits de patrouille, les infidélités, les silences, tout avait contribué à les éloigner l'un de l'autre.

Mako consulta sa montre : dix-huit heures et cinq minutes. Il commençait à se les geler. Devant l'entrée principale du CHU, un gros 4 × 4 noir stationna en vrac sur un emplacement réservé aux ambulances. Une jeune femme blonde vêtue d'un long manteau sombre, d'une robe moulante et de cuissardes en cuir noir en était descendue. Elle avait claqué la portière du véhicule et s'était engouffrée dans le sas automatique de l'hôpital, pendant que la fermeture à distance déclenchait les feux de détresse de la voiture. Bip ! Bip ! Le son désagréable le tira d'une sorte de léthargie qui, le froid aidant, gagnait son esprit, l'engourdissait. Vingt minutes plus tard, la blonde ressortait du bâtiment en compagnie de Vidic. Ce dernier portait encore les stigmates de sa rencontre avec Mako. Il semblait éprouver de la difficulté à marcher, son pas était incertain. Malgré la distance et la nuit tombante, le policier pouvait distinguer les hématomes et les pansements qui constellaient le visage déformé du Kosovar. Sous la visière de son casque intégral, Mako sourit. La jeune femme blonde déclencha l'ouverture du 4 × 4 à distance. Elle était très belle et semblait avoir été fabriquée pour provoquer le désir. « Une pute », se dit Mako avec ce qu'il aurait aimé être du mépris. « Elle est bonne, cette salope », finit-il par reconnaître. Au contraire de beaucoup de flics qu'il connaissait, il n'était pas fasciné par les prostituées. Il s'en tenait même sagement éloigné. Il se rappelait toujours le conseil qu'un vieux gradé lui avait donné, au tout début de sa carrière : « N'oublie jamais, petit, la plus gentille des putes, ça reste une sale pute ! » Sans pour autant les détester comme l'ancien, il les avait évitées autant que faire se pouvait. Vidic semblait éprouver des difficultés à monter dans le véhicule. Il vociféra dans sa langue maternelle. Mako n'eut aucune difficulté à comprendre qu'il insultait la fille pour son manque de sollicitude. Cette dernière eut un rire méprisant et lui exhiba un majeur tendu et ironique. Vidic grimpa péniblement dans la voiture en pestant. La fille s'installa à la place du conducteur et démarra le véhicule. Le puissant moteur rugit et le véhicule démarra dans un crissement de pneus malmenés. Alors que la voiture disparaissait en direction de la sortie du CHU, Mako pressa le démarreur de son VMax. Le quatre cylindres ronronna comme un félin en attente de sa proie. Il enclencha une vitesse, démarra et prit la même direction que le 4 x 4 noir.

Sofiane se sentait mal à l'aise. Il essayait de se donner une contenance, mais ce n'était pas facile. Face à lui, de l'autre côté de la table, le Kosovar buvait un café brûlant. Le type avait plongé une petite cuillère dans la tasse et remuait distraitement le liquide épais et fumant. Il avait un léger sourire aux lèvres. Juste derrière lui, trois pélots avec des gueules de cauchemars étaient vautrés sur une banquette en similicuir rouge. Ils avaient l'arrogance non feinte de ceux qui n'hésitent pas à vous faire exploser la tête d'une balle de gros calibre, si vous leur donnez une raison. La présence de Nabil et Bilel derrière lui rassurait à peine Sofiane. Nabil dans sa veste en cuir était un colosse dont le gabarit avait pourtant de quoi impressionner, il était portier dans le club de son frère. Bilel, quant à lui, avait une vraie tête d'assassin, ce qu'il était d'ailleurs. Tout ce petit monde se faisait face dans un fast-food spécialisé dans la vente de sandwichs turcs. Deux grosses berlines allemandes stationnaient devant le petit restaurant, elles appartenaient au type buvant son café. Sofiane aurait bien commandé quelque chose à grignoter, mais il sentait confusément que ce n'était ni le moment ni le lieu. Il se sentit soudain dépassé par les événements. « Allez, reprends-toi ! Ce n'est pas le moment de flancher », se dit-il.

– Et si on parlait business, c'est que je n'ai pas toute la nuit, moi ! déclara-t-il en essayant de donner à sa voix une assurance qu'il était loin de ressentir.

Le Kosovar arrêta soudainement de remuer son café.

Le sourire s'était évanoui. Les yeux, deux glaçons translucides, se fixèrent sur le visage encore juvénile du jeune homme. Il s'appelait Léo. Sofiane était incapable de lui donner un âge. Il n'était ni jeune ni vieux. Ses traits réguliers tiraient entre le Slave et le Méditerranéen. Il était vêtu d'une coûteuse veste de cuir et de vêtements de marque.

– On dirait que l'on ne t'a pas inculqué les règles élémentaires de la courtoisie, jeune homme, mais puisque tu sembles vouloir presser les choses, soit !

Léo appela le Turc qui attendait, indifférent, derrière son comptoir.

– Omer, va me chercher un paquet de blondes légères et surtout prends ton temps, dit-il en jetant un billet sur la table.

Le Turc s'essuya les mains sans sourciller, empocha les sous et sortit dans la rue.

– Bon, à nous, jeune homme, dit le Kosovar en reportant son attention sur Sofiane.

– Ne m'appelle plus jeune homme, ne me traite pas comme si j'étais un minot, je suis ton associé, ne l'oublie pas, répondit crânement le jeune homme, des éclairs dans les yeux.

Léo éclata de rire.

– Eh bien, on dirait que je dois te présenter des excuses pour t'avoir offensé... partenaire.

Les deux brutes qui accompagnaient Léo s'esclaffèrent. Sofiane les ignora :

– N'en parlons plus, c'est pour quand ?

– Dans trois semaines très probablement. Je te recontacterai en personne pour te donner la date et le lieu.

– Et comment je sais que tu ne vas pas essayer de me carotter ?

– Si je faisais cela, ce serait mauvais pour le business, je n'ai pas de réseau de distribution et je ne pourrais pas écouler le produit. Toi, tu as les contacts, on est fait pour s'entendre, mon frère.

Sofiane, à demi convaincu, opina du chef.

– D'accord, mais je veux que l'on revoie les conditions de notre transaction.

Les yeux du Kosovar se plissèrent. Sofiane sentit un filet de sueur froide lui dévaler la colonne vertébrale.

– Comment cela ? Je croyais que l'on était tombé d'accord.

– C'est que j'ai des frais, moi, et 35 000 le kilo, c'est trop élevé par rapport aux risques que je prends. Sans moi, t'es comme un con avec ton matos et personne pour te l'acheter.

– Tu veux combien ?

– Je veux que tu fasses le kilo à 30 000 euros.

– On avait un accord, on ne peut revenir dessus.

– C'est à prendre ou à laisser, si ça ne te convient pas, trouve-toi quelqu'un d'autre pour écouler la marchandise.

– Tu joues un jeu dangereux, Sofiane. Il ne faut pas avoir les yeux plus gros que le ventre. On n'est pas au souk ici, je ne suis pas un marchand de tapis, moi !

Sofiane blêmit, mais il maîtrisa sa colère.

– Je n'ai rien d'autre à dire, donne-moi ta réponse.

Vloran réfléchit quelques instants. Il s'était fait baiser par ce sale petit bougnoule, mais c'était trop tard pour trouver quelqu'un d'autre, ils le savaient tous les deux. Tu ne perds rien pour attendre, petit merdeux.

– OK, mon ami, 30 000 euros, c'est d'accord, mais on rediscutera de tout cela après la transaction, fais-moi confiance.

Sofiane feignit d'ignorer la menace. Ils se serrèrent la main. Il ne discerna pas la petite flamme qui dansait dans le regard de son associé. Lorsqu'il sortit du fast-food turc, accompagné de ses deux sbires, le jeune homme était soulagé et confiant. « Ce n'était pas si compliqué, se dit-il, il suffit de s'imposer, merde, il m'a mangé dans la main, ce bâtard ! » Il éclata d'un rire suffisant et monta avec Nabil et Bilel dans son cabriolet sport stationné sur le trottoir, un peu avant le restaurant turc. Alors qu'il mettait le contact, il regretta de ne pas avoir acheté de kebab.

V

C'était sa toute première nuit à la BAC. Vincent avait pris place à l'arrière de la voiture. Il se tenait, comme un enfant excité à la perspective d'un grand voyage, au milieu de la banquette, légèrement penché vers l'avant pour ne pas perdre une miette du spectacle. Il n'arrivait pas à y croire. Il y était. Il se revit lorsqu'il avait débarqué à Paris, il y avait de cela quelques années, une éternité. Dès qu'il avait posé le pied sur le sol métropolitain, les sentiments d'abandon et de solitude, l'impression de ne pas être à sa place avaient déferlé en lui comme la nausée. Le froid, la grisaille, la nostalgie auraient dû avoir raison de lui. Mais il s'était accroché. Chez Vincent la douceur allait de pair avec la pugnacité. La première année à l'École de police de Paris avait été la plus dure. Il avait dû supporter les sourires condescendants quand ses paroles trahissaient ses origines caribéennes. Alors, il avait appris à dominer les mots, à les rendre plus neutres, tout en ayant le sentiment de se trahir un peu… beaucoup. Le temps passant, il s'était habitué à cette vie tout en dégradé monochrome. Il avait dû faire avec cette nostalgie qui étreignait son cœur, attendant, une année sur deux, les congés bonifiés. C'était encore le pire puisque le retour, après deux mois passés chez lui à s'imprégner de sa famille, de ses amis, d'odeurs épicées et de couleurs chatoyantes, provoquait à chaque fois une dépression. Au fur et à mesure qu'il apprenait à connaître la boutique[1], il s'était rendu compte que la BAC était différente des autres unités de la police. On y cultivait un peu plus qu'ailleurs la notion de clan. C'était un espace de liberté et d'initiative au sein de la police où tout était hiérarchisé, encadré. Un jour, Vincent avait pris sa décision : il intégrerait cette unité, il ferait siens la force et l'orgueil des membres de la BAC, il s'en ferait une nouvelle famille. Bon, pour l'instant sa famille était plutôt morose. À l'avant, Bill maussade ne décrochait pas un mot. Mako sifflotait distraitement un air des Stones, absorbé par le spectacle de son carreau passager. Vincent se demanda ce qui se passait dans la tête de son supérieur hiérarchique. Que pouvait-on bien ressentir après vingt années à traquer le rebut de la société ? Éprouvait-on encore de l'excitation en allant en intervention ? Lui arrivait-il encore d'avoir peur ? N'avait-il jamais ressenti la morsure de la crainte ? Vincent, à bien y réfléchir, en doutait. Mako tourna la tête vers lui comme s'il avait senti le regard du jeune policier peser sur sa nuque. Les yeux des deux hommes se croisèrent. Mako sourit au jeune policier, c'était un sourire d'encouragement, presque paternel. Vincent sourit en retour. Mako se plongea à nouveau dans la vision des quartiers défilant derrière la vitre de sa portière.

Il se sentait vieux ce soir, comme anesthésié par la vie. Le départ de Papa l'avait plus affecté qu'il ne voulait bien l'avouer. Il n'avait envie de rien, pas même

---

1. La boîte, la maison, l'institution policière.

d'un beau crâne. Il aurait aimé rester ainsi, à regarder le monde urbain défiler, là, devant lui, sans plus jamais s'arrêter de rouler, plongé dans une sorte de torpeur mélancolique. C'était un peu comme s'il regardait la télé. On pourrait presque croire à l'un de ces reportages bidon sur la police dont les chaînes de télévision aimaient à se repaître lorsqu'il n'y avait pas assez de désastres au journal de vingt heures. La radio émettait sa litanie d'appels pour des interventions : vol, violences, accident corporel de la circulation, agression, conduite en état d'ivresse... Mako aimait le ton froid et professionnel de l'opérateur radio égrainant son chapelet de misères, grandes et petites, avec une même inhumanité. Entre praticiens du malheur et de la violence, il n'y a pas de place pour les sentiments. Ce ne sont que des difficultés d'ordre technique auxquelles il convient d'apporter des solutions, elles aussi, techniques.

– C'est calme, constata Vincent.

– Il n'est que 21 heures 30 et on est vendredi, t'inquiète pas, gamin, ça va venir, répondit Mako après avoir interrogé les aiguilles fluorescentes de sa montre.

Bill ricana :

– C'est quasiment impossible de ne pas ramener un crâne le vendredi soir. Si on revient bredouille c'est qu'il y a un putain de chat noir dans la bagnole, déclara-t-il en insistant sur le « noir ».

– Ta gueule, Bill, fous-lui la paix, le tança son chef de bord, agacé.

Le chauffeur grommela et finit par se tenir coi. Un silence épais se fit dans l'habitacle, qui mit mal à l'aise Vincent. Soudain Mako montra du doigt un véhicule qui tournait sur la droite.

– Là-bas, la petite bagnole rouge qui vire, mets-toi au cul ! ordonna-t-il.

– Quoi ? Qu'est-ce qu'il y a ? demanda Bill.

– T'es sourd ou quoi, on va taper[1] la voiture rouge.

Bill vira à son tour derrière le véhicule en question. Mako poursuivit :

– Ça s'agite dans l'habitacle et le chauffeur ne roule pas droit.

– C'est des mecs bourrés, c'est normal un vendredi soir, marmonna Bill.

– Oh ! Tu vas me les casser toute la nuit ? On tape, un point c'est tout.

Mako activa le gyrophare, abaissa la vitre électrique, et le colla, tournoyant, sur le toit du véhicule. Bill accéléra pour se porter à l'arrière de la voiture rouge. Le major déclencha le deux-tons et fit signe de la main au chauffeur de se ranger sur le bas-côté. Les occupants du véhicule s'agitèrent, mais la voiture rouge poursuivit sa route sans obtempérer.

– Putain ! Ils vont se tirer, s'exclama Bill, à qui la perspective d'une poursuite faisait monter l'eau à la bouche.

Mais la petite voiture rouge finit par se ranger sagement le long du trottoir, dans une rue pavillonnaire déserte. Bill eut un soupir déçu et se gara une dizaine de mètres derrière. Mako et Vincent sortirent de leur véhicule et s'approchèrent prudemment de la voiture interceptée. Mako se positionna aux trois quarts arrière de la portière du conducteur, la main droite sur la crosse de son SIG. Il tenait, de l'autre, une puissante lampe torche dont il se servit pour inonder l'habitacle

---

1. Interpeller.

d'un éblouissant rayon de lumière blanche. Le conducteur et son passager avant, deux jeunes hommes d'une vingtaine d'années, clignèrent des yeux. À l'arrière, une jeune femme sensiblement du même âge porta la main à ses yeux en glapissant. Mako constata avec satisfaction que Vincent s'était positionné de l'autre côté au niveau de la passagère, en protection. Le major fit signe au conducteur de baisser la vitre. Le conducteur obtempéra.

– Bonsoir ! Coupez le contact de votre véhicule.
– Mais pourquoi ? On n'a rien…
– Tout de suite ! Coupez le contact !
Le moteur toussa et s'arrêta.
– Bien, poursuivit Mako, le conducteur, sortez du véhicule.

Le jeune homme s'exécuta. Il déplia une longue carcasse surmontée d'une tête ronde, lunaire, encadrée par des cheveux longs, filasse et ternes. Mako lui demanda plus doucement :

– Êtes-vous porteur d'une arme ou de tout autre objet prohibé ?

Le jeune explosa de rire :

– Une arme, ça ne va pas, non ! J'ai une tête de voyou ou quoi ?

Il héla ses amis restés dans le véhicule :

– Putain, les keufs ! Il faut qu'ils arrêtent de faire les chauds.

Mako empoigna le conducteur par le col de son blouson.

– Je n'aime pas me répéter, mais comme je suis d'une nature charitable, je vais te poser une seconde fois la question. Est-ce que je vais trouver quelque chose d'illégal sur toi ?

Le jeune homme blêmit. Il bafouilla :
— Euh, non ! Y'a rien, vous pouvez fouiller.

Mako lâcha le col. Pendant ce temps, Bill avait rejoint le groupe et se tenait un peu à l'écart du groupe, la radio portable à la main. Mako contraignit le conducteur à se retourner et entreprit une minutieuse palpation de sécurité sur lui. Vincent, vigilant, éclairait à son tour l'intérieur de l'habitacle de sa lampe torche. Il ne détecta rien de suspect. Le passager avait peut-être l'air un peu nerveux, mais cela pouvait s'expliquer par la situation. La jeune fille, quant à elle, s'impatientait. Elle maugréait et ses doigts pianotaient nerveusement sur ses genoux joints. Un sac à main était posé sur la banquette à côté d'elle. Quand le faisceau de la lampe passa sur le sac, quelque chose brilla.

— Soulevez votre sac, que je voie ce qu'il y a en dessous.

La jeune femme leva les yeux au ciel, indignée, mais leva le sac, malgré tout. Il était posé sur un miroir de poche. Un de ceux que l'on trouve dans tous les sacs à main féminins.

— Je vous remercie, vous pouvez le reposer, annonça Vincent satisfait.

Il fit un sourire éclatant à la fille. Celle-ci haussa les épaules et fit une moue renfrognée.

Mako avait terminé sa palpation, il n'avait rien trouvé de probant. Il confia le conducteur à la garde de Bill et demanda au passager avant de sortir à son tour pour lui faire subir le même sort. Enfin et pour finir, Mako invita la fille à sortir. Elle s'exécuta, le visage fermé. Lorsque Mako s'approcha d'elle, elle se raidit.

— Vous n'allez pas me toucher, j'espère !

Mako eut un petit rire joyeux.

– Je n'ai vraiment aucune envie de vous toucher, rassurez-vous, mon cœur, vous n'êtes pas mon genre. Contentez-vous de retourner les poches de votre jeans et celles de votre blouson.

– Vous non plus, vous n'êtes pas mon genre ! s'exclama la fille vexée.

Cela ne donna rien non plus. Mako confia le groupe à la garde de Bill. Mako s'entretint discrètement avec Vincent.

– Bon, il n'y a rien sur eux. Mais quelque chose cloche. Ils ont dû planquer un truc dans la bagnole, c'est pour cela qu'ils n'ont pas obtempéré immédiatement. C'était pour gagner du temps. Ils n'ont rien jeté par la vitre, je l'aurais vu. C'est forcément à l'intérieur.

Il posa sa grosse main sur l'épaule du jeune policier.

– Allez, Vincent ! À toi de jouer.

Vincent acquiesça. Armé de sa torche, il s'introduisit dans le véhicule et entreprit une fouille méthodique en commençant par l'avant. Rien. Il passa à l'arrière sans plus de résultat. Il ramassa le sac et le miroir, ressortit du véhicule. Il héla la jeune fille.

– J'imagine que c'est à vous.

– Évidemment, à qui voulez-vous que cela soit ? Quel sens de la déduction ! Vraiment toutes mes félicitations, vous étiez fait pour être dans la police, déclara-t-elle, pleine de morgue.

Ses deux amis ricanèrent bruyamment. Vincent ne broncha pas et entreprit de vider méthodiquement le contenu du sac qu'il déposa sur la malle arrière de la voiture rouge. Un porte-monnaie, une carte bleue, un vieux Bic au capuchon mâchonné, une petite peluche publicitaire, un téléphone portable, un tampon intime, un morceau de paille à boisson, un carnet d'adresses…

Lorsque le sac fut entièrement vidé. Vincent contempla le contenu qui formait un tas d'une taille respectable.

– C'est bon ? Vous avez fini de faire mumuse ? On peut y aller ? s'emporta la fille.

Mako s'adressa à Vincent.

– C'est bon pour toi ?

Vincent considérait le contenu du sac, plongé dans une intense réflexion. Il leva la main.

– Accorde-moi deux secondes. Mademoiselle, vous voulez bien approcher, s'il vous plaît ?

La jeune femme s'avança de mauvaise grâce. Vincent lui sourit à nouveau. Il préleva trois objets du tas et les posa, les uns à côté des autres devant la fille. Elle blêmit. Mako s'approcha, regarda à son tour. Il sourit. Pas mal pour une bleusaille, pensa-t-il avec admiration. Vincent avait extrait la paille coupée, le miroir et la carte bleue. La fille, gênée, tourna le regard. Vincent examina attentivement le miroir de poche avec sa lampe torche. Le verdict tomba.

– Il y en a encore dessus. Où est le reste, mademoiselle ?

– Il n'y a plus rien, il y avait juste de quoi se faire un trait.

– Ça m'étonnerait, déclara Vincent, en retournant dans le véhicule.

Il s'affaira sur le tableau de bord. Mako s'approcha par le côté passager.

– T'as quelque chose ?

– Peut-être, sur ce modèle de bagnole, il y a une partie creuse, au-dessus des compteurs. Je n'y avais pas songé au premier passage.

Il fourragea quelques secondes et parvint enfin à

faire sauter un cache plastique. Derrière, dans une partie creuse, avait été déposé un petit sac plastique transparent. Vincent s'en saisit et le présenta devant le rayon lumineux de sa lampe. De la poudre blanche.

– M'est avis que ce n'est pas du sucre glace, déclara Mako.

Vincent tendit le sachet à son chef qui s'en empara, un grand sourire aux lèvres.

– Il doit y avoir une dizaine de grammes de cocaïne.

Le major appela le conducteur de la voiture rouge. Celui-ci s'avança. Toute trace d'ironie avait quitté les yeux du jeune homme.

– C'est quoi ton prénom ? lui demanda Mako.

– Jonathan.

– Bien. Jonathan, je ne te demande pas ce que c'est. Tout ce que je veux savoir, c'est où tu t'es procuré cette merde.

– C'est pas à moi, je...

– Entendons-nous bien, je n'en ai rien à foutre de ce que tu te fous dans le pif, espèce de connard. Je veux un nom, c'est tout ce que je demande.

– Et si je vous le donne, qu'est-ce que j'y gagne ?

– Vous rentrez chez vous, toi, l'autre guignol et miss Sourire d'avril.

– Parole ?

– Parole !

Le conducteur réfléchit rapidement.

– OK, je me suis fourni auprès d'un pote. Un rebeu.

– Comment s'appelle-t-il ?

– Je ne connais que son prénom. Nabil.

– Il va falloir faire mieux si tu veux éviter la garde à vue.

– Je l'ai rencontré au Torpédo, il est portier là-bas.

— Combien il t'en a vendu ?

— Douze. À raison de 100 euros le gramme, j'en ai eu pour 1200 euros.

— Cent euros le gramme ! Tu t'es fait baiser, mon pote.

— C'est le prix, c'est devenu très difficile de trouver de la neige ces derniers temps. J'ai pris tout ce qui restait à Nabil.

— Où t'as trouvé la thune ?

— Mes économies et puis… on s'est groupé avec les autres, déclara-t-il en montrant ses amis, d'un signe de la tête.

— Tu fais quoi dans la vie, Jonathan ?

— Je suis ouvrier sur machine-outil.

Mako hocha la tête et fit quelques pas en observant le sachet transparent. Bill sortit ses menottes et se dirigea vers le passager avant de la voiture.

— Qu'est-ce que tu fous ? demanda Mako.

— Eh ben, je lui passe les pinces à ce branleur. Ça va faire un joli crâne, trois mises à disposition[1]…

— Arrête ça !

— Quoi ?

— Je t'ai dit de laisser tomber, ils sont libres de se casser.

— Mais t'es malade ou quoi ? Putain, c'est de la coke, merde !

— J'ai donné ma parole, t'es sourd ou quoi ? Ils sont libres.

— Une parole donnée à une crevure… on n'est pas obligé de la respecter.

— Laissez-nous partir, supplia Jonathan, je vous promets que je toucherai plus à cette merde.

---

1. … de la justice.

Mako secoua la tête :
— Allez, tirez-vous.

Ils se précipitèrent vers la petite voiture rouge. Au moment de passer derrière le volant, Jonathan se tourna vers Mako.

— Au fait, monsieur l'agent, Nabil m'a dit un truc qui pourrait vous intéresser.

— Quoi donc ?

— Il a dit que je ne devais pas m'inquiéter, car il attendait une grosse livraison dans quelques jours et que les prix allaient sans doute baisser.

Il s'engouffra dans l'habitacle, démarra, passa la première et le véhicule disparut au coin de la rue. Bill, rageur, donna un coup de pied dans une canette métallique qui traînait dans le caniveau.

Plus tard, à la fin de la nuit, alors que Bill stationnait le véhicule de service sur son emplacement, Mako et Vincent faisaient la queue devant l'armurerie pour restituer le fusil à pompe. Ils attendaient patiemment leur tour. Mako considérait Vincent avec un léger sourire.

— Quoi ? demanda le jeune policier.

— Pas mal pour une première soirée. Pas mal du tout.

Vincent sourit à son tour.

— Vous croyez qu'il va vraiment arrêter ? Je veux dire… le jeune, Jonathan.

— Y'a aucune chance. Mais l'essentiel est qu'il y a cru pendant quelques secondes.

Mako hésita un bref instant et poursuivit.

— Je voulais te dire, te fais pas de mouron pour Bill. Ça lui passera, il s'y fera.

— J'ai cru comprendre qu'il ne débordait pas d'affection pour moi.

– Ça n'a rien de personnel. Il est sur les nerfs, le choc du départ de Papa a été rude pour lui, pour moi aussi d'ailleurs. Il a beau se farcir tous ces reportages et ces émissions culturelles, il reste invariablement con. Laisse-lui un peu de temps, ça s'arrangera.

– Je suis d'un naturel patient.

Émilie Plessis, juge d'instruction, contrairement à la majorité de ses collègues, aimait à se rendre dans les locaux de la Sûreté départementale. Son attitude, peu conventionnelle, lui avait valu d'être marginalisée par ses collègues magistrats et par la hiérarchie policière. Les uns trouvaient répugnant que l'une des leurs fraie avec la police. Les autres considéraient que c'était une entorse au principe sacro-saint de séparation des pouvoirs, un pas de plus en direction du gouvernement des juges. Chacun à sa place. Émilie Plessis n'en avait cure. Depuis toujours, elle n'en faisait qu'à sa tête. Ses parents la destinaient à suivre des études de médecine, tout comme eux l'avaient fait. Elle avait brillamment réussi son droit. Ils lui avaient conseillé de faire une carrière en tant qu'avocate d'affaires. Elle avait intégré l'École de la magistrature. Émilie faisait ce qu'elle voulait, presque toujours. Sur son passage, les flics se retournaient. Des « bonjour, madame le juge » fusaient de-ci, de-là. Elle y répondait volontiers, par un sourire amical ou un petit mot gentil. À cette heure matinale, elle savait exactement où trouver ce qu'elle cherchait. Elle s'arrêta quelques instants devant la porte close. Elle prit une profonde inspiration, toqua et, sans plus attendre, entra.

C'était une grande pièce dans laquelle une douzaine

de flics étaient assis autour d'une grande table de réunion. La plupart étaient jeunes, mais tous avaient le regard dur, blasé. Émilie sourit. Les flics appelaient ça « la messe », la réunion pendant laquelle les policiers faisaient le point sur les enquêtes en cours. Elle se soldait invariablement par le café. Assez rapidement, Émilie avait compris comment fonctionnaient les flics. Par-dessus tout, ils aiment les rituels.

– Euh, bonjour, mademoiselle Plessis.

L'un d'entre eux s'était levé. Paul Vasseur. Le commandant Paul Vasseur, numéro deux de la Sûreté.

– Justement, nous parlions de notre affaire de coke, celle sur laquelle on a bossé en prélim[1], poursuivit le commandant, mais je vous en prie, prenez place.

Émilie le remercia et s'assit sur la chaise que l'un des flics lui avait galamment proposée. Elle s'installa, ravie du trouble qu'elle avait créé chez Paul Vasseur.

– Merci, commandant, justement j'avais décidé de passer en personne vous remettre la commission rogatoire relative à cette affaire. En outre, je n'ai pas résisté à la tentation de me faire offrir le café.

– Vous devez être le seul magistrat coriace au point d'être capable d'avaler cette infâme mixture que d'aucuns nomment pompeusement café.

Quelques policiers ricanèrent. Le café des stups avait la réputation d'être un peu serré. Paul Vasseur disait toujours que si l'on mettait la cuillère droite dans une tasse de café et que la cuillère finissait par tomber, il s'agissait d'une boisson de gonzesse.

– Il n'est pas mauvais, mais je le trouve un peu clair, rétorqua Émilie.

---

1. Préliminaire, une des formes de l'enquête judiciaire.

L'assemblée éclata de rire. Paul mit rapidement fin à la messe, car ses troupes étaient irrémédiablement dissipées. La juge d'instruction lui avait volé la vedette. Ils prirent tous ensemble le café et, pour une fois, ses gars lui épargnèrent les grossièretés et autres trivialités habituelles. La présence d'Émilie Plessis transformait cette équipe de caractériels psychopathes en une bande de garçonnets doux comme des agneaux. Paul considéra la juge, à la dérobée. Elle ne correspondait pourtant pas aux canons de la beauté qui avaient cours dans la boîte. Grande, élancée, presque maigre, sans poitrine, elle n'avait rien de la danseuse exotique. Mais il émanait d'elle un charme indéfinissable mêlé d'autorité qui séduisait les flics. Des traits fins et réguliers, des yeux bleu clair cernés par des cheveux de jais, une myriade de taches de rousseur contribuaient à donner une fausse impression de douceur. Paul consulta sa montre.

– Je vais prendre congé, madame la juge, le devoir m'appelle.

– Accordez-moi deux minutes, commandant, que je vous donne mes instructions verbales pour cette affaire de cocaïne.

– Allons dans mon bureau.

Dès qu'ils furent dans la pièce, à peine Paul en avait-il refermé la porte qu'Émilie se jeta sur lui et l'embrassa fougueusement. Leurs dents s'entrechoquèrent.

– Doucement, espèce de furie, n'oublie pas que je suis un vieux monsieur.

– Tu n'es même pas quinqua. Et puis tu es plutôt bien conservé pour un papy, dit-elle en caressant les épaules de son amant.

– Merci du compliment, sale gosse mal élevée.

– Sois plus respectueux de mes parents, sinon jamais je ne te les présenterai.

– Dieu fasse que tu dises vrai. Ils doivent avoir, à peu de chose près, le même âge que moi.

– Tu plaisantes ? Ils sont bien plus jeunes.

– Salope.

– Mais non, je te taquine, ils sont beaucoup, beaucoup plus vieux que toi. D'ailleurs, ils ne sont pas vieux, ils sont anciens.

Leur histoire était sans avenir, ils le savaient, mais aucun des deux ne pouvait décrocher. La première fois qu'Émilie, vingt-huit ans, avait rencontré le commandant Paul Vasseur, elle était auditrice de justice et faisait un stage d'observation des missions de la police. Il avait été très gentil avec elle, un brin paternaliste même. Elle avait littéralement fondu pour ce flic blanchi sous le harnais, mais qui avait conservé une profonde humanité. Lorsqu'à la sortie de l'ENM[1] elle avait été affectée dans le même ressort de compétence que Paul, elle avait cherché à tout prix à le revoir. Il avait résisté, mais sortant tout juste d'un divorce, il avait fini par craquer. Leur histoire durait depuis deux ans maintenant. À plusieurs reprises, Paul avait entrepris la magistrate sur le fait qu'elle perdait son temps avec lui, qu'il était bien trop vieux. Mais elle balayait ses arguments d'un revers de la main dédaigneux. Elle avait décidé que, pour l'instant, ce serait lui et pas un autre.

Paul repoussa doucement la jeune femme.

– Soyons un peu plus discrets, les murs ont des oreilles ici. Donne-moi la CR[2].

---

1. École nationale de la magistrature.
2. Commission rogatoire, une forme de l'enquête judiciaire dans

— Espèce de rabat-joie, fit-elle en riant, tiens, la voilà.

Émilie tendit une enveloppe cachetée à Paul. Il l'ouvrit et lut rapidement le contenu.

— Parfait, on a déjà bien avancé en prélim. Le procureur t'a expliqué la nature de mon arrangement avec mon tonton.

— Tu veux parler du prophète ?

— Il a horreur de ce surnom, pour lui c'est un blasphème. C'est quelqu'un de croyant.

— J'adore quand tu prends la défense de ton informateur.

Paul eut un petit rire.

— T'as raison, j'ai peut-être tendance à le surprotéger.

— N'oublie pas que tu joues un jeu dangereux avec lui. Tu ne serais pas le premier à avoir des ennuis à cause d'un « honorable correspondant »…

— Pour en revenir à notre affaire, l'interrompit Paul, que la tournure de la conversation agaçait, mon tonton souhaite qu'une personne qui lui est proche bénéficie de l'indulgence de la justice quand nous aurons démantelé le réseau. C'est la condition sine qua non pour qu'il balance les infos.

— On peut se passer de lui maintenant que l'on a les écoutes.

— Tu oublies un peu vite que je me suis engagé, on a un accord.

— Ne t'excite pas, tu sembles perdre tout sens de l'humour dès qu'on évoque le prophète. Il n'y a aucun problème. T'ai-je déjà planté sur une enquête ?

---

laquelle un juge donne mandat à un officier de police judiciaire pour accomplir certains actes d'enquête.

– Non… jamais, concéda-t-il.
– Bon, je dois y aller sinon ça va jaser. Appelle-moi ce soir.

Elle sortit du bureau, un sourire moqueur aux lèvres.

VI

La BAC 47 sillonnait les allées plongées dans l'obscurité du parc. Au crépuscule, les joggeurs, les familles et les retraités promenant leurs toutous cédaient la place à une faune interlope de prostituées, maquereaux, exhibitionnistes, michetons, et mateurs en tous genres. Des camionnettes étaient stationnées le long des promenades. Une petite lumière rouge, placée sur le tableau de bord, indiquait que la place était disponible. Des types se pressaient devant les fourgonnettes, attendant leur tour en se grillant nerveusement une cigarette.

– C'est le coin des putes gauloises, expliqua Mako, tu verras, le Bois est divisé en spécialités. Celles-là ne sont plus de la première fraîcheur. Elles ont subi de plein fouet l'arrivée des filles de l'Est. Ça leur a fait mal, mais bon… elles ont leurs habitués…

Bill, attentif, conduisait tout doucement, penché sur le volant. Les yeux écarquillés, Vincent observait ce nouvel environnement. Ils s'engagèrent dans un sous-bois dans lequel toutes les filles étaient africaines.

– … Là on arrive chez les Blacks, poursuivit Mako.

– Ce sont des frangines à toi, ricana Bill dont les yeux brillaient, note bien l'emplacement si tu veux revenir.

– Ta gueule, Bill ! le rabroua le major, prends plutôt en direction de l'ouest.

– Oui, bwana, grommela le chauffeur.

Le véhicule s'engagea dans une série d'allées fréquentées par des silhouettes graciles. Des jeunes femmes, pour certaines presque des fillettes, hantaient les contre-allées d'une démarche chaloupée et désabusée, éclairées seulement par la lumière impitoyable des phares des voitures en chasse. Elles étaient, pour la majorité, blondes et typées slaves.

– On passe souvent par ici, car les filles sont des proies faciles pour tous les tarés, les malades de la quéquette de la région. Y'a pas un mois sans qu'une fille se fasse massacrer par un pervers, certaines s'en sortent parfois, mais dans quel état !

– Pourtant, on n'en entend jamais parler, remarqua Vincent.

– C'est parce que personne n'en a rien à foutre, c'est que de la barbaque, alors nous on essaie de limiter les dégâts, expliqua Bill, et puis, faut pas oublier qu'il y a pas mal de michetons qui se font détrousser dans les sous-bois, attirés par des fausses putes…

– … Des petites leur proposent des pipes à prix cassé, les michetons se précipitent sous les arbres, la queue à la main, mais là, au lieu d'une bouche accueillante, ils trouvent un comité de réception musclé. Ils se font dépouiller… poursuivit Mako.

– … C'est pas que leur sort nous tire des larmes, ils seraient mieux à se faire éponger par leurs bergères, ces cons, mais on ne peut pas laisser faire n'importe quoi sur notre secteur, alors on veille au grain, continua Bill.

Mako se raidit.

– Arrête-toi, Bill.

Le chauffeur stoppa doucement son véhicule.
- Qu'est-ce que t'as vu cette fois ? demanda-t-il.
- Approche-toi des deux filles là-bas, fit Mako en désignant deux prostituées en grande conversation, dont l'une faisait de grands gestes.

Bill redémarra doucement la voiture et avança jusqu'à se porter au niveau des jeunes femmes. L'une, très excitée, semblait en proie à une grande confusion. L'autre, malgré la distance et la pénombre, Mako l'avait instantanément reconnue. C'était la fille qu'il avait vue en compagnie de Vidic, à l'hôpital.

Mako baissa sa vitre et apostropha les prostituées :
- Ça va, les filles, il y a un problème ?

Elles se pétrifièrent. Malgré le fait que la voiture fût banalisée, elles avaient immédiatement identifié leur interlocuteur comme étant un flic. Mako sortit de la voiture, suivi de Vincent. Les prostituées s'approchèrent, à regret.

- Non, monsieur l'agent, y'a aucun problème, déclara la fille qu'il avait vue avec Vidic.

De près, elle était encore plus belle que ce qu'il avait imaginé. Le fard et le rouge à lèvres vulgaires ne parvenaient pas à abîmer la pureté d'un visage tout juste adulte. Seuls les yeux détonnaient, ils étaient vieux, durs et las. Ça ne dura qu'un bref instant puis ils se firent doux et langoureux. Elle écarta son manteau noir, exposant fièrement un corps superbe, plantureux, tout en jambes et en seins. Elle était à peine vêtue d'une mini-jupe en cuir et d'un caraco minuscule à paillettes du plus mauvais goût. De longues bottes en cuir remontant haut sur la cuisse contribuaient à donner à la fille un côté salope et dominatrice. Mako ne put s'empêcher de parcourir longuement des yeux ce corps jeune et éclatant de santé. Il s'arracha à sa contemplation en entendant Bill siffler d'admiration depuis la voiture.

– Putain, quel morceau !

– Ça te plaît ? Je fais des tarifs pour la police.

Elle avait un accent de l'Est prononcé.

– Présente plutôt une pièce d'identité et ta copine aussi, déclara Mako, agacé, en désignant l'autre prostituée.

Celle-ci s'approcha. Elle était un peu boulotte, mais jolie quand même. Elle avait manifestement pleuré à chaudes larmes comme en témoignaient les traces noires de maquillage qui maculaient ses yeux et ses joues. Les jeunes femmes tendirent des récépissés de demande d'asile politique.

– Voyons voir ce que nous avons là… une Albanaise et une Ukrainienne, Irina Cerkezi et Nadia Andrinokov, lut Mako, désignant tour à tour la prostituée aux bottes en cuir et la petite boulotte.

Vincent tendit la main pour prendre les documents.

– Je vais faire une recherche aux fichiers.

– Laisse tomber, ça ne donnera rien, dit Mako en secouant la tête. Bon, jeunes filles, expliquez-moi ce qui se passe ici.

– Il ne se passe rien, monsieur l'agent, Nadia est juste un peu fatiguée, sur les nerfs.

Cette dernière fondit soudainement en larmes et invectiva les policiers dans une langue que ne comprit pas Vincent. Elle était dans un état proche de l'hystérie. Le jeune policier voulut s'approcher de la jeune femme.

– Calmez-vous, mademoiselle, je vais…

La fille le repoussa violemment et s'enfuit en courant dans la nuit. Vincent voulut s'élancer à sa poursuite, mais Mako le retint par le bras.

– Laisse tomber, Vincent.

Le major se tourna à nouveau vers Irina.

– Tu rendras ses papiers à ton amie. Et maintenant tu vas me donner ton numéro de téléphone portable.

La prostituée eut un petit rire de gorge.

– Et pourquoi je ferais ça ?

– Parce que je te le demande. Ici tu es sur mon territoire. Ici, la loi c'est moi, alors fais pas chier et file-moi ce que je te demande.

La jeune femme soupira et grommela quelque chose d'inaudible, mais finit par lui donner son numéro. Mako composa les chiffres sur le clavier de son propre portable. Une musique pop étouffée se fit entendre dans la poche du manteau de la jeune fille. Narquoise, elle sortit son portable sonnant et clignotant puis le porta devant le visage impassible de Mako, comme on donne une gifle.

– Satisfait ?

– Parfait, fit sobrement Mako.

Les policiers montèrent dans leur véhicule. Bill démarra. Au moment de s'engager sur l'asphalte, Mako baissa sa glace électrique.

– N'oublie pas, Irina, si je t'appelle il vaudrait mieux que tu répondes, autrement ta vie va devenir un enfer.

La jeune femme leva sa main, le majeur tendu ostensiblement.

– Ma vie est déjà un enfer, pauvre con.

La BAC 47 s'éloigna en direction du périphérique. Au loin on apercevait la silhouette scintillante de la tour Eiffel. Vincent se sentait tout à la fois excité et écœuré.

– Je me demande ce que pouvait bien dire l'Ukrainienne, murmura-t-il.

– « Je veux revoir ma famille, je veux rentrer chez

moi, bande d'enculés, mais il y a personne pour m'aider », fin de citation.

– Tu parles ukrainien, toi ?

– C'est du russe. J'ai des origines slaves moi aussi. J'ai appris le russe et le polonais tout petit.

Bill, un sourire carnassier aux lèvres, déclara d'une voix rauque :

– Elle est sacrément canon, cette salope blonde. Je me la ferais bien.

Mako réfléchissait. Il avait maintenant le nom de la blonde et son numéro de téléphone. L'objectif était d'en faire un informateur. Elle était idéalement placée dans ce réseau de prostitution pour cela. Car réseau il y avait, il en était certain. Les Kosovars bossent toujours en bande. Vidic n'était probablement qu'un modeste rouage du clan, le recruteur, celui chargé de briser les volontés en brisant les corps. Il savait que jamais le violeur ne parlerait. S'il lui fallait endosser toute la responsabilité et prendre le maximum, il le ferait volontiers. Aucun arrangement n'y changerait rien. Il fallait donc trouver un autre angle d'attaque. D'après ce qu'avait pu constater le policier, même si Irina faisait encore le tapin, elle devait avoir une position élevée dans la hiérarchie des Kosovars. Elle supervisait probablement les autres filles et avait la confiance de ses chefs, comme en témoignait le fait qu'elle avait été chargée de récupérer Vidic à l'hôpital.

La filature qu'il avait effectuée en moto l'avait conduit dans une ville anonyme de la grande couronne, devant un garage automobile situé au bord de la nationale 7. Il s'agissait d'une petite affaire spécialisée dans la voiture de sport d'occasion. Les mécaniciens, les tôliers et les peintres avaient tous le même profil : slave. La fille et Vidic étaient descendus du 4 × 4 noir et, manifestement toujours en froid, ils étaient entrés dans l'atelier de mécanique. Hors de la vue du personnel du garage, Mako avait noté sur son calepin l'immatriculation du 4 × 4 ainsi que l'adresse et la raison sociale de l'établissement. Il avait fait un retour chez lui afin de ne pas risquer d'éveiller l'attention. Et voilà qu'il avait retrouvé la fille dans le Bois. Ce n'était pas tout à fait le hasard, s'il avait orienté la patrouille dans ce secteur. Il n'était nul besoin d'être devin pour comprendre où se situait le terrain de chasse de la prostituée. Il avait tout de même eu de la chance en l'identifiant aussi rapidement. S'il se débrouillait bien, il pourrait peut-être la retourner, et s'en servir pour faire plonger cette équipe de trafiquants d'êtres humains. Pour une raison qu'il ignorait, c'était devenu une idée fixe, il fallait qu'il agisse. Il ne pensait plus qu'à ça. Sans cesse, il revoyait le visage abîmé de Lily, la terreur animale dans les yeux de la gamine. Cela le rongeait sans qu'il pût se raisonner. Depuis vingt ans qu'il écumait les quartiers de la banlieue, il avait vu une somme d'horreurs considérable. Violences graves, meurtres, viols, tortures, rien ne lui avait été épargné. À chaque fois, il s'était empressé de ranger ces images de souffrance dans une case au fin fond de sa mémoire. Ainsi, rien ne pouvait le blesser. Ainsi dormait-il d'un sommeil lourd, profond, sans rêves. Pour quelle raison, tout à coup, le souvenir de Lily martyrisée le tourmentait ? Il était incapable de le dire, de toute façon cela n'avait aucune importance… c'était ainsi. Mako n'était pas idiot, bien au contraire, mais il ne se posait jamais de questions bien longtemps.

Chez lui, la réflexion ne trouvait sa justification que si elle se traduisait en action, et rapidement. C'était sa raison de vivre. Il repensa à Irina, orgueilleuse et provocante, dévoilant son corps superbe. Il réalisa soudain qu'il était en érection. Une érection presque douloureuse, tant elle était violente. « Putain, mais qu'est-ce qui tourne pas rond chez moi ? »

Un peu plus tard, de retour au service, Mako s'installa derrière un ordinateur dans la salle de rédaction. Il se brancha sur CHEOPS[1] et interrogea le fichier national automobile. Le 4 × 4 noir était enregistré au nom du garage automobile, celui situé sur la nationale 7. Mako jura. Il appela Berthier.

— Salut, Michel, c'est Mako. J'aurais besoin que tu me rendes un petit service. Tu pourrais faire des recherches sur une SARL qui exploite un garage dans la grande couronne ?

On toqua à la porte du commandant Vasseur. Sans attendre de réponse, un enquêteur des stups entra dans le bureau de Paul, une liasse de procès-verbaux dans les mains.

— Ce sont les écoutes que vous avez demandées, commandant.

— Merci, pose-les sur mon bureau, ça donne quoi ?

— Pas grand-chose pour l'instant, mais jugez-en par vous-même, fit le policier en déposant les documents.

L'enquêteur sorti, Paul entreprit de consulter les retranscriptions des écoutes téléphoniques branchées

---

1. Circulation hiérarchisée des enregistrements opérationnels de la police sécurisée, fichier multifonction de la police.

sur le portable de Sofiane. De prime abord, il n'y avait rien de suspect, les conversations classiques d'un jeune homme d'une vingtaine d'années intéressé surtout par la fête et les filles, rien de bien intéressant. Mais les dealers ne parlent jamais en clair de leur business, ils utilisent toujours des codes, ceux qui omettent ces règles de sécurité ne font pas de vieux os dans le métier. Le jeu consiste à percer le code. Avec de l'habitude, on y parvient assez facilement. Mais l'enquêteur n'avait rien relevé de suspect. Il avait épluché la facture détaillée de Sofiane et identifié tous ses interlocuteurs, mais aucun n'était lié à la cocaïne. Il y avait bien quelques consommateurs de shit parmi eux, mais pas un n'avait réellement le profil d'un trafiquant de poudre. Paul soupira en reposant les procès-verbaux. Émilie s'était plantée, ils avaient encore besoin de Karim. Il décrocha le combiné du téléphone et composa un numéro. La voix de son ami répondit à l'autre bout de la ligne.

– Oui ?
– Karim ? C'est Paul.
– Salut, amigo.
– Salut. Je viens d'avoir le résultat de la téléphonie de Sofiane. Ça ne donne rien.
– Merde !
– Ils doivent utiliser une autre ligne pour communiquer. Il faut que tu trouves laquelle.
– Je vais voir ce que je peux faire.
– Ouais, eh bien, magne-toi, si tu ne veux pas qu'on loupe la transac[1].
– Je te rappelle dès que j'ai du neuf.

---

1. Transaction, échange de la drogue et de l'argent.

Sofiane enfilait sa tenue de sport dans les vestiaires de son club de squash. Lorsqu'il eut fini, il rangea son sac de sport et ferma son casier. Il allait sortir, lorsqu'il croisa, sur le pas de la porte, un homme d'une cinquantaine d'années, costaud, au crâne dégarni. Il s'agissait de Christian, le gérant du club. Il était porteur d'un seau, d'une raclette et d'une serpillière. Sofiane se poussa pour le laisser passer. Il tint la porte pour aider au passage.

– Salut, Christian. Alors ? De corvée de nettoyage ?
– Salut, Sofiane, eh ouais, on ne peut rien te cacher. Fais un bon match.
– T'inquiète, je vais tous les niquer.

Le jeune sortit des vestiaires en faisant tournoyer sa raquette comme s'il s'agissait d'une arme tranchante. Un groom mécanique referma la porte du vestiaire.

Christian attendit quelques secondes puis posa la raclette et le seau d'eau javellisée. Il s'approcha de la porte qu'il entrouvrit à peine, afin de vérifier que le gamin commençait bien sa partie. Rassuré, il la referma et se dirigea vers le casier de Sofiane. Il ouvrit la petite porte métallique à l'aide du double de la clé. Il sortit rapidement le blouson du gamin en jetant un œil anxieux en direction de l'entrée des vestiaires. Personne. Il fouilla le vêtement et, comme on le lui avait dit, il trouva deux portables dans les poches. Un gros et un petit. Il reconnut immédiatement le gros cellulaire comme étant celui qu'on lui avait décrit. L'autre devait forcément être celui qui l'intéressait. Christian soupira d'aise. Le gamin l'avait laissé allumé. Coup de bol ! S'il avait été fermé, il aurait dû composer le code qui lui avait été donné. 0312. La date de naissance de Sofiane.

Mais, bon, la chance était de son côté. Il sortit un petit papier plié de sa poche, sur lequel figurait un numéro de téléphone fixe. Il composa le numéro sur le clavier du petit portable. Il attendit que l'on décroche.

– Vasseur.

– Je vous appelle de la part de Karim, il vous fait dire d'identifier cet appel. C'est celui qui vous intéresse.

Christian raccrocha. Il alla dans le journal des appels du portable pour effacer toute trace de la communication. Il remit le téléphone dans la poche du blouson et referma le casier à l'aide du double. Il plongea la serpillière dans le seau, l'essora et commença à nettoyer le sol du vestiaire. Il se mit à siffloter tranquillement.

Paul reposa le combiné de son téléphone fixe. Il sourit. Trois heures avaient suffi au prophète pour lui trouver le numéro. Il n'avait pas perdu la main. Il décrocha à nouveau le combiné.

– Manu, c'est Paul. Je viens de recevoir un appel d'un portable à 17 heures 45, sur ma ligne fixe. Identifie le numéro et branche-le. Je veux aussi la facture détaillée depuis trois mois avec le bornage[1].

---

1. Système qui permet de déterminer géographiquement quelles bornes un téléphone cellulaire a déclenchées lors d'une communication.

VII

Le crépuscule avait envahi le parking de la salle de sport lorsque Mako stoppa le moteur de son VMax. Il enleva son casque intégral et ses gants en cuir. La température avait chuté. Il souffla dans ses mains pour les réchauffer. Ce soir, il était de repos. Il en profitait pour aller s'entraîner, ce qui lui avait valu les récriminations de Nathalie. « Tu ne passes jamais de temps avec moi, tu me négliges, tu ne me regardes plus… » Et patati et patata. Mako supportait difficilement l'idée de passer une soirée seul avec sa femme. Il s'engagea sur le parking, le casque à la main, ses affaires de sport dans son sac à dos. Il s'arrêta brusquement. « Bordel, c'est pas possible. » Là, juste devant lui, était stationné le 4 x 4 noir qu'il avait filoché[1] jusqu'au garage, le même 4 x 4 dans lequel Irina avait transporté Vidic. Il vérifia l'immatriculation. Ça collait. Il tenta de faire fonctionner sa mémoire. L'avait-il vu sur ce parking auparavant ? C'était possible, mais il y avait des dizaines de véhicules stationnés ici. Il n'avait jamais eu de raison d'y prêter une attention particulière. Il prit une profonde inspiration et entra dans la salle de sport. Il ne remarqua

---

1. Suivi discrètement, en filature.

personne en particulier et se changea dans le vestiaire. Il se rendit sur le plateau de musculation et salua de la tête quelques types dont il ignorait le nom. Mako commença sa séance d'entraînement. Il venait d'enchaîner plusieurs séries de tractions, lorsque le boxeur aux tatouages tribaux passa devant lui, des gants de sac à la main. L'homme lui fit un petit signe amical de la main auquel Mako, en sueur, répondit par un hochement de la tête. Le boxeur s'attela à massacrer tranquillement le sac de frappes. Au bout d'une heure, les deux hommes, chacun de leur côté, dégoulinaient, littéralement trempés de sueur. Une buée de condensation s'était déposée sur les vitres de la salle de sport. L'air épais empestait. Mako se rendit dans les vestiaires, prit une douche brûlante, se changea et sortit de la salle de sport. Sur le parking, il retira l'antivol de la roue de son VMax et enfourcha la moto. D'où il était, il apercevait la porte d'entrée de la salle de sport sans qu'on puisse le voir. Il consulta sa montre. 20 heures 51. La salle de sport fermait à 21 h. Que faire ? Tout au fond de lui, il savait qu'il n'avait pas le choix, il décida de patienter. Il n'eut pas longtemps à attendre. Quelques minutes plus tard, le boxeur sortit à son tour, son sac de sport sur l'épaule, et se dirigea vers le parking. Le cœur de Mako se mit à battre très fort. BINGO ! Le boxeur déclencha à distance le déverrouillage des portes du 4 × 4 et monta à bord. Le policier se dit que s'il y avait un Dieu, ce soir il était avec lui. Il laissa démarrer le gros véhicule noir, dont le moteur puissant résonna sourdement entre les immeubles. Lorsqu'il eut tourné au coin de la rue, Mako démarra à son tour. Il suivit le gros véhicule à distance respectueuse afin de ne pas être repéré. Le trafic automobile n'étant pas très dense,

Mako laissa se creuser l'écart avec le 4 × 4. Aux abords de la capitale, la circulation devint plus intense, Mako raccourcit en conséquence la distance qui le séparait de la grosse voiture. Le boxeur ralentit et gara la voiture aux abords d'une camionnette qui proposait de la restauration rapide. Il acheta un sandwich et une bière. L'estomac de Mako gargouilla méchamment à la vue du type mordant à pleine bouche dans son casse-dalle. Le boxeur discutait avec le type dans la camionnette, ils partirent d'un grand éclat de rire. Le boxeur sortit de son portefeuille un billet et paya son modeste repas. Puis les deux hommes se saluèrent et le boxeur remonta dans son 4 × 4, démarra et s'engagea dans le flot de circulation. Soulagé, Mako démarra à son tour et prit à nouveau pour objectif les feux de position du véhicule noir. Absorbé par la conduite, tendu à la perspective d'être repéré, Mako eut l'impression que la filature s'éternisait. Pour couronner le tout, il se mit à pleuvoir. La destination finale du 4 × 4 étonna le policier. Devant lui se dressait un grand bâtiment carré, orné de néons colorés et clignotants. Le boxeur se stationna sur le parking de la boîte de nuit le Torpédo. Il descendit de son véhicule et se dirigea vers le club à grandes enjambées. Mako coupa le contact de la moto, retira son intégral. La pluie fine et glaciale ruisselait le long du visage crispé du policier, dévalait le blouson et le pantalon en cuir. Mais qu'est-ce que vient foutre ce type, un proxo, chez un dealer de shit ? Il réfléchit rapidement. Il n'y avait que trois possibilités. Un, c'était un pur hasard, ce type voulait seulement s'amuser un peu et boire un verre. Deux, il était en affaire avec Karim qui s'était reconverti comme proxo. Trois, il était en affaire avec Karim qui le fournissait en shit. La première possibilité ne retint pas longtemps l'attention de Mako qui ne croyait pas au hasard. Comme chez tous les flics, il y avait un fond de paranoïa dans sa personnalité. Il étudia quelques instants la deuxième éventualité. Aussi séduisante que pouvait être la perspective de faire tomber Karim en tant que maquereau, cela ne collait pas. Le flic connaissait bien le Kabyle. Ce n'était tout simplement pas son genre. Restait la troisième possibilité, le boxeur faisait dans les putes ET dans le shit. Karim était son fournisseur. C'était parfait, s'il pouvait avoir un bonus en la personne du Kabyle, il n'allait pas cracher dessus. Cela faisait des années qu'il cherchait à faire tomber cet enfoiré. Il savait que Karim avait des protections. Il en avait eu la confirmation dernièrement lorsque, en compagnie de Vincent et de Papa, ils avaient passé la soirée au Torpédo. Alors que Mako passait la commande au bar, il avait surpris le commandant Vasseur, de la Sûreté départementale, sortant discrètement des bureaux de la direction. Mako considéra la boîte de nuit. Le parking était presque désert, la nuit était encore jeune. Le policier soupira à la perspective d'attendre sous la pluie battante. Non, décidément cela ne valait pas la peine. De toute façon, il avait identifié son adversaire et, pour l'occasion, s'en était trouvé un autre en la personne de Karim. Il ne ferait de cadeaux ni à l'un ni à l'autre. Mako enfila son casque et démarra le VMax.

Sofiane, vautré dans les fauteuils du Torpédo, tuait le temps en regardant quelques pétasses danser timidement sur la piste quasi déserte. Elles bougeaient à peine sous le regard critique de pélots occupés à se bourrer la gueule au bar. Il n'y avait pas foule, pas encore. Il ne faisait pas trop chaud non plus et l'air ne sentait presque pas la cigarette. Il se demanda s'il n'aurait pas dû refuser ce rendez-vous, surtout dans la boîte de Karim. Son frère le tuerait s'il apprenait ce qu'il mijotait. Putain, il allait avoir vingt-trois ans. Il était un homme maintenant, il fallait que son frère comprenne. D'aussi loin qu'il s'en souvienne, Karim avait tenu le rôle du père. En particulier, depuis que le vieux avait décidé d'aller prendre sa retraite au bled, loin des regards scrutateurs et méprisants, des propos condescendants, que lui valait sa dégaine de bougnoule. Il avait laissé sa femme, ouvrière dans une usine de cosmétiques, avec deux garçons, dont l'un était en bas âge et l'autre déjà en âge de faire des conneries. Sofiane n'avait jamais connu son vrai père, il n'avait pas l'intention de le faire d'ailleurs. Ça n'aurait pas eu de sens. Karim avait toujours pris soin de lui. Karim… les autres parlaient de lui avec du respect dans la voix et de la crainte parfois. Karim qui surveillait ses devoirs, lui qui avait toujours été dissipé à l'école, un vrai cancre. Karim qui l'obligeait à rentrer tôt à la maison, qui surveillait ses relations en prenant garde qu'il ne traîne pas avec des voyous. Le même Karim qui, au même âge, rentrait dans la nuit, après avoir commis des mauvais coups en compagnie des pires lascars de la cité. Karim qui était parti trop tôt et trop longtemps en prison, le privant une seconde fois de père. Il n'aurait pas dû accepter ce rendez-vous, surtout ici. Mais il avait été pris au piège de ses vantardises. Il avait dit au Kosovar, Léo qu'il prétendait s'appeler, avoir repris le trafic de shit de son frère qui se concentrait désormais sur ses activités légales. Sofiane avait présenté cela comme une passation tacite de relais. Il s'était donné des airs de businessman avisé en répétant ce qu'il avait entendu dans la bouche de son frère lorsqu'il faisait des affaires. Et cela avait marché. C'était presque trop facile. Il lui avait suffi de réactiver les membres du réseau de Karim, qui vivotaient depuis que ce dernier était passé de l'autre côté, du côté des caves. Sofiane s'alluma une cigarette et s'absorba dans la contemplation des volutes diaphanes de la fumée. Une main se posa sur son épaule. Il se retourna pour constater que c'était celle du Kosovar. Il se retint de se lever et tenta de prendre un air décontracté.

– Assieds-toi, Léo, je t'en prie.
– Merci, il fait un temps de chien dehors, je suis trempé rien que d'avoir traversé le parking.
– Tu veux boire quelque chose ? fit Sofiane en faisant signe à un serveur.
– Je vais prendre une vodka.

Le garçon prit la commande et s'esquiva non sans avoir, au préalable, dévisagé le Kosovar... ce qui agaça Sofiane.

– Ton frère n'est pas là ? J'aurais aimé le rencontrer.

Sofiane songea au fait qu'il avait justement donné rendez-vous à Léo à cette heure pour éviter de tomber sur Karim. Il devait être occupé à dîner avec sa petite femme, comme deux bourgeois, dans leur pavillon en pierres meulières.

– Il arrivera plus tard dans la soirée, mais avant toute chose, il faut que je te parle.
– Je t'écoute... en espérant que tu n'as pas l'intention de remettre en cause, une fois encore, notre marché.
– Il ne s'agit pas de cela, je voulais justement te parler de mon frère. Ce n'est plus le caïd dont tu as entendu parler. Il mène une petite vie rangée. La prison l'a

changé, il y a bien longtemps. Il a trente-huit ans maintenant, il n'est plus dans le coup. Pour le business, c'est moi le patron, que l'on soit bien d'accord.

Léo sourit, dévoilant des dents de carnassier.

– Il n'y a pas de problème, j'aurais seulement aimé le rencontrer, mais si ça t'ennuie…

– Non, cela ne m'ennuie pas, je voulais mettre les choses au point.

Le sourire quitta les lèvres du Kosovar.

– Bon, maintenant que tu as fait ta mise au point, on pourrait peut-être passer aux choses sérieuses ?

Sofiane allait répondre d'un ton peu amène, mais il se retint, car le garçon apportait les consommations. Il se raisonna et maîtrisa l'angoisse sourde qui lui étreignait les tripes. Ce pélot, avec ses bonnes manières, son français à peine teinté d'un accent, ses yeux froids et calculateurs, lui foutait la trouille. Sofiane en avait la certitude, ce mec était tout sauf un porte-bonheur.

– Je t'écoute, déclara laconiquement Sofiane lorsque le serveur eut quitté les lieux.

– La livraison du matos se fera dans dix jours, le 17. Ça aura lieu sur le port autonome, quai B à 5 h.

– Mais le port est fermé et gardé par des vigiles…

– Je m'occupe de ça, te fais pas de bile.

– Pourquoi 5 h ? C'est une heure de merde…

– C'est la meilleure heure au contraire. Pour les flics c'est presque la relève et les trois quarts d'entre eux dorment debout en attendant d'aller se pieuter. Il fera nuit et la circulation sera encore fluide.

– OK, OK j'y serai, le 17, quai B à 5 h.

– Surtout, tu ne viens qu'avec un seul véhicule et un chauffeur. Personne d'autre. C'est compris ?

– Ouais, ça va, je ne suis pas débile, merde.

Léo ignora la remarque et poursuivit sur le ton de l'instituteur chargé d'enseigner à un élève turbulent.

— Tu n'en parles à personne et surtout pas au téléphone. Celui que je t'ai filé pour me contacter est vierge. C'est un portable à carte, il a été enregistré sous un faux nom, à l'aide de faux papiers. Mais ça ne veut pas dire que tu peux l'utiliser n'importe comment. Il doit seulement servir à donner un rendez-vous en cas de problème. Voici une liste de codes…

Léo tendit à Sofiane une feuille de papier dactylographiée sur laquelle figuraient des indications et un numéro de portable. Sofiane lut rapidement.

— En cas d'urgence, appelle sur le portable dont voici le numéro. Si tu demandes un rendez-vous pour la vidange, cela signifiera qu'on se retrouve toutes affaires cessantes au kebab, celui de notre dernière entrevue. Si tu prends un rendez-vous à l'atelier de carrosserie, cela signifie que les flics sont peut-être derrière nous et qu'on laisse tomber la livraison. Il faudra alors faire le ménage et faire disparaître toute trace de notre transac. Enfin, si tu prends un rendez-vous à l'atelier de peinture, cela signifiera qu'il faut mettre les voiles, que les flics vont nous tomber dessus incessamment sous peu. Dans ce cas-là… on entre en clandestinité et on se tire en direction de la frontière. Apprends les codes et le numéro de téléphone par cœur puis débarrasse-toi de la feuille.

Sofiane explosa de rire :

— Putain, le mytho ! Tu me foutrais presque la trouille avec tes conneries d'agent secret. J'arrive pas à y croire… Ton bout de papier, y va pas s'autodétruire, j'espère…

Les yeux de Léo étincelèrent. Il allait répondre lorsqu'une voix tranchante le coupa dans son élan.

— On a l'air de bien s'amuser ici ! Bonsoir, petit frère.

Karim se tenait debout devant leur table, un sourire en acier inoxydable aux lèvres. L'hilarité de Sofiane s'évanouit en un instant. Il jaillit de son fauteuil et se précipita sur son aîné, les bras ouverts.

— Enfin te voilà, que je suis content de te voir Karim !

Les deux frères s'étreignirent.

— Tu ne me présentes pas ton ami ?

Sofiane toussa.

— Karim, je te présente Léo, c'est un ami qui est dans, euh…

— Je suis garagiste, fit Léo en se levant, enchanté de faire votre connaissance. Sofiane m'a tant parlé de vous.

Le Kosovar tendit la main au Kabyle. Après une seconde d'hésitation, Karim la prit.

— Garagiste, hein ? C'est amusant, vous ne ressemblez pas du tout à un garagiste.

— Je m'occupe plus particulièrement de la partie commerciale. Je vends des voitures de prestige d'occasion.

— Intéressant ! Vous avez une carte de visite ? Je cherche justement à acquérir une allemande de grosse cylindrée, mais à un prix raisonnable.

— Nous avons probablement la voiture de vos rêves, n'hésitez pas à me rendre visite, fit Léo en tendant un bristol.

Karim s'en empara et le consulta.

— Léotrim Xhemi, c'est un nom peu commun !

— Appelez-moi Léo. Je suis d'origine albanaise, mais citoyen serbe.

— Ouais, en fait vous êtes kosovar, n'est-ce pas ?

– Tout à fait, et homme d'affaires de surcroît. Bon, il faut que j'y aille. Je me lève tôt demain matin. Ravi d'avoir fait votre connaissance, Karim et j'espère avoir la joie de vous recevoir dans mon garage, avec Sofiane, pourquoi pas ?

– Sofiane est trop… inexpérimenté pour les grosses cylindrées.

Léo sourit, fit un signe de la tête un peu sec en direction de Sofiane et s'en alla. Karim suivit des yeux la grande silhouette du Kosovar.

– Sofiane est inexpérimenté pour les grosses cylindrées, fit le jeune homme en singeant son frère. Na ! Na ! Na ! Putain, c'est quoi ce plan ? Tu me fous la honte devant mes amis maintenant ?

– Crois-moi sur parole, ce type n'est pas ton ami.

Léo fulminait au volant de son 4 x 4. Il roulait à grande vitesse et dut se résoudre à lever le pied, ce n'était pas le moment d'attirer l'attention des flics. Dans quel merdier était-il allé se fourrer ? Ce maudit gamin l'avait mené en bateau. Il en était sûr. Il jouait les Tony Montana, mais ce n'était qu'un petit branleur. À la première occasion, il ferait la peau à ce merdeux, mais pour l'instant il devait prendre sur lui. Il n'avait pas d'autre choix, car la cocaïne serait livrée dans neuf jours par un vol commercial en provenance d'Afrique. Bon, la situation n'était pas catastrophique, pour un coup d'essai, il s'était contenté de quinze kilos. Et puis, il s'était renseigné : le môme bossait avec un réseau d'une dizaine de revendeurs. Auparavant, ces types vendaient du shit pour le grand frère de Sofiane. Ils étaient alléchés par les profits considérables que l'on pouvait réaliser avec la coke. Sofiane ne devrait pas avoir trop de mal à écouler la poudre. À condition que son frère ne s'en mêle pas. « Je n'aurais jamais dû faire confiance à cet amateur, songea Léo. Bah ! C'est trop tard pour les regrets, maintenant il faut avancer, je n'ai plus le choix ». Le Kosovar se remémora le temps béni où, après 1999, alors qu'il était encore officier dans l'UCK[1], il pouvait, sans craindre les services de sécurité, faire du commerce de femmes et d'héroïne. Ici, c'était différent, les flics étaient plus dangereux et, à part quelques exceptions, difficilement corruptibles. Mais, d'un autre côté, les profits étaient considérables, bien plus importants qu'au Kosovo ou en Albanie. Il réinvestissait ses gains, réalisés entre les cuisses des filles, dans son garage automobile, c'était parfait pour blanchir l'argent. Rapidement, il avait réalisé que l'avenir ne résidait pas dans le proxénétisme, mais plutôt dans la commercialisation du produit dont tout le monde parlait et que tout le monde voulait se fourrer dans le nez : la cocaïne. Il avait pris contact avec des Boliviens capables de lui fournir du matos d'excellente qualité. Le boulot de Léo était simple, réceptionner la coke en Guinée-Bissau, la faire acheminer jusqu'à Dakar par la route, où elle prendrait l'avion dans les bagages de mules qu'il aurait envoyées, au préalable, là-bas. Le recrutement de passeurs ne posait aucun problème dans la mesure où il disposait d'une vingtaine d'esclaves sexuelles qui ne verraient certainement pas d'objection à aller passer quelques jours sur les plages du Sénégal. Outre trois billets d'avion, ça lui coûterait seulement un bakchich pour franchir en toute sécurité

---

1. Armée de libération du Kosovo.

le poste de contrôle au Sénégal et un pourboire pour ses mules. Ça s'annonçait plus compliqué à l'arrivée en France. Il avait dû débourser une petite fortune pour qu'un responsable des douanes ferme les yeux à Roissy. Mais, après avoir glissé une de ses filles, l'une des plus persuasives évidemment, dans le lit du petit fonctionnaire, les tracasseries administratives semblaient sur le point de se résoudre. Léo soupira, cela devrait fonctionner. Mais il n'était pas à l'abri d'un impondérable, et le grand frère avait une vraie gueule d'impondérable. Les années à combattre l'armée serbe lui avaient conféré un véritable détecteur à emmerdes. Et, en l'espèce, son détecteur était au rouge. « Ce n'est pas grave, dès que Sofiane m'aura payé, je lui ouvrirai la gorge et, comme ce n'est pas bien de séparer une famille, je ferai de même pour son frère. Cela fait, je recruterai ses revendeurs pour mon propre compte et, ainsi, j'augmenterai ma marge bénéficiaire. » Satisfait de sa réflexion, Léo se mit à siffloter.

VIII

Le téléphone portable de Mako sonna. Le policier, assis à l'avant de la Bac 47, dut se contorsionner pour récupérer l'objet dans la poche de son jeans. Bill, comme toujours au volant, se marra.

– Tu devrais faire un régime, chef, c'est pas bon, la gonflette.

Mako décrocha, c'était Berthier.

– Salut, Mako, je te bigophone pour t'annoncer une bonne nouvelle : la petite Lily Hamori a déposé plainte ce matin devant le juge d'instruction.

– Excellent, c'est une bonne nouvelle. Et le juge, c'est un bon au moins ?

– C'est une femme, Émilie Plessis, joli brin de fille, mais un putain de mauvais caractère. Les violeurs ne sont pas à la fête avec elle. Il va déguster le Vidic, bien plus qu'avec toi dans la cage.

– Ouais, au lieu de me charrier, a-t-on pensé à faire protéger la gamine ?

– Suis-je bête ! j'appelle immédiatement le programme de protection des témoins.

– Allez, vas-y ! Fous-toi de ma gueule. On ne peut rien faire en attendant les assises ?

– L'instruction va durer au minimum six mois, tu

penses peut-être que l'État va payer des gardes du corps à la petite pour cette durée ?

— Alors, qu'elle rentre chez elle, je veux dire dans son pays. Elle y sera en sécurité.

— Elle refuse, elle veut passer ses diplômes et travailler en France. Ça m'emmerde, moi aussi, d'autant plus que la juge a révoqué le contrôle judiciaire de Vidic. Ce connard a disparu de la circulation, la juge a délivré un mandat…

Mako raccrocha, l'angoisse au ventre.

— C'est quoi, la bonne nouvelle ? demanda Vincent.

— La petite Lily a déposé plainte contre Vidic. La mauvaise, c'est que le Kosovar a pris le maquis.

— Qu'est-ce qu'on fait alors ? demanda le jeune policier.

Bill fit demi-tour sur les chapeaux de roues et prit la direction du Bois.

— On va là où on a une chance de trouver un enculé de mac, là où il y a des putes, dit Mako.

— Dire qu'on l'avait, soupira Bill, combien de fois il faudra se le faire. Quelle bande de trouducs, ces juges !

Mako téléphona au commissariat dont dépendait la cité universitaire où résidait Lily. Il demanda à parler à l'officier responsable de l'unité de voie publique. Ce dernier écouta patiemment la requête du major Makovski. Il lui donna l'assurance qu'il allait donner des instructions aux véhicules de patrouille pour qu'ils fassent des passages fréquents dans le secteur de la résidence universitaire. Il ne pouvait faire mieux. L'officier n'avait pas été mis au courant du mandat d'amener délivré contre Vidic. Il remercia Mako pour l'information. Il allait faire distribuer la fiche de recherche du Kosovar à tous les effectifs du commissariat sur la voie publique.

Mako le remercia à son tour et raccrocha tandis qu'une inquiétude sourde lui triturait les entrailles. La BAC 47 ralentit en entrant dans le bois. Cela faisait deux bonnes heures que la voiture banalisée tournait dans les allées, ses occupants scrutant les visages des michetons et des maquereaux, espérant apercevoir Vidic dans l'obscurité, lorsque Bill s'exclama :

— C'est pas bon, on le trouvera pas comme ça. Il ne viendra jamais ici. Ou bien il serait vraiment trop con. Pourquoi on n'irait pas chez lui ?

— Parce que tu imagines peut-être que les collègues de la Sûreté ne s'y sont pas déjà pointés ? Ils doivent encore y être d'ailleurs, fit remarquer Vincent.

— Il a raison, le gamin, les collègues doivent avoir planqué un chouffe à son domicile. On va sur place.

— Qu'est-ce qu'on va pouvoir faire de plus ? interrogea Vincent.

— On improvisera, répondit évasivement le major.

— Tu te souviens de l'adresse de cet empaffé ? demanda Bill.

Mako se souvenait de chaque détail concernant Vidic. Il donna l'information à son chauffeur.

— Allô ?
— Salut, c'est Paul.
— Hola ! amigo, que tal ?
— Pardonne-moi, mais je n'ai pas de temps pour les mondanités.
— Vas-y, je t'écoute.
— On a bien branché la ligne de ton frangin, mais elle ne donne rien. Elle est muette.

— Pourtant, je peux t'assurer que c'est bien le phone que le pélot lui a refourgué.

— Alors, ça veut dire que c'est une ligne d'urgence. Ils ne l'utiliseront qu'en cas de pépin. On n'aura rien par les zonzons[1].

— Je vois.

— C'est la merde... Tu vas être obligé de te mouiller un peu plus.

— Mouillé, j'y suis jusqu'au cou. Tu veux quoi exactement ?

— Il me faut la date de la livraison. Vu que les écoutes ne donnent rien, on doit obligatoirement les péter pendant la transac.

— Je vais voir ce que je peux faire.

— Karim !

— Ouais ?

— Fais gaffe à ton cul, ça craint vraiment. Je ne voudrais pas te retrouver dans un terrain vague avec une bastos dans le caisson.

— Inch Allah...

Nabil martelait le sol de la semelle de ses chaussures noires coquées devant la porte du Torpédo. Les clients arrivaient par petits groupes. Ils faisaient la queue dans le froid, à moitié frigorifiés pour avoir laissé leurs vêtements chauds dans leur véhicule et éviter ainsi d'avoir à s'acquitter du prix d'un vestiaire. Nabil, du haut de son mètre quatre-vingt-dix-huit, fort de ses cent trente kilos, les toisait en mâchonnant un chewing-gum, l'air blasé. Un gamin lui fit signe en l'appelant par son pré-

---

1. Les écoutes téléphoniques.

nom pour se donner de l'importance auprès de sa copine. Le portier répondit par un grognement méprisant et ignora superbement l'audacieux. Nabil était soucieux. Il avait depuis quelque temps des tracas de trésorerie. Il fallait dire que le portier aimait mener grand train. Sa bagnole, une sportive japonaise tunée, les putes classieuses qu'il aimait s'envoyer, les casinos qu'il fréquentait, les petits restos, tout cela, il ne pouvait se l'offrir avec sa paie de videur. Il songea au passé avec nostalgie. À l'époque Karim était le caïd de tout le sud de Paname. Il faisait dans le shit, du marocain, la meilleure qualité qui soit, le Sum[1]. Les clients venaient de très loin pour être livrés. Si les affaires étaient florissantes, Karim rechignait à passer à la vitesse supérieure. Plusieurs fois, Nabil l'avait enjoint d'augmenter les quantités de matos, de recruter plus de revendeurs. Mais, invariablement, le Kabyle lui expliquait que le secret du bonheur consistait à ne pas être trop gourmand, à se satisfaire de ce qu'on avait. Là où Nabil avait claqué tous ses bénéfices en faisant la bringue, Karim avait mis de côté de quoi s'offrir son rêve. Et maintenant, Nabil faisait le pied de grue devant le rêve de son pote. Le Torpédo était le symbole de la réussite du Kabyle et le témoignage de sa propre déchéance. Depuis toujours, Karim avait été plus malin, plus rapide. Lorsqu'ils étaient enfants, Nabil finissait toujours par avoir des embrouilles et Karim, à chaque fois, l'en dépêtrait. Ils habitaient dans la même tour et, déjà à l'époque, le quartier s'était pris d'affection pour le petit Kabyle aux yeux verts. Nabil avait toujours eu le sentiment de faire pâle figure à côté de son ami.

---

1. Sum ou Seum : dérivé du cannabis.

Celui-ci réfléchissait toujours mieux et plus vite. Ainsi, Nabil avait toujours eu l'impression d'être à la traîne, pris en remorque par son ami qui lui laissait les miettes. Lorsque Karim avait quitté le business, Nabil avait bien tenté de reprendre la main derrière lui, mais il n'avait pas le talent de gestionnaire de son ami. Nabil était plus à l'aise à faire le coup de poing et convaincre les débiteurs récalcitrants qu'à gérer une affaire commerciale. Au bout de quelques mois calamiteux, il avait fini par se faire coffrer par les keufs en livrant lui-même six modestes kilos de matos. Trois ans de placard, pour un produit au rabais qui tenait plus du Tchernobyl[1] que du Sum tant il était coupé au henné. À sa sortie de Fresnes, la queue entre les jambes, il avait frappé chez le Kabyle. Ce dernier lui avait offert une place à la porte du Torpédo. Nabil aurait dû lui en être reconnaissant, mais cette main tendue lui avait été insupportable. Il n'en avait que détesté plus encore celui qui se prétendait son ami, celui qui avait fait de lui un mendiant. Pour pouvoir se refaire, il s'était lancé dans un nouveau business. À sa sortie de prison, il avait été étonné de constater que le shit était sur le point d'être détrôné par la poudre. C'était incroyable. La cocaïne était sortie des cercles parisiens et mondains pour inonder tous les milieux, des plus sélects aux plus populaires. Tout le monde en prenait, les stars du show-biz comme les ouvriers, les taulards comme les flics, les juges, les commerçants, les femmes de ménage, personne n'était épargné. Alors, Nabil avait saisi l'opportunité et, grâce à sa situation stratégique à la porte d'une des boîtes les plus en vue de la banlieue, il s'était lancé dans une

1. Très mauvaise qualité de résine de cannabis.

petite affaire, une de celles qui ne connaissent pas la crise. Seulement, il ne faisait pas de gros bénéfices, juste de quoi se payer du bon temps, s'offrir un train de vie digne de lui. Il achetait la coke beaucoup trop chère, car il ne pouvait en prendre qu'en petites quantités. Puis, il la coupait et la revendait aux blaireaux qui, tout comme aujourd'hui, patientaient en troupeau pour faire la fête. Nabil devait être extrêmement prudent, car Karim avait été très clair : pas de came dans sa boîte. Le portier avait déjà pu constater que sous le masque civilisé du chef d'entreprise, il y avait un autre visage... Le visage d'un homme qui pouvait se révéler impitoyable, d'un homme qui n'hésitait pas à se salir les mains lui-même si cela était nécessaire. Des concurrents indélicats avaient disparu de la circulation alors que le Kabyle ne faisait pas encore dans l'honnête. Ainsi, certains rustres, qui avaient tendance à oublier leurs devoirs, avaient décidé, à la sortie de prison du Kabyle, d'aller se terrer, au fond d'un bois de la grande banlieue, ou dans la Seine, planqués dans le coffre de leurs bagnoles. Karim aimait à dire que si l'on voulait que les choses soient bien faites, il ne fallait pas hésiter à retrousser les manches, à mettre la main à la pâte... Tout le monde savait ce que cela signifiait. Nabil n'ignorait pas que, malgré l'amitié que le Kabyle lui vouait, il n'hésiterait pas une seconde à l'envoyer rejoindre la liste de ceux qui l'avaient trahi. C'était pourquoi il mettait un grand soin à faire de son petit business un modèle de discrétion. Et tout s'était bien passé. Karim n'y avait vu que du feu, amolli qu'il était de s'être rangé. Tout aurait pu être parfait si, cinq mois auparavant, les keufs des stups n'avaient pas pété le réseau qui approvisionnait Nabil. Pendant les jours qui avaient suivi, Nabil, terrorisé, s'attendait à chaque instant à voir débarquer les condés pour le ramener à la rate. Puis ne voyant rien venir, le portier avait repris sa vie, mais sans les extras que lui offrait la poudre. Lorsque Sofiane était venu lui proposer de bosser avec lui et de mettre sur pied un business de CC avec les Kosovars, sa première réaction avait été négative. Monter une petite affaire en solo, dans l'ombre du roi, c'était une chose, mais bosser pour son frère dans un commerce de grande envergure avec une bande de psychopathes, là c'était tout autre chose. Et puis, les ardoises s'étaient accumulées, Nabil devait de l'argent à tout le monde et même à des types qui n'avaient pas le sens de l'humour. Acculé, il s'était résolu à accepter la proposition de Sofiane, l'angoisse au ventre.

Nabil s'alluma une clope et consulta sa montre : 1 heure 10, seulement. Il soupira, la nuit allait être longue. Son oreillette grésilla et la voix métallique de Sergio, le responsable de la vidéosurveillance, résonna dans l'oreille de Nabil.

– Nabil, de Sergio, tu te rends immédiatement dans le bureau du boss.

– J'attends que quelqu'un vienne me remplacer ?

– Pas la peine et magne-toi, Karim dit que ça presse.

Le cœur du portier battait à tout rompre dans sa poitrine.

« Putain, ça craint », pensa-t-il. Que pouvait bien signifier une telle convocation dans le bureau du taulier ? Rien de bon, à n'en point douter. Savait-il ? Non, ce n'était pas possible, Nabil avait été prudent au-delà du raisonnable. Bah, il se faisait sans doute du mouron pour rien. Il éteignit précautionneusement la cigarette sur la semelle de sa chaussure et la rangea dans le paquet dans l'espoir de la fumer plus tard. Il entra dans la boîte et traversa la piste encombrée. Il fendait la foule qui s'écartait devant lui, aidé par sa taille et son regard intimidant. À l'intérieur, il était loin de ressentir l'assurance qu'il affichait à l'extérieur. Il entra sans toquer à la porte du bureau de la direction. À l'intérieur, il y avait trois personnes. Karim et deux types que Nabil ne connaissait pas. Ils avaient dû arriver avant que le portier prenne son service. De vraies gueules de croque-morts. Le plus grand, indifférent, se curait les ongles à l'aide d'un coupe-papier qu'il avait dû prendre sur le bureau du Kabyle. Il était vêtu de noir et ses traits osseux semblaient avoir été découpés au couteau. Le plus petit le considérait d'un regard narquois. Ses traits burinés, le nez cassé à de multiples reprises, les muscles saillants, mais pas trop, tout indiquait chez ce keum qu'il ne fallait pas trop le chatouiller. « Un boxeur », songea Nabil qui était habitué, de par son métier, à évaluer le potentiel de dangerosité de chaque personne à laquelle il était confronté. Au fond de la pièce, debout et appuyé nonchalamment contre son bureau, Karim le dévisageait froidement. Immédiatement, Nabil remarqua un pistolet automatique de gros calibre posé juste à côté de la main gauche du Kabyle, sur le plan de travail. La bouche de Nabil devint toute sèche :

– Tu voulais me voir, boss ? croassa-t-il.

Il n'y avait pas une once d'humanité dans les yeux de Karim.

– Oui, nous avons à parler, mon vieil ami.

– Euh… eh bien, je t'écoute, boss.

Le Kabyle lui désigna une chaise posée juste devant lui.

— Avant toute chose, assieds-toi, nous serons mieux pour discuter.
— Si cela ne te dérange pas, je préfère rester debout…
— ASSIS !

L'ordre avait claqué, faisant sursauter le portier. La main de son patron s'était rapprochée du pistolet et Nabil sentit le petit mec trapu se glisser rapidement derrière lui.

— OK, ça va, pas la peine de monter le ton, je m'assois, grommela le portier en obtempérant.

La chaise gémit sous le poids du colosse. La main de Karim s'éloigna sensiblement de la crosse de l'arme.

— Tu te rappelles sans doute les règles que j'ai édictées, les règles relatives à la discipline et la moralité de mes employés…

— Bien sûr, mais putain, qu'est-ce que t'as Karim ? Si t'as quelque chose à dire, vas-y, balance, j'ai pas que ça à foutre moi…

Karim sourit patiemment.

— Quand tu es sorti de prison, je t'ai hébergé chez moi pendant plusieurs semaines, je t'ai offert un travail, je t'ai trouvé un appart…

— Je sais tout cela, Karim, et je t'en suis reconnaissant…

— Je ne crois pas. Tu as dû estimer que je n'en avais pas fait assez. Rappelle-toi, je t'avais dit une chose : je ne supporte pas la déloyauté. Tu sais que je ne veux pas de dope dans mon établissement, j'ai toujours fait la chasse aux dealers, c'est la raison pour laquelle je n'ai jamais eu d'emmerdes avec les keufs.

Karim se saisit du pistolet qu'il braqua sur le visage du portier.

— Et toi tu fais du business de coke chez moi !!!

hurla le Kabyle, l'écume aux lèvres. Putain, je devrais te fumer tout de suite !

– Non, s'il te plaît, non ! fit Nabil en levant ses deux mains en un geste dérisoire de protection.

Le portier se leva brusquement, renversant la chaise. Il reçut immédiatement un violent coup dans les reins. La douleur, effroyable, le fit choir. Le boxeur avait dû le cogner par-derrière. Nabil essaya péniblement de se relever. Le grand type maigre s'avança rapidement et lança un grand coup de pied dans la figure de Nabil. Le choc ébranla Nabil à lui en décrocher la mâchoire. Il retourna au tapis. Une pluie de coups de pied et de poing s'abattit sur lui. Chaque coup faisait mal, très mal, c'étaient des professionnels, à n'en point douter. Dans un semi-coma, il sentit qu'on lui liait les mains avec des entraves en plastique. Des colliers de serrage… « comme en utilisent les keufs », songea Nabil dans un épais brouillard. Un liquide chaud et épais lui coulait le long du visage et imbibait sa chemise blanche Armani. Les deux sbires le soulevèrent de terre et le traînèrent difficilement jusqu'à la porte du fond. Karim leur ouvrit et l'étrange équipage s'engagea dans un long couloir. Tout au bout, une porte de sécurité s'ouvrit en claquant, donnant sur le parking des livraisons. C'était là que les employés stationnaient leurs véhicules. Les deux porte-flingues le traînèrent jusqu'à une voiture que Nabil reconnut pour être sa Subaru Impreza, la voiture qui faisait sa fierté. Les sbires le laissèrent tomber au sol. Le choc contre le goudron fit gémir le portier. Il sentait les hématomes gonfler son visage sanguinolent. Il entendit le grand type maigre demander :

– Au fait, Karim, t'as bien fait couper l'enregistrement des caméras de sécurité ?

– Te fais pas de bile, Pic à glace, tu sais bien que l'informatique n'est jamais très fiable.

Nabil sentit qu'on lui liait les pieds, probablement encore avec des colliers de serrage. Nabil parvint à ouvrir un œil tuméfié. Il vit les deux types se pencher vers lui pour le soulever. Le coffre de sa voiture était ouvert. Karim se tenait à côté de la voiture de sport, impassible. Les deux types le jetèrent violemment dans le coffre. Pendant qu'ils lui repliaient les jambes, Nabil trouva la force de hurler :

– Karim, non ! Fais pas ça, je t'en supplie…

Le boxeur sortit un rouleau d'adhésif plastique de sa poche dont il sectionna une large portion qu'il colla sur la bouche du portier. Les supplications cessèrent pour se transformer en borborygmes pitoyables. Le grand type maigre entreprit de fouiller les poches du portier. Il finit par trouver les clés de la Subaru.

– C'est bon, je les ai, on peut y aller.

Le coffre se referma et Nabil, désespéré, se retrouva dans le noir. Il se mit à pleurer à chaudes larmes.

IX

Les membres de la BAC 47 n'eurent aucune difficulté à repérer le sous-marin. Il était stationné dans une rue pavillonnaire comme il en existe des milliers en banlieue. Le soum[1] était un fourgon banalisé, le chauffeur l'avait installé de telle façon que l'observateur positionné à l'arrière pouvait voir l'entrée de la petite maison dans laquelle était censé habiter le Kosovar. Mako descendit de la voiture banalisée, remonta la fermeture Éclair de son blouson et, les mains dans les poches, s'approcha du sous-marin. Arrivé au niveau de la porte latérale, du côté trottoir, Mako frappa sur la carrosserie de la fourgonnette. Il n'y eut pas de réponse. Mako frappa de plus belle sur la tôle.

– Je sais que t'es là, ouvre collègue, c'est Makovski de la BAC.

Ça bougea à l'intérieur. On déverrouilla la porte latérale qui finit par coulisser dans un bruit métallique. Assis à l'intérieur, une radio portative à la main, un jeune policier en civil fulminait.

– T'es devenu dingue, Mako, ou quoi ? Tu fais plus de bordel qu'une fanfare municipale.

1. Sous-marin, véhicule qui sert à la surveillance discrète.

Mako sans répondre grimpa à l'intérieur du soum et referma la porte derrière lui. Le policier en civil, Olivier quelque chose d'après ce que se rappelait Mako, s'insurgea :

– Hé ! Qu'est-ce que tu branles, là ?

– Tu ne veux pas qu'on pète ta planque, non ? Alors, je me fais discret.

Mako considéra l'intérieur du soum dont le confort spartiate faisait la réputation. C'était toujours ressenti comme une punition de passer ses nuits dans ce cercueil de ferraille. En hiver on se les gelait, et en été c'était une véritable étuve. L'enfer, mais il fallait bien y passer. Une bouteille d'eau minérale à demi remplie d'un liquide jaunâtre était appuyée contre la paroi du soum.

– Pas facile de pisser là-dedans, hein ?

– Ouais, tu peux le dire et je te parle pas de mon envie de chier, répondit le jeune flicard, amer.

– Je sais ce que c'est, tu n'imagines pas le nombre de nuits que j'ai pu passer dans ce genre de fourgon.

– OK, tu sais ce que c'est, mais tu veux quoi exactement, Mako ?

Mako hocha la tête et éluda la question.

– Ça fait combien de temps que t'es là-dedans ?

– Trois heures, j'ai fait la moitié.

– Tu ne seras pas relevé avant ?

– Non, le commandant a estimé que, de nuit, c'était trop risqué.

– Je comprends, ta mission est super-importante. Ce type, Vidic, c'est un vrai enfoiré. C'est moi qui l'ai interpellé pendant un viol, en flag…

– Je sais, tous les collègues sont dégoûtés que cet

enfoiré de juge des libertés ait laissé sortir ce mec. Maintenant c'est à nous de le reprendre.

– Tu comprends donc à quel point c'est important de choper Vidic ?

– Bien sûr, t'as pas de soucis à te faire, on l'aura. Tôt ou tard, on l'aura, ce fils de pute. Il va déguster, fais-nous confiance. Je comprends pourquoi tu es là maintenant.

– Je voulais juste savoir si on avait affecté une bonne équipe à cette mission, je suis rassuré maintenant.

Le jeune policier, Olivier Machin Chose, se rengorgea.

– Il a pas une chance, ce connard, t'inquiète.

Mako sourit et donna une tape amicale et fraternelle sur l'épaule de son jeune collègue.

– Parfait, mais dis-moi, tant que je suis là, tu ne veux pas en profiter pour aller chier au commissariat local ? Ma bagnole est garée à une centaine de mètres en amont de la rue. Ils vont t'emmener.

Le jeune policier hésita.

– Je sais pas, je peux pas abandonner mon poste, si le commandant…

– Ton commandant est dans sa piaule, au chaud, occupé à péter sous la couette avec sa bourgeoise. Et lui, il a des chiottes à disposition si la nécessité s'en fait sentir. Allez, te fais pas de mouron, je te remplace pour le temps que ça prendra.

– Vraiment, ça ne craint pas ?

– Si je te le dis, va chier en paix, mon fils, déclara solennellement Mako en faisant le signe de croix sur le front du jeune policier.

Ce dernier pouffa et jeta un œil par la vitre sans tain

afin de vérifier que la rue était bien déserte. Rassuré, il fit coulisser la porte latérale et sortit du soum.

– Merci, Mako, fit-il en refermant la porte.
– Y'a pas de quoi, murmura le major.

Il attendit que la BAC 47 démarre et prenne la direction du commissariat. Il sortit du soum et verrouilla la fourgonnette avec les clés que lui avait laissées Olivier. Puis il traversa la rue en direction du pavillon de Vidic. C'était une petite maison coquette dans laquelle on ne pouvait s'imaginer que résidait un violeur patenté. Il enfila des gants en cuir et grimpa le mur d'enceinte. Il sauta de l'autre côté. De magnifiques rosiers grimpaient le long de la façade sud du pavillon et le jardin semblait bien entretenu. « Vidic a la main verte », songea Mako étonné. Il s'approcha de la porte d'entrée en haut d'un petit perron. Il examina la serrure, celle-ci portait les traces du passage des policiers de la BSU[1] locale quand ces derniers étaient venus vérifier si le Kosovar ne se trouvait pas à domicile. Ils avaient refermé derrière eux, probablement aidés par un serrurier. Autant passer par là, réfléchit Mako, son effraction se confondrait aisément avec celle des collègues. Il poussa de l'épaule la serrure malmenée qui, bien que branlante, résista. Il poussa plus fort et cette fois ce fut le chambranle qui craqua dans un bruit de bois brisé. La porte s'ouvrit. Mako entra dans un hall d'entrée carrelé d'un hideux damier noir et blanc. La lueur de l'éclairage public suffisait à ce qu'il y voit, mais lorsqu'il referma la porte derrière lui, il fut plongé dans un noir épais. Il alluma sa petite mais néanmoins puissante lampe torche et entama sa visite du pavillon de Vidic. Il n'avait devant lui que

---

1. Brigade de sûreté urbaine.

quelques minutes, il fallait faire vite. La maison était bien rangée et sentait le propre. Le rez-de-chaussée comportait, outre le vestibule, une salle à manger avec un salon attenant, une cuisine équipée et un débarras dans lequel avait été entreposé tout un fatras d'objets sans intérêt. Si, au début, Mako ne se faisait pas trop d'illusions sur ses chances de trouver un indice susceptible de le mettre sur la piste du Kosovar, il fut étonné de trouver un trousseau porteur de nombreuses clés dans la cuisine, sur un vaisselier datant des années cinquante. Mako considéra l'objet métallique qui tinta dans le faisceau de sa lampe torche. Il y avait des clés que l'on utilisait pour les gros cadenas et d'autres servant aux serrures de sécurité. Mako réfléchit rapidement. Vidic était vigile, il devait donc s'agir de son trousseau professionnel, celui qui lui permettait d'accéder aux sites qu'il surveillait. Mako mit les clés dans la poche de son blouson et poursuivit la visite de la petite maison. Il monta à l'étage. Deux chambres, une salle d'eau et des toilettes. Dans l'une des chambres, celle qui était manifestement occupée par Vidic, Mako trouva un blouson de type coupe-vent sur lequel avait été floquée la raison sociale Protecguard SA. Ce devait être le nom de la boîte pour laquelle bossait le Kosovar. Un petit bip caractéristique retentit dans une poche du jeans de Mako. C'était le téléphone portable, un SMS laconique de Vincent qui disait : « On arrive. » Rapidement il vérifia qu'il avait bien tout remis à sa place. Mako hésita une fraction de seconde puis revint sur ses pas et s'empara du blouson coupe-vent qu'il roula en boule et glissa sous son propre blouson en cuir. Il dévala l'escalier, sortit du pavillon. Mako tira la porte derrière lui, mais elle ne fermait plus. « Peu importe », songea-t-il en se précipitant vers le mur qu'il avala comme un simple obstacle. Dans la rue, il marcha tranquillement vers le soum.

La Subaru Impreza s'arrêta doucement, Pic à glace sortit de la voiture japonaise en compagnie de Manolo. Ce dernier adorait cette bagnole, quel dommage tout de même... Ils étaient dans une forêt du sud de la capitale, une forêt fréquentée par les joggers, les familles et les randonneurs, le jour. La nuit c'était sinistre. Tout près retentit le hululement lugubre d'un hibou. À quelques dizaines de pas, un étang paisible était plongé dans une torpeur aquatique. L'eau, sombre, semblait avoir la consistance épaisse de l'huile.

– Putain, on a failli s'embourber et pourtant cette caisse est à quatre roues motrices, fit Manolo en s'approchant, tentant de ne pas souiller ses pompes à 300 euros dans la terre humide.

– Un grand duc...

– Quoi ? brama le boxeur.

– Là, juste devant nous, sur le faîte du hêtre, il y a un hibou grand duc, c'est lui que nous avons entendu.

Manolo considéra la silhouette sombre et ornée de deux petites oreilles de l'oiseau se découpant dans la nuit.

– On s'en branle, de ton piaf, on a un boulot à faire.

Pic à glace sourit.

– Béotien, soupira-t-il.

Le boxeur consulta sa montre.

– Mais qu'est-ce qu'il fout, Karim ?

– Il a dû laisser sa bagnole sur le goudron. Il ne veut pas laisser aux flics de quoi faire un moulage de ses pneus.

Ils s'appuyèrent sur la carrosserie de la caisse de Nabil. Pic à glace sortit une clope de sa poche qu'il alluma grâce à un zippo. Le boxeur le considéra, dubitatif.

– Tu devrais pas faire ça, ce n'est pas sain.

Pic à glace eut un petit rire de gorge. Ils se retournèrent lorsqu'ils entendirent arriver quelqu'un. C'était Karim, transportant un petit jerricane.

– Putain, je vais saloper mes pompes, fit le Kabyle, agacé.

– T'as bien pensé à marcher dans l'herbe ? Il ne faut pas laisser de traces, demanda Pic à glace.

– Tu me prends pour un cave ou quoi ? répondit Karim.

– Non, simplement il faut être prudent.

– Écoute, Pic à glace, contente-toi de faire ce que je t'ai demandé et sors l'autre crétin du coffre.

Manolo et Pic à glace ouvrirent la malle de la Subaru et en sortirent péniblement la masse de Nabil. Ils le traînèrent jusqu'à la place du conducteur et l'y installèrent. Le portier gémit sous son bâillon. Les deux sbires reculèrent, laissant Karim s'approcher du véhicule. Il approcha la main du visage de Nabil dans un geste presque tendre et arracha d'un coup sec le ruban adhésif. Le portier couina.

– Karim, je t'en supplie, qu'est-ce que tu fais ? Tu dois…

– Tais-toi deux secondes, tu parles trop, je te l'ai toujours dit.

– Vas-y, je t'écoute, fit le portier, les yeux écarquillés.

– Je veux savoir si tu es en affaire avec mon petit frère et un type, un certain Léo.

– En affaire, quel genre d'affaires ? répondit Nabil, d'un ton plein de sincérité.

Karim eut un sourire carnassier.

– Tu ne peux pas t'en empêcher, c'est plus fort que toi.

Il tourna le dos à la voiture et à son occupant, puis fit quelques pas en direction de l'étang. Tout sourire avait disparu de son visage. La vue du plan d'eau le plongea dans une semi-torpeur apaisante. Karim était fatigué. Sans cesse son passé s'acharnait à le rattraper. Alors qu'il aspirait à se ranger, à mener une vie tranquille avec une famille bien à lui, ses erreurs de jeunesse se rappelaient à son bon souvenir. Pour suivre son exemple, son petit frère s'embringuait dans un coup tordu avec des mafieux kosovars. Son ami d'enfance le trahissait. On n'a jamais fini de payer sa dette, le fait de passer des années en prison n'y suffit pas. Jamais.

– Karim, on ne peut pas prendre racine ici, ça craint.

« Pic à glace a raison », songea Karim en s'arrachant à ses pensées. Il fit demi-tour et se dirigea à grands pas vers la voiture de Nabil. Il s'empara du jerricane qu'il avait déposé près de la portière du passager avant. Il ouvrit le bouchon et entreprit d'en déverser le contenu sur la voiture de sport, puis dans l'habitacle. Il aspergea le portier qui hurlait et tentait de rompre les liens de plastique, en vain. Une odeur entêtante d'essence se répandit dans les airs.

– Pardonne-moi, mon ami, mais je n'ai pas de temps à perdre. Tu sais combien je n'aime pas qu'on se foute de ma gueule, déclara le Kabyle, qui prenait soin de ne pas recevoir de projections sur ses vêtements.

Nabil se mit à hurler de terreur.

— Non, putain, non ! Arrête, Karim, arrête, je t'en supplie.

La voix du portier était hystérique, il eut un hoquet et se mit à vomir un mélange de bile et d'essence. Il reprit son souffle et sanglota comme un enfant. Karim posa le jerricane vide au sol, s'approcha de Pic à glace. Le Kabyle tendit la main. Le grand type y déposa son zippo. Karim retourna près de la portière côté conducteur, en ouvrant le fermoir du briquet. Nabil était agité de convulsions nerveuses, une odeur écœurante d'urine et de matières fécales couvrait désormais celle de l'essence.

— Écoute-moi bien, Nabil, j'ai pas toute la nuit. Alors, je vais te poser encore une fois la question : es-tu en affaire avec Sofiane et Léo pour une livraison de cocaïne ?

Nabil, la mâchoire crispée, hocha vigoureusement le chef.

— Bon, c'est déjà mieux. Deuxième question : quand doit avoir lieu la livraison ?

— Dans une semaine pile. Jeudi soir prochain.

— Parfait. Où doit avoir lieu cette livraison ?

— Sur les quais dans l'ancien port autonome, c'est tout ce que je peux te dire, Sofiane ne m'a pas donné le détail. Je sais juste qu'il y aura quinze kilos de CC. C'est seulement un test, si c'est concluant y'aura d'autres livraisons plus importantes. Je peux te donner les noms des autres keums qui bossent pour ton frère, si tu veux ?

Le Kabyle eut un sourire carnassier.

— Comment peux-tu imaginer que je ne les connais pas ? Toi tu as un traitement de faveur parce que tu étais mon ami. Et comme on dit, un traître, c'est toujours un ami.

– Putain, Karim, on est potes depuis tout petits… Tu vas pas me faire du mal, tout de même ? implora Nabil.

– Non, je ne vais pas te faire de mal. En souvenir du passé, je vais t'épargner, mais je veux que tu disparaisses de ma vue, définitivement.

– Je vais faire ce que tu dis, Karim, je te le jure, je…

La détonation claqua sèchement dans le sous-bois, suivie immédiatement du bruit sec d'une vitre explosant. Karim considéra le pistolet automatique dans sa main, puis le crâne explosé de Nabil. Une expression de surprise peinée avait figé les traits du portier. La balle de calibre 45 avait emporté une partie de la boîte crânienne et la glace du côté passager. Karim ferma les yeux.

– C'est incroyable, y'avait une cervelle dans cette caboche, gloussa Manolo qui s'était approché et que le spectacle fascinait.

Karim ouvrit la portière, se pencha par-dessus le cadavre de Nabil en prenant garde de ne pas salir ses vêtements avec de la matière cérébrale et du sang. Il desserra le frein à main et passa la boîte de vitesses en position neutre. Le véhicule se mit à bouger doucement dans le sens de la pente, en direction de l'étang.

– Poussez, vous deux, au lieu de vous tourner les pouces, fit Karim à l'attention de Pic à glace et Manolo.

Ces derniers protestèrent pour la forme, mais obtempérèrent. La voiture sous l'effet conjugué de la pente et des deux sbires prit de la vitesse.

– Écartez-vous, maintenant ! ordonna Karim.

Il alluma le zippo et le jeta enflammé dans l'habitacle, sur les genoux du cadavre. La voiture s'embrasa en une fraction de seconde et poursuivit sa course en direction de l'étang.

– C'est assez profond ? s'enquit Pic à glace.

– Évidemment, j'ai choisi l'endroit pour cela et aussi pour le fait que c'est tranquille, murmura Karim, fasciné par le spectacle de la voiture en flammes s'enfonçant dans les eaux sombres de l'étang.

– Joli, mais pas très discret, estima Manolo. Moi, je l'aurais laissé griller vif, ce sac à merde. T'as toujours eu tendance à être sentimental, Karim.

La voiture disparut complètement sous les flots. Le Kabyle détourna le regard.

– Les yeux plus gros que le ventre, et surtout que la tête, déclara Pic à glace pour toute oraison funèbre.

– Allez, on a un peu de marche pour rejoindre ma bagnole, fit Karim.

Les trois hommes partirent en direction de l'allée goudronnée.

– Au fait, Karim…

– Oui, Pic à glace ?

– On a réglé notre passif, Manolo et moi. Maintenant c'est toi qui es en dette.

– Comment cela ?

– Tu me dois un briquet et une nouvelle paire de Clarks, répondit le sbire en considérant ses chaussures maculées de boue.

Juste au-dessus, le hululement du hibou grand duc retentit.

Manolo gloussa.

– Écoutez, il se marre, le con.

X

– Allô ?
– Oui, bonjour, que puis-je pour vous ?
– C'est Sofiane. J'aurais besoin d'une vidange pour ma caisse.
– ...
– Oh, t'es là ? Ça urge, j'ai besoin d'un rendez-vous et rapido.
– Cet après-midi à 18 heures 30.

La salle de réunion était comble. Les chanceux bénéficiaient d'une chaise, les autres, les retardataires, restaient debout, appuyés nonchalamment contre la cloison. La brigade des stups patientait, tassée dans la petite pièce. Le commandant Vasseur présidait, assis derrière la grande table de travail. Il s'enquit d'éventuels retardataires, mais on lui assura que la brigade était au complet. Paul mit ses lunettes, ce qui déclencha quelques remarques irrespectueuses sur son âge, et consulta rapidement ses notes. Il prit enfin la parole.
– Nous devons faire le point sur l'affaire des Kosovars, c'est pourquoi je vous ai réunis aujourd'hui. Malheureusement, cela devrait aller vite, car depuis

qu'on bosse avec la commission rogatoire, on n'a, pour l'instant, que peu d'éléments en plus. Que peux-tu nous dire, Damien ?

Le policier, de petite taille, au visage buriné, était lieutenant de police et numéro deux du groupe. Il hocha du chef.

– Le type dont le prophète t'a filé le blaze s'appelle bien Léotrim Xhemi. Il est inconnu au STIC[1] et ne fait pas l'objet de recherches. Il est propriétaire d'un garage dans la grande couronne. Il fait dans la bagnole de luxe d'occase. Ses affaires ont l'air saines. Si l'on était soupçonneux, on se dirait qu'un business de caisses d'occasion, c'est parfait pour blanchir les bénéfices d'activités plus… clandestines.

– Oui, mais là, Damien, je te soupçonne d'être soupçonneux, l'interrompit Paul.

– Tu penses bien, mon cher Paul, que je n'allais pas me contenter de si peu. En partant du postulat que notre ami a eu une vie au Kosovo avant d'arriver en France, j'ai donc contacté les RG. Ils n'avaient pas grand-chose concernant notre ami. Heureusement, un pote de promo à la ST[2] a accepté de faire une recherche pour moi. D'après ce qu'il m'a dit, les barbouzes de l'armée ont tout un dossier sur notre pote Léo qui a été officier dans l'UCK. Il a trente-six ans et il est issu de la grande bourgeoisie de Pristina. Il parle le français couramment pour avoir étudié au lycée français de Belgrade. Il a fait des études de droit et a obtenu son diplôme d'avocat en 96. Il est très sportif. Léo a fait partie de l'équipe fédé-

---

[1]. Système de traitement des infractions constatées.
[2]. La DST, la Direction de la surveillance du territoire, le contre-espionnage français.

rale de Yougoslavie de boxe aux Jeux olympiques de Barcelone, catégorie des mi-lourds. Il a échoué au pied du podium. Il continue de pratiquer intensément. En 97, alors que l'UCK avait entamé des opérations de guérilla contre l'armée fédérale yougoslave, contre toute attente, notre ami s'est engagé dans l'armée de libération du Kosovo. Il a subi un entraînement spécial en Albanie par des spécialistes des services du renseignement militaire allemands. Il a participé aux combats de 98 à 99. Il a terminé le conflit avec le grade de capitaine et la réputation de ne pas faire de prisonniers. On aurait pu imaginer qu'il retournerait au prétoire à la fin des hostilités, mais Léo a goûté au sang et cela lui a manifestement plu. Il a délaissé la robe pour le treillis et a participé au corps de protection du Kosovo, le TMK, dans lequel il s'est illustré par sa férocité. D'après mon pote de la ST, il aurait participé à la liquidation d'une bonne dizaine de membres éminents de la minorité serbe du Kosovo, et même d'albanophones modérés. Ce n'est pas tout : pour financer l'UCK sous sa nouvelle forme, il aurait mis en place un important trafic d'héroïne et un réseau de traite d'êtres humains, hommes, femmes et enfants, à destination des trottoirs de l'Europe…

Le policier s'interrompit, car un brouhaha parcourait l'assemblée. Les policiers des stups étaient souvent confrontés à la lie de la société, mais là c'était tout autre chose.

– Messieurs, s'il vous plaît ! fit Paul en haussant le ton. Oui, nous avons affaire à un type entraîné, sans pitié et extrêmement dangereux. Et ce n'est pas tout, car nous savons que son adjoint dans l'UCK et le TMK se nommait Vloran Vidic. Il s'agit du Kosovar actuellement en fuite, mis en examen dans l'affaire de viol d'une jeune femme de nationalité hongroise. Les collègues des Mœurs pensent qu'il dirige un réseau de prostituées des pays de l'Est. Ils sont persuadés que Vidic n'a pas la carrure pour être le grand patron. De là à imaginer que Léo chapeauterait le réseau de proxénétisme et chercherait à mettre en place un trafic de coke…

Le brouhaha repartit de plus belle, chacun y allant de son commentaire. Il y avait comme une effervescence dans la pièce. Paul patienta, sachant que l'excitation qui gagnait ses hommes devait s'exprimer. La proie, cette fois-ci, était d'une autre envergure que les dealers classiques auxquels la Sûreté se mesurait habituellement.

– Messieurs, messieurs, calmez-vous ! On dirait une bande de pucelles qui va à son premier rendez-vous avec le loup !

Quelques rires fusèrent.

– Moi aussi, ça m'excite les grands méchants, mais on a encore du taf, alors si vous permettez…

Un silence religieux se fit.

Damien reprit la parole.

– OK, bande de Chaperons rouges, pour en finir, notre grand méchant loup disparaît du Kosovo en 2003, en compagnie de Vidic et d'une demi-douzaine de types faisant partie de sa garde rapprochée. On n'a aucune information sur cette période. C'est le black-out total. Il réapparaît en 2005, en France. Il ouvre un garage dans la grande banlieue et depuis, plus rien.

– … Merci, Damien, pour ta brillante prestation.

Paul se tourna vers un type dont le visage était perpétuellement agité de tics nerveux.

– Jean-Luc, parle-nous des zonzons.

Le policier se leva, pour prendre la parole, c'était le spécialiste des techniques[1]. Il adorait gérer les écoutes téléphoniques, désosser les ordinateurs, placer des balises GPS sur les véhicules cibles, les targets. À cet instant, il avait un petit air contrit.

– Euh, eh bien, concernant notre ami de l'Est, ça ne donne rien ou, plutôt, pas grand-chose. On a branché le cellulaire dont tu m'as donné le numéro de ligne. En trois jours on a eu une seule communication. Elle était à destination d'un autre portable à carte enregistrée au nom de Marceau Sophie… Pas comme le mime, comme l'actrice. Sofiane a demandé un rendez-vous pour sa bagnole…

– Et donc, on peut espérer que la miss Marceau a enfin réalisé qu'elle serait plus douée en mécanique automobile que face à une caméra, l'interrompit un plaisantin.

Éclat de rire général.

La saillie parvint à faire sourire Sylvain qui n'avait pourtant pas la réputation d'être un boute-en-train.

– Son interlocuteur avait en fait une voix bien masculine, avec un très léger accent, dit-il.

Paul l'interrompit.

– Très probablement Léo ou un de ses sbires…

– Probablement. Le peu de communications semble indiquer qu'il s'agit d'une ligne d'urgence. Et donc, il y a de fortes chances pour que ce rendez-vous soit un code. Il a dû se passer quelque chose, un impondérable.

– Autre chose, Jean-Luc ?

– On a branché le garage de Léo et son portable

---

1. Commission rogatoire spécialisée dans les aspects techniques de l'enquête.

perso. Ça ne donne rien. On est en train de brancher Sophie Marceau. Par contre, du côté du gamin, Sofiane, c'est plus fructueux…

– Nous sommes suspendus à tes lèvres.

– Il a passé des coups de fil, au nombre de six si mes souvenirs sont bons. C'était à destination d'une pizzéria, d'une boîte de nuit de Paname, d'un salon de coiffure branché, etc. On a fait des recherches sur ces établissements auprès des collègues des commissariats locaux. Dans cinq cas sur six, ils suspectent que des trafics se déroulent à l'intérieur, mais ce ne sont que des rumeurs. On approfondit nos recherches. À chaque fois Sofiane annonce l'arrivée du matos à mots couverts et exige le paiement de l'avance. Il parle en code avec son interlocuteur, mais il n'est pas super-doué. La teneur de la conversation est limpide, notre ami collecte des fonds. Les enregistrements seront exploitables juridiquement à mon avis. Dès que j'ai du nouveau, je te tiens au jus, Paul.

– Parfait, merci, Jean-Luc. Voici ce qu'on va faire. Une équipe se colle au cul de Sofiane, je veux des images de ses contacts avec les types pour lesquels il sert d'intermédiaire. En outre, on va monter un dispo[1] sur Léo. On doit en savoir plus sur l'arrivée de la came. Il faut qu'on sache si le rencard a bien lieu au garage ou, à défaut, connaître leur point de chute. Tous les jours, Léo mange dans un petit resto, juste à côté du garage. On le prendra à la sortie du repas.

C'était un dispositif de filature classique, trois voitures banalisées et une moto. Paul était assis dans son

---

1. Dispositif de surveillance ou d'interpellation.

véhicule de service, à l'arrêt, en attente de la cible. C'était un joli début d'après-midi, le soleil semblait vouloir reprendre ses droits. Ça sentait la mort de l'hiver. L'écoute de la ligne du garage avait appris aux enquêteurs que le Kosovar avait annulé tous ses rendez-vous professionnels. Et puis, il y avait eu cet appel de Sofiane. Tout cela signifiait probablement qu'il se passerait quelque chose d'important cet après-midi. Paul, dans l'urgence, avait battu le rappel des troupes pour mettre en place une filoche. Derrière le volant, Yves, brigadier-major, le plus ancien de la brigade des stups, tambourinait nerveusement sur le tableau de bord.

– Tu veux bien arrêter ça ? fit Paul d'un ton agacé.

– Arrêter quoi ? répondit Yves.

– Ce truc avec tes doigts, répondit le commandant en désignant la main du brigadier-major.

Yves se renfrogna.

– OK, ça va, j'arrête.

Ce fut au tour du genou du gradé d'être agité d'un mouvement compulsif et saccadé. Paul soupira. Pour qu'un vieux soldat comme Yves soit fébrile, il en fallait beaucoup. Assurément ce n'était pas une chasse comme les autres. Il consulta sa montre : 15 heures 35. Ça ne devrait plus tarder. Comme pour lui donner raison la radio de bord cracha :

TM 10, Target sort de son domicile et monte dans son véhicule, je le prends en compte.

C'était le pilote de la moto banalisée du service. Il transmettait par un micro logé dans son casque intégral.

– C'est parti, grogna de satisfaction le gradé en mettant le contact.

Yves passa la première et attendit.

– Ils vont passer devant nous dans quelques instants.

Les deux autres véhicules accusèrent réception du message et s'annoncèrent comme étant dans le flot de circulation, prêts à prendre le relais.

Le motard des stups transmit un nouveau message.

« De TM 10, en urgence, à tous les véhicules sur le dispositif, je suis derrière la voiture de Target, à distance. Je viens de repérer un autre véhicule en filoche derrière Target. Je demande instructions. »

Paul s'empara du micro.

– TM10, de TK, pouvez-vous nous donner le type du véhicule et son immatriculation ?

« Affirmatif, TK, il s'agit d'un deux-roues de grosse cylindrée de marque Yamaha, immatriculée... »

Paul nota la série de chiffres et de lettres dans son calepin puis reprit le micro.

– TM 10, de TK, on change de Target, vous collez au train du deux-roues. Restez à distance et rendez compte de la progression.

« Bien reçu, TK. »

Ils virent passer le 4 × 4 noir suivi, quelques instants plus tard, d'une grosse moto noire, montée par un type en jeans, blouson de cuir et casque intégral. Ils attendirent dix secondes et virent passer la moto du service. Le policier leur adressa un petit geste de la main au passage. Damien démarra et se glissa dans le flot de circulation. Il rattrapa rapidement le dispositif de filature en restant malgré tout à distance. Paul composa un numéro de téléphone sur son portable. On décrocha à l'autre bout de la ligne.

– C'est le commandant Vasseur, j'ai besoin d'une identification en urgence au FNA[1].

---

1. Fichier national automobile.

Paul écouta la réponse de son interlocuteur.

– Mais non, bordel, s'emporta-t-il, je ne peux pas le faire depuis ma bagnole puisque je n'ai pas de terminal embarqué, je suis dans une voiture banalisée.

L'interlocuteur dut s'excuser, car Paul s'adoucit.

– Ouais, c'est cela. Contentez-vous d'interroger le FNA et fissa. J'envoie l'immat.

Après avoir communiqué le numéro de la plaque minéralogique, Paul patienta quelques secondes puis reprit l'écoute de son téléphone portable.

– Allez-y, je prends note.

Paul commença à écrire puis s'arrêta soudainement, le stylo en l'air.

– Bordel, c'est pas croyable.

Il raccrocha. Yves, suspendu aux lèvres de son supérieur, s'impatienta.

– Alors, ça dit quoi ?

Paul réfléchissait à toute vitesse, ses doigts tambourinaient sur le tableau de bord.

– La moto, c'est celle de Makovski, le type de la BAC.

Le gros véhicule noir descendit un sentier, au fond d'une zone artisanale située aux portes de la capitale. Arrivé en bas, Léo arrêta son véhicule devant un imposant grillage couronné de fil de fer barbelé. Un grand portail était scellé par un énorme cadenas. Le Kosovar chercha dans sa veste en cuir. Il sortit d'une poche intérieure un trousseau de clés. Après quelques secondes à chercher, il choisit une clé qu'il introduisit dans l'objet métallique. Le cadenas s'ouvrit et Léo poussa le portail. Il remonta dans sa voiture et s'engagea dans une cour bétonnée dominée par un grand bâtiment désaffecté. Léo gara le 4 × 4 devant l'entrepôt. Il coupa le moteur, se saisit d'un sac de supermarché rempli de victuailles et descendit du véhicule. Il dut faire une enjambée depuis le marchepied du véhicule. Il était dans une zone de stockage de marchandises pour le fret ferroviaire. Il considéra quelques instants la bâtisse. Juste derrière, il pouvait apercevoir le nœud ferroviaire du sud de la capitale. On entendait le bruit des essieux des trains passant sur les aiguillages et le son des freins grinçant sinistrement. Léo était sur les nerfs. Rien ne se passait comme il le voulait, trois jours qu'il avait filé le portable à Sofiane et ce crétin en avait déjà fait usage. Léo avait pourtant bien précisé qu'il s'agissait d'une ligne d'urgence. Que pouvait-il bien lui arriver ? Il aura probablement voulu tester, juste pour voir, un peu comme ses enfants qui ont besoin à tout prix d'appuyer sur le bouton interdit. La livraison s'annonçait sous un jour difficile et le Kosovar commençait à se demander s'il ne serait pas raisonnable de tout annuler. Mais il avait passé la commande. En ce moment même, sa marchandise avait dû arriver à Bissau en Guinée. Elle allait être acheminée jusqu'à Dakar. S'il arrêtait les frais maintenant, il passerait pour un cave et dans ce boulot on ne fait pas de vieux os avec une réputation de cave. Et, pour finir, il y avait cette histoire avec Vloran en cavale. Léo, son sac à la main, s'avança d'un pas décidé vers l'entrepôt.

Mako arrêta le moteur de son VMax derrière un wagon qui pourrissait sur une voie de garage. Il retira la clé de contact et béquilla. À une centaine de mètres devant lui, il avait vu le Kosovar ouvrir le portail puis se stationner devant un grand bâtiment au bord des voies ferrées. Il descendit de sa moto, retira son casque intégral et s'accroupit à l'angle de la voiture rouillée. Sa planque était parfaite, tout allait pour le mieux. Le boxeur allait le conduire tout droit à Vidic, il en était persuadé. Pendant la filoche, bien qu'il eût pris toutes les précautions nécessaires pour ne pas se faire détroncher[1], il n'avait pu se départir d'une sensation désagréable, comme un sentiment de malaise. Quelque chose clochait. Ce sentiment lui était passé maintenant. Il se dit que, comme tous les flics, il avait une légère tendance à la paranoïa. Il vit le boxeur grimper, un gros sac plastique à la main, une volée de marches métalliques qui donnaient accès à une porte défraîchie, située à l'étage. Sans hésiter, le Kosovar pressa la poignée et entra. « Il doit s'appeler Xhemi, Leotrim Xhemi », pensa Mako, en tout cas c'était, selon Berthier, le nom du propriétaire du garage.

Yves se gara à distance respectueuse, sur un léger surplomb. Paul lui dit de couper le contact. Le brigadier-major prit des jumelles dans un petit sac à dos, situé sur la banquette arrière. Le point d'observation était idéal, quoiqu'un peu éloigné. Plus bas il pouvait voir l'entrepôt où Xhemi était entré. S'il s'agissait bien d'une planque comme le présumait Paul, l'endroit avait été remarquablement choisi. Pas de vis-à-vis direct, pas de passage. Idéal pour être tranquille, à l'abri des importuns et des curieux. Un peu plus loin on distinguait la

---

1. Repérer.

silhouette de Makovski, à l'affût derrière un wagon abandonné. Paul prit le combiné de la radio en main.

– De TK à tous les véhicules sur le dispositif, vous vous éloignez du dispositif, je ne veux personne à moins d'un kilomètre de Target.

Yves s'agita sur le fauteuil du conducteur.

– T'es sûr que c'est une bonne idée ? Si ça chie, ils vont être trop loin pour nous renforcer.

– Il y a foule, il faut un peu d'air à notre Target.

– Lequel, Mako ou Xhemi ?

Paul ne répondit pas.

Léo fit quelques pas à l'intérieur, la porte se referma derrière lui, rabattue par un groom branlant. Il n'y voyait pas grand-chose, ses yeux peinaient à s'habituer à la pénombre. Il déposa le sac de courses sur un bureau datant des années soixante. Une odeur âcre de poussière le prit à la gorge. Il pouvait maintenant distinguer le contour des meubles, un vieux bureau bancal, une table à dessin, des plantes en plastique… Autrefois, l'endroit avait été le service administratif d'une petite société de transports qui avait fait faillite. Léo avait acheté les lieux en prenant soin de passer par l'intermédiaire de trois sociétés-écrans afin de brouiller les pistes. Il avait fait aménager l'entrepôt de façon à ce que l'on puisse y vivre en complète autarcie pendant plusieurs jours. Dans une pièce au fond, il avait installé une gazinière, un lit et une armoire à provisions pleines de boîtes de conserve, de bouteilles d'eau minérale, de rouleaux de papier toilette, bref, le minimum vital. Dans une cache aménagée dans une cloison était dissimulé un véritable arsenal. Fusils d'assaut de marque Kalachnikov 7,62, pistolets automatiques tchèques et russes, et même quelques grenades défensives. Un débarras attenant, avec une arrivée d'eau, avait été transformé en pièce d'eau, comprenant toilettes, douche et petit lavabo.

Une voix grave, s'exprimant en albanais, juste derrière lui, le fit sursauter.

– Il faudrait que tu sois plus prudent, camarade.

Léo se retourna, Vloran Vidic se tenait juste derrière lui, le visage fermé.

– Je ne t'ai pas entendu, mon ami.

Vidic eut un petit sourire désabusé.

– C'est bien ce qui m'inquiète, il n'y a pas si longtemps, personne n'aurait pu te surprendre.

– Il faut croire que je vieillis, répondit Léo, en français cette fois-ci.

– Non, je ne crois pas, tu es préoccupé et cela te fait commettre des imprudences… répondit Vidic, en français lui aussi.

– Je te trouve un peu arrogant de parler d'imprudence, sachant que c'est toi qui nous as mis dans cette situation pénible, et que c'est toujours toi qui mets en péril toute notre opération, répondit Léo, irrité.

À nouveau Vidic eut un sourire sans joie, il s'approcha des larges baies vitrées et s'assit sur le plateau d'un bureau déglingué. Léo avait fait apposer des filtres sur les vitres qui permettaient de voir à l'extérieur sans être vu à l'intérieur.

– Peut-être, chef, mais ce n'est pas moi qui ai amené du monde à notre planque.

Le visage de Léo demeura presque impassible, n'exprimant qu'une légère contrariété. Il rejoignit Vidic devant la vitre.

– Où ça?

– Derrière le wagon, là-bas, fit-il en désignant l'épave. C'est probablement un condé.

Vidic se leva pour aller farfouiller dans la pièce du fond. Même s'il n'en laissait rien paraître, Léo était pétrifié intérieurement. Comment avait-il pu commettre une telle bourde ? Absorbé par les difficultés qu'il rencontrait dans la mise en place de son business, il avait négligé toutes les mesures élémentaires de sécurité.

Vloran revenait, en possession d'une paire de jumelles militaires russes, un butin arraché au corps sans vie d'un officier serbe.

– T'es sûr que c'est un flic ? demanda Léo.

Son ami porta les jumelles à ses yeux.

– Je n'en suis pas sûr, peut-être pas, car si vraiment c'en était un, ça grouillerait de partout. J'ai bien l'impression qu'il est seul.

Vidic fit un tour d'horizon avec les jumelles. Il y avait bien quelques voitures stationnées en haut du sentier d'accès, mais c'étaient probablement les véhicules du personnel d'une société d'emballage industriel située juste en haut. Vidic reporta son attention sur le type planqué derrière le wagon. Pendant une fraction de seconde, ce dernier avança un peu la tête pour avoir un meilleur point de vue. Le Kosovar eut tout le loisir d'identifier l'espion.

Vidic ôta brusquement les jumelles de ses yeux et jura.

– Quoi ? Qu'y a-t-il ?

– C'est bien un condé, c'est le type qui m'est tombé dessus, dans l'école avec la fille.

Léo sentit une sueur glacée lui couler entre les omoplates. Il murmura :

– Il a dû prévenir ses potes, c'est une question de minutes avant qu'ils soient là…

– Je ne pense pas, c'est un flic de la BAC. Ces mecs-là, ils ne font pas d'enquêtes. Et puis… ce type est différent des autres flics. D'une certaine manière, il nous ressemble, il a son propre *kanun*[1]. Je pense qu'il en a après moi, simplement.

– Et pourquoi ?

– Je ne sais pas, il est complètement dingue. Dans la cellule, si les autres flics ne l'avaient pas arrêté, il m'aurait tué.

– Tout ça pour le viol ?

– Possible, on dirait qu'il y a autre chose, je ne saurais pas dire quoi.

– Mais alors comment a-t-il pu faire le lien entre toi et moi ?

Vidic haussa les épaules en signe d'impuissance. Léo prit les jumelles des mains de son ami. Il les porta devant les yeux, chercha en direction du wagon et aperçut enfin le flic. L'image était floue, il dut faire le point et l'image devint nette. Il reconnut à son tour la face burinée.

– Oh, bordel !

Vidic gloussa.

– Ne me dis pas que tu connais ce taré, toi aussi.

– Ce type s'entraîne dans la même salle de sport que moi, c'est un adepte de la gonflette. Je ne savais pas que c'était un flic.

– Bon, on le connaît tous les deux, mais ça ne règle pas notre problème.

Le Kosovar sortit un pistolet CZ 9 mm parabellum,

1. Code de l'honneur de tradition albanaise.

coincé dans son jeans, sous son tee-shirt. Il l'arma en faisant glisser la culasse d'un coup sec. Le bruit métallique résonna dans la grande pièce comme une promesse de sang.

– On va le fumer et le problème disparaîtra.

Léo attrapa le poignet de son ami d'un geste incroyablement rapide et précis. Vidic sentit son poignet craquer.

– Ça ne va rien régler au contraire. Ça va juste foutre la merde. Si tu butes l'un des leurs, les flics vont s'agiter et débarquer de partout. Ils vont foutre un bordel pas possible. C'est pas bon pour le business…

Il sortit son téléphone portable de sa poche.

– Je vais utiliser mon joker, fit-il en composant un numéro sur le clavier.

Mako commençait à s'impatienter. Il consulta sa montre : deux heures qu'il poireautait dans ce trou à rat et il n'était même pas sûr que Vidic soit là. Il pensa à Lily, elle aussi devait attendre, la peur au ventre, que le Kosovar la retrouve. Car Vidic ne laisserait pas tomber, en tout cas pas aussi facilement. Ce n'était pas le genre à abandonner, Mako en était certain. Il devait retrouver le violeur et le mettre hors d'état de nuire. Mako soupira, il avait très envie d'une clope, mais il avait arrêté au prix d'efforts incroyables. Nathalie voulait qu'il le fasse pour le bébé. Trois mois sans craquer, malgré les tentations et les propositions incessantes de ceux qui oubliaient régulièrement qu'il avait arrêté. Il avait bien failli replonger après l'explication avec Vidic dans la cellule de garde à vue. Mais depuis il tenait bon. Là, à cet instant, il aurait tué pour une cigarette. Une question le tarabustait : que ferait-il si Vloran Vidic était bien ici ? Affronter le boxeur et le violeur en même temps était suicidaire, sachant qu'ils étaient peut-être armés. Appeler des renforts ? C'était prendre le risque que Vidic s'échappe s'il était là, et de se ridiculiser s'il n'était pas là. Mako considéra l'entrepôt, c'était probablement une planque. Si le Kosovar en fuite était bien présent, le boxeur devait être en train de le ravitailler, cela expliquerait le sac en plastique lourdement chargé. Il repartirait tout seul, lui laissant le loisir d'agir. Le front de Mako se plissa. Si effectivement, il s'agissait bien d'un ravitaillement, pour quelle raison cela prenait-il tant de temps ?

Il ressentit un picotement dans la nuque. Juste derrière lui le bruit sec d'une branche se brisant retentit. Il portait la main à son étui, ses doigts se posant sur la poignée de son SIG, lorsqu'un choc d'une violence inouïe fit vibrer tout son corps. Mako voulut se retourner, mais un poing ganté s'abattit sur son visage, faisant exploser sa pommette droite. Un coup de pied fouetta l'air et se planta juste au milieu du plexus solaire. La vue du policier se brouilla. La respiration bloquée, il tenta de se mettre à quatre pattes, un filet de bave s'échappa de sa bouche et s'étira jusqu'au sol. Mako tenta péniblement de se redresser, mais un coup de pied vint le percuter par le côté. Le policier se retourna sous la puissance de l'impact et retomba sur le dos. Il se sentait impuissant, comme anesthésié. Il fit un effort surhumain pour ne pas perdre connaissance. « Je veux voir la fin, je ne veux pas qu'ils me butent pendant que je suis dans les vapes », songea-t-il. Il s'efforçait de reprendre sa respiration. Il distingua deux silhouettes masculines vêtues de sombre se penchant vers lui. Ils portaient des bonnets noirs, des gants en cuir, et pour autant que pouvait en juger Mako dans la position dans laquelle il se trouvait, les deux hommes semblaient jeunes et professionnels. Une main habile souleva son blouson et s'empara de son SIG, ainsi que de la paire de menottes qui fut glissée dans une poche de son blouson. L'homme ôta le chargeur qu'il jeta dans l'herbe, éjecta la cartouche située dans le canon et balança le pistolet sous le wagon. Les gestes avaient l'aisance qui caractérise ceux qui maîtrisent les armes à feu. Le second individu traîna le corps de Mako jusqu'à l'essieu de la voiture. Il sortit les menottes qu'il tenta de passer au poignet droit du policier. Mako décida de réagir : il retira violemment son bras droit de l'emprise de l'homme au bonnet et lui asséna un direct à la face. Son coup, bien que donné avec l'énergie du désespoir, manquait de puissance. La riposte fut immédiate et sans pitié. Le poing de l'individu le toucha à la mâchoire, avec ce qu'il fallait de force pour que Mako voie des étoiles danser devant ses yeux. Il eut la satisfaction de voir le sang couler du nez du type au bonnet, puis sombra dans l'inconscience.

– Réveille-toi, camarade, réveille-toi.

Mako sentit qu'on le secouait comme un prunier. Il émergea d'un océan de douleur et gémit lorsqu'on le gifla à toute volée. Il sentit qu'on avait entravé son bras droit, probablement avec ses menottes. Il ouvrit les yeux, la face haïe de Vidic déchira le brouillard épais qui persistait devant les rétines du policier. Sa voix lui parvenait, assourdie et ralentie, déformée. Le Kosovar jubilait.

– Je voulais te dire que je n'ai rien oublié. Aujourd'hui je n'ai pas le temps ni la possibilité de m'occuper de toi, mais je reviendrai. Dans la cellule, tu t'en es pris à moi, à cause d'une petite pute, alors que j'étais à ta merci. Dans mon pays on dit : *gjak s'hupë kurr*. Bientôt tu comprendras, très bientôt…

Dans la voiture de police, Yves fulminait. Paul et lui avaient assisté à l'arrivée discrète des deux types vêtus de sombre. Ils avaient garé leur véhicule, une berline familiale, à deux cents mètres et s'étaient approchés silencieusement comme des chats. Yves s'était exclamé :

– C'est quoi, ce bordel, demande des renforts, Paul, vite, ça urge.

Paul avait fait un signe négatif de la tête.

– Pas pour l'instant, on attend de voir.

Les deux types avaient bondi sur le policier qui n'avait rien vu venir, tant il était obnubilé par son observation. La monumentale correction que les deux types avaient infligée à Mako n'avait pas fait frémir Paul. Jurant, le major avait dégainé son arme et posé la main sur la poignée de la portière du véhicule, dans le but de prêter assistance à Mako. Paul, fermement, l'avait retenu par le bras.

– Non ! Laisse tomber, Yves, on ne bouge pas, avait intimé le commandant dont le visage demeurait impassible.

Le gradé l'avait considéré avec effroi, les yeux écarquillés.

– Ça ne va pas, non ? Ils sont en train de massacrer un collègue, ils vont le tuer.

— S'ils avaient voulu le tuer, ils l'auraient fait immédiatement, en lui collant un pruneau par-derrière, dans la tête. Ces types sont des pros, ils veulent juste le corriger.

— Putain, mais t'es sourd, commandant ? Y'a un collègue en difficulté juste à côté, répliqua Yves, les dents serrées.

— On ne bouge pas, je ne vais pas faire foirer une affaire de plusieurs kilos de coke parce qu'un abruti de flic ne respecte pas les règles, répondit Paul, dont le regard froid était sans appel.

Le brigadier-major regardait maintenant la scène en contrebas, les muscles de sa mâchoire se contractaient à intervalles réguliers. Les types avaient traîné Mako inconscient jusqu'au wagon et le menottaient à l'essieu.

— J'espère vraiment que tu sais ce que tu fais, fit Yves.

La porte située à l'étage de l'entrepôt s'ouvrit, livrant passage à Léo lourdement chargé de deux grands sacs en toile noire. Juste derrière lui venait un grand type maigre pareillement harnaché de deux sacs marins.

— Vidic ! Ils sont en train de déménager la planque, souffla Paul.

Yves lui prit les jumelles des mains et les braqua sur la scène en contrebas.

— Dis-moi, Paul, si on laisse un collègue se faire tabasser, j'imagine qu'on peut laisser un violeur en cavale prendre la poudre d'escampette.

— On se le fera à la livraison, il ne perd rien pour attendre, ne t'inquiète pas…

— Oh, je ne suis pas inquiet. Simplement, j'aime pas ce qui se passe, j'aime pas du tout. Ça pue, si tu veux mon avis.

Paul garda le silence, il observait la scène. Vidic s'approcha du corps allongé de Makovski, il entreprit de le secouer en tout sens et le gifla. Lorsque le policier reprit connaissance, le Kosovar se pencha vers lui et lui parla à l'oreille dans un geste d'une douceur presque fraternelle qui tranchait avec la scène de violence précédente. L'un des deux types vêtus de noir lui fit signe de se presser, l'autre faisait le guet. Vidic se releva et alla rejoindre Léo qui déchargeait son fardeau dans le coffre du 4 × 4. Vloran Vidic rejoignit son compatriote, se débarrassa de son barda dans la malle et monta dans le véhicule. Léo démarra et l'imposante voiture noire grimpa le sentier, passa à une cinquantaine de mètres de la voiture de police et disparut sur la route. Paul et Yves se baissèrent pour ne pas se faire repérer. En bas, le type fit un geste en direction de Mako.

— Il vient de lui lancer les clés des pinces, commenta Yves.

Les deux types remontèrent silencieusement le sentier et rejoignirent leur véhicule.

— On les filoche, ordonna Paul.

— Toi, tu fais ce que tu veux, moi, je vais voir dans quel état se trouve le collègue, répliqua Yves en descendant du véhicule.

Paul feignit d'ignorer le ton vaguement méprisant et se glissa à la place du conducteur. Il démarra la voiture de service et s'engagea à la suite des deux types.

« Pourvu que je n'aie pas perdu la main », songea-t-il, angoissé à l'idée de laisser filer les targets.

Il n'avait pas perdu la main. En son temps, à la brigade des stups, Paul était probablement le meilleur en techniques de surveillance. Les types tentèrent bien un ou deux coups de sécurité, comme on dit dans le jargon de la police. Mais c'était sans réelle conviction, comme on respecte une procédure bien rodée. Paul n'eut aucune difficulté à anticiper et reprendre la filature sans s'être fait détroncher. Ça dura une bonne heure et demie, ils empruntèrent l'autoroute A1 en direction du nord, sortirent à Senlis dans l'Oise pour se diriger vers Creil. C'est une petite ville de province établie à cheval sur la rivière Oise. Sur une route départementale, à l'entrée de la ville, il longea une zone de bâtiments rectangulaires entourés de grillages épais, eux-mêmes surmontés de barbelés en surplomb. À la grande surprise de Paul, le véhicule des deux types tourna à droite et s'engagea dans un poste de contrôle donnant accès au site protégé. Paul s'arrêta une centaine de mètres avant, conscient que cela risquait d'attirer l'attention sur lui. Il prit les jumelles pour avoir juste le temps d'apercevoir le conducteur de la berline présenter une carte à un soldat en uniforme. Ce dernier hocha la tête et la voiture des agresseurs de Mako s'engagea en direction des bâtiments. Paul remarqua la présence, sur le grillage épais, d'écriteaux portant en mention l'avertissement suivant : Base militaire, défense d'entrer. Au loin il pouvait apercevoir une tour de contrôle et des avions militaires stationnés sur une piste d'aviation.

Paul reposa les jumelles, soucieux.

– Voilà autre chose.

XI

Le médecin, de nationalité marocaine, arborait fièrement une fine moustache à la Clark Gable. Il consultait studieusement une série de clichés radio apposés contre un tableau lumineux. Il avait l'air fatigué de ceux qui enchaînent les heures sans se permettre le luxe d'un peu de repos. Il sourit à Mako :
– Vous avez eu de la chance, beaucoup de chance… Vous pouvez vous rhabiller, fit-il en se frottant les yeux.

L'infirmière venait de terminer les soins. Elle avait désinfecté et recousu une plaie à la tête. Pour les hématomes, dont certains atteignaient la taille d'un ballon de rugby, Mako devrait se contenter d'attendre qu'ils se résorbent d'eux-mêmes. L'infirmière lui adressa un sourire timide. Cela lui évoqua l'image de Nathalie. Comment allait-elle réagir lorsqu'elle le verrait dans cet état ? Mal, probablement. Une fois encore il devrait subir ses récriminations, le pire étant qu'elle tirerait des conclusions toutes faites sans qu'il puisse seulement lui servir un bon mensonge… comme d'habitude. Le policier enfila le tee-shirt qu'il avait ôté pour faciliter l'examen du docteur. Il se trouvait au service des urgences du centre hospitalier universitaire, dans lequel il avait justement expédié Vidic quelques jours plutôt. « L'ironie de la vie », songea-t-il.

– Au risque de passer pour un ingrat, j'ai du mal à me considérer comme étant chanceux, répondit le policier en retenant une grimace de douleur occasionnée par le mouvement lorsqu'il enfila son pantalon.

– Une personne de constitution plus frêle que la vôtre n'aurait probablement pas pu se relever. Aussi incroyable que cela puisse paraître, vous ne souffrez que de contusions. Vous vous en tirez avec cinq points de suture sur le crâne et des bleus un peu partout. Rien, en fait.

– Eh bien, ce rien, je l'ai senti passer, croyez-moi, docteur.

– Je vous crois sur parole. Bon, je vais vous prescrire des antalgiques et vous prendrez un rendez-vous pour vous faire retirer les points. C'est un accident du travail, j'imagine ? Je crois savoir que vous êtes policier…

– Non, c'est un accident domestique et laissez tomber pour les antalgiques.

– Un gros dur, hein ? Laissez-moi deviner, vous avez fait la fête avec des copains, vous êtes rentré cette nuit à point d'heure et votre femme n'a pas le sens de l'humour.

– Ces modestes contusions ne sont rien par rapport à ce qu'elle va me faire lorsqu'elle me verra dans cet état.

Ils sourirent de connivence.

– La seule chose qui pourrait m'inquiéter, c'est le coup que vous avez reçu sur la tête. Si, dans les jours qui viennent, vous êtes l'objet de migraines, de vertiges ou de troubles de la vision, allez immédiatement consulter votre médecin de famille.

Mako lui serra la main.

– Merci, docteur, je ne vous dis pas : À la prochaine fois.

– Et votre arrêt de travail ? Attendez deux minutes que je le rédige.

– Non, ce ne sera pas utile, je suis en pleine forme, fit-il en vacillant.

Le médecin le considéra, perplexe.

– J'imagine que vous savez ce que vous faites. Alors, adieu et prenez garde aux accidents domestiques, c'est une des principales causes de mortalité, répondit-il, les yeux gentiment moqueurs.

Mako sortit de la salle d'examen. Il passa dans le couloir où patientait le cortège d'éclopés du soir. Une vieille dame gémissait dans un brancard, alors que l'ambulancier qui en avait la charge, indifférent, discutait avec une infirmière. Un enfant, une attelle au poignet, attendait avec son père. Il était difficile de dire lequel des deux était le plus pâle. « Cela m'arrivera aussi à moi, d'emmener mon gosse aux urgences », se dit-il. Paradoxalement, cette perspective le rasséréna. Après tout, c'était le fardeau de tous les pères. Les gamins commettaient des imprudences qui entraînaient des plaies et des bosses. La mère les soignait et, parfois, si le bobo était un peu plus grave, le père prenait les choses en main, direction les urgences. « Peut-être que, dans quelques années, je serai ici avec mon gosse, tous les deux blancs comme des linges. Moi, inquiet et débordant d'amour pour un morveux ou une pisseuse… » Il secoua la tête comme pour chasser une vision qui menaçait d'entamer sa détermination. Il régla les formalités administratives. L'affaire fut réglée dans un temps record de trois quarts d'heure, à patienter devant une secrétaire revêche coiffée d'une moumoute qui avait dû faire fureur dans les années soixante-dix. Après avoir subi les questions sèches et impersonnelles de la fonctionnaire acariâtre, il avait commis l'imprudence de lui demander si elle avait envisagé une reconversion dans l'administration pénitentiaire, ce qui lui avait valu d'être fusillé par des yeux glacials et vindicatifs. Il avait battu en retraite. Il avait pris assez de coups pour la journée.

Dans la salle d'attente, Mako eut la surprise de constater qu'Yves Durieux, le collègue qui lui avait porté assistance, était toujours là, feuilletant distraitement un magazine.

– T'as pris racine ?

Yves se leva et posa la revue sur une petite table.

– Je n'ai pas perdu mon temps, j'ai raccompagné les collègues au service. Jérôme, un type de chez nous, a déposé ta bécane à l'hôtel de police. Moi, je suis revenu t'attendre. Je voulais savoir comment tu allais.

– Bien, comme tu peux le voir. Je vais éprouver des difficultés à me déplacer pendant quelques jours, mais je n'ai rien de cassé.

– Tant mieux, c'est une bonne nouvelle, mais t'as une sale gueule, tu devrais rentrer chez toi. Je te dépose si tu veux ?

– C'est sympa.

Ils marchèrent en direction du parking souterrain. Mako regarda le policier des stups en coin.

– Dans la bagnole, j'étais dans les vapes, je n'étais pas en état de poser des questions, mais il y a quelque chose qui pique ma curiosité.

– Et quoi donc ?

– Qu'est-ce que tu foutais dans ce trou tout seul avec

une radio portable ? T'étais après moi ou bien derrière quelqu'un d'autre ?

— En fait, j'étais derrière quelqu'un d'autre, j'ai mis pied à terre pour aller repérer les lieux d'une future intervention. En chemin je suis tombé sur une bagnole qui démarrait en trombe et toi par terre, presque inconscient. J'ai appelé l'équipage qui m'avait déposé et on t'a conduit ici. C'est aussi simple.

— Ils n'ont pas démarré en trombe.

— Quoi ?

— Les deux types... ils sont partis tranquillement sans se presser.

— Ouais ? Peut-être, quelle importance ?

— Aucune. C'était une remarque comme ça.

Ils arrivèrent devant l'ascenseur qui desservait le parking souterrain. Mako tendit la main à Yves.

— Je vais me débrouiller pour rentrer. Je prendrai un taxi ou le bus. Merci pour ton aide.

Yves prit la main tendue.

— Comme tu voudras, prends soin de toi, Mako.

Le major de la BAC hocha la tête et fit demi-tour.

Yves, le doigt sur le bouton de l'ascenseur, le regarda partir.

« Quel bordel ! » pensa-t-il.

Mako eut de la chance, il attrapa presque immédiatement un bus, ce qui lui évita une attente supplémentaire. L'hôpital avait épuisé le peu de patience qui lui restait. Assis en face de lui, un gamin d'une quinzaine d'années était vautré sur la banquette, écoutant de la musique sur un lecteur MP3. Le niveau du son était tellement élevé que Mako pouvait presque deviner les paroles de la chanson. Tout au moins, s'il avait été plus attentif au cours d'anglais du lycée. Le jeune le toisait et se donnait des airs de dur. Le policier soupira et se frotta les yeux. Sa tête lui faisait un mal de chien. La lumière des néons et la vitre du bus, associées à l'obscurité de l'extérieur, lui renvoyèrent l'image d'un type blafard à la gueule cabossée. Ses vêtements étaient maculés de boue et son blouson déchiré à l'aisselle droite. Qui étaient ces types qui lui étaient tombés dessus ? Pourquoi l'avoir épargné ? Ce n'était pas dans les habitudes des Kosovars de laisser quelqu'un de vivant derrière eux. Il se pouvait qu'ils aient considéré que le fait de buter un flic serait contre-productif. « Ils se sont contentés de me donner une correction, un avertissement en fait. » Si ces types s'imaginaient obtenir un résultat en le tabassant, c'était bien mal le connaître. Ils avaient seulement réussi à le mettre en rogne. Et, en rogne, Mako l'était, contre Xhemi, Vidic et même contre Yves. Car il était évident que son collègue n'avait pas été sur les lieux par hasard. Ils étaient derrière Xhemi, lui et son équipe, c'était certain. La question était de savoir pourquoi les stups filochaient un type comme Xhemi, cela aurait plutôt dû être le boulot des Mœurs. À moins que Xhemi et Vidic trempent bien dans des affaires de trafic de stups, comme il l'avait supposé lors de la filature de Xhemi jusqu'au Torpédo. Le bus approchait de l'hôtel de police. « Ils ont laissé les Kosovars me faire ma fête. » Mako sentait la colère monter en lui comme une déferlante. Elle l'inondait, le submergeait, il s'en repaissait, car elle était son carburant, ou plutôt son combustible. Il se leva péniblement et appuya sur le bouton pour demander l'arrêt. Le bus fit halte devant le commissariat de police, les portes s'ouvrirent dans un bruit désagréable de gémissement sifflant, de poumons se vidant. Mako descendit sous le regard hostile du gamin au MP3.

– Clochard !

L'invective fusa derrière lui juste avant que les portes se referment.

– Allô ?
– C'est moi, t'es pas venu hier, bordel de merde ! Qu'est-ce que t'as foutu ?
– Calme-toi, j'ai eu un empêchement.
– Un empêchement, tu te fous de ma gueule ? À cause de toi, j'ai poireauté pendant plus d'une heure, et quand je t'appelle tu ne réponds pas...
– C'était une urgence, je n'ai pas pu faire autrement.
– Moi aussi, j'ai une urgence, je ne peux plus joindre Nabil, il a disparu, volatilisé, évaporé.
– Pas de nom, mon ami, pas de nom...
– Je m'en fous, de tes règles de sécurité à la con, tu ne les respectes même pas. Ça sert à quoi d'avoir une ligne pour les urgences, de ne pas y répondre et aussi de ne pas venir aux rendez-vous, hein ?
– Tu ne sais plus ce que tu dis ! Tu dois te calmer, jamais ton frère n'aurait perdu les pédales comme toi.
– ...
– Maintenant, écoute-moi, on continue comme avant. De ton côté, essaie de savoir où est passé ton... associé. De toute façon, ce n'est pas un type fiable. Avec lui les gonzesses et les bagnoles passent avant le boulot. Tu verras qu'il réapparaîtra dans peu de temps, tout penaud, comme un con.
– C'est possible.

— Tu verras ce que je te dis, il n'y a pas de problème.
— Léo ?
— Je t'ai dit : pas de nom
— Léo… si tu me parles encore une fois de mon frère, je te bute !

Une main d'angoisse pressait les entrailles de Karim. Il n'arrivait pas à tirer un trait sur ce qui s'était passé dans le bois, près de l'étang. « J'ai dû m'amollir, pensait-il, Sofiane doit avoir raison, je m'embourgeoise. » Depuis trois nuits, il revoyait en rêve la tête de Nabil exploser, le sang et la cervelle mêlés gicler. À chaque fois, le Kabyle devait endurer le regard plein de reproches de Nabil juste avant qu'il meure. Karim se réveillait en sueur, gémissant. Nadia, son épouse, le prenait alors dans ses bras et le berçait comme un petit garçon. Elle ne lui posait pas de question, elle savait que, de toute façon, elle n'obtiendrait pas de réponse. Karim, les joues ruisselantes, pressait sa tête contre le ventre de Nadia et, lorsqu'il sentait le bébé bouger, parvenait enfin à s'enfoncer dans un sommeil sans rêves, profond et froid comme la mort. Ce n'était pourtant pas la première fois qu'il faisait le ménage. Mais, avec Nabil cela avait été différent. Il s'était imaginé que, au gré des petites trahisons et des grosses déloyautés, tout sentiment d'amitié était mort dans son cœur. Ce n'était pas aussi simple. Depuis toujours, il avait pris soin de Nabil comme on le fait pour un membre de sa famille, un frère perdu. Mais il lui restait un frère, de son sang celui-là, ce qui valait tous les sacrifices. Karim était au volant de sa Mercedes, il venait de quitter le Torpédo. La soirée avait été morose puisqu'il venait de rédiger une lettre de licenciement pour absence irrégulière. Demain, sa secrétaire expédierait le courrier en recommandé au domicile de Nabil. Il fallait bien donner le change aux flics. Karim n'avait de cesse de se répéter qu'il avait fait ce qu'il fallait, que Nabil aurait fini par les perdre, lui et Sofiane. Il se disait qu'il n'avait pas eu le choix, qu'il lui fallait bien savoir quand aurait lieu la livraison. Sans compter que la disparition de Nabil avait eu l'effet qu'avait escompté Karim. Sofiane s'était rapproché de Bilel. Ce type était un solide qui était monté plusieurs fois au braquage. Il ne craignait rien, pas plus les flics que les Kosovars. En outre, c'était un fidèle de Karim, chargé de le renseigner sur tout ce qui se passait dans l'entourage de Sofiane et de le protéger au cas où les choses tourneraient au vinaigre. Karim avait présenté Bilel à son petit frère, sachant que ce dernier serait impressionné par l'ancien braqueur. L'unique obstacle restant, c'était Nabil. Il avait pensé que Sofiane se désintéresserait de lui après avoir fait la connaissance de Bilel mais les choses ne se passent jamais comme on le voudrait. Il avait fallu que le Kabyle prenne les choses en main, aidé par ses potes, Manolo et Pic à glace. Il avait connu Pic à glace à la rate, où ce dernier purgeait une peine pour trafic d'armes. C'était un dur, un vrai, pas le genre de mec flambeur, un type qui remplissait discrètement des contrats d'un genre particulier. Pic à glace était sorti de la rate deux ans après Karim. Il avait sollicité l'aide du Kabyle, car des créanciers demandaient le remboursement de la cargaison de kalachnikovs appréhendée par les flics pendant son interpellation en flag. Karim, bien que dans une situation financière encore délicate, s'était acquitté de la dette de Pic à glace, sauvant probablement ce dernier d'un sort funeste. Il n'avait pas eu affaire à un ingrat et, si sa dette était depuis longtemps remboursée, Pic à glace, Sacha de son vrai nom, se considérait comme éternellement redevable. Cela ne posait pas de problème à Manolo, son nouvel associé qui, pour une raison que lui seul connaissait, avait Karim à la bonne. Le Kabyle se languissait de retrouver son foyer, il pressa la pédale d'accélérateur. Le puissant moteur vrombit et propulsa la voiture allemande sur les grandes artères qui, toutes, convergeaient vers Paname. Karim, lui, s'en éloignait. Cela ne le dérangeait plus maintenant. La capitale est le nord magnétique de la banlieue, l'endroit vers lequel tout est orienté, lorsqu'on s'éloigne de Paname on plonge dans les ténèbres. « Pas pour moi, plus maintenant », songea Karim.

Soudain, son rétroviseur lui renvoya la couleur bleue intermittente d'un gyrophare en action. Il soupira : « Quelle merde, les keufs ! » Une grosse berline de couleur sombre lui collait au train, le bras d'un policier lui faisait signe de stationner. Pendant une brève fraction de seconde, il fut tenté d'accélérer et de ridiculiser l'équipe de bleus, comme au bon vieux temps. Mais les temps justement avaient changé et lui aussi. Il ralentit, mit son clignotant à droite et se gara sur le bas-côté. La voiture de police s'arrêta à une demi-douzaine de mètres derrière lui. Une sueur froide se mit à couler le long du dos de Karim. Et s'il ne s'agissait pas de flics ? Et si on avait mis un contrat sur le prophète ? Il ouvrit la boîte à gants dont il sortit un revolver 38 Spécial de petite taille qu'il glissa sous son fauteuil. Il savait qu'il risquait de grosses emmerdes si les keufs le chopaient avec un calibre, mais ce ne serait rien par rapport au sort que lui réserveraient certains types inamicaux, s'ils apprenaient quels étaient ses liens avec la Sûreté. Il s'enfonça un peu dans le fauteuil afin de pouvoir surveiller l'approche des flics, à condition que cela en fût, dans le rétroviseur extérieur droit. Il les vit débarquer de la grosse berline et s'approcher prudemment, la main sur la crosse de leur arme de service, en se plaçant de telle sorte que les montants de la voiture fassent écran. Il aperçut un brassard rouge sur le bras gauche du policier qui arrivait de son côté. Dans la cité de Karim, on trouvait les mêmes pour un prix dérisoire. Le policier braqua une lampe torche sur l'habitacle de la Mercedes. Le Kabyle cligna des yeux, sa main s'enfila entre ses jambes en direction du revolver. Un autre rayon lumineux inonda l'intérieur de sa voiture. L'autre keuf arrivait par le côté gauche. Il calcula que si les deux types voulaient lui faire un sort, il n'aurait quasiment aucune chance, coincé dans une voiture et pris entre deux feux. Il baissa la vitre électrique de son côté. L'ordre fusa.

– Coupez le contact de votre véhicule.

Karim s'exécuta.

– Je veux voir vos mains.

À regret, il éleva ses mains, qu'il agita ironiquement par la fenêtre comme s'il s'agissait de marionnettes. Le revolver aurait aussi bien pu se trouver sur une autre planète maintenant. Il vit le policier s'approcher au plus près. Il était habillé en civil, mais il ne pouvait distinguer son visage à cause du faisceau lumineux.

– Salut, Karim.

Le Kabyle sursauta.

Le policier éteignit sa lampe, la face antipathique de Makovski se pencha en avant. Il portait des traces d'ecchymoses et la lèvre inférieure du policier était tuméfiée.

– Eh bien, ça alors, qui l'aurait cru ? Bonsoir, monsieur l'agent. Mais dites-moi, qu'est-ce qui est arrivé à votre aimable visage ?

– J'ai eu des mots avec ta mère, lorsqu'elle a su que je baisais ta sœur.

Karim ricana.

– Si j'avais eu une sœur, j'aurais aimé qu'elle ait meilleur goût.

Mako sourit.

– Sors de la bagnole, espèce de trouduc.

Karim soupira, retira sa ceinture de sécurité, ouvrit la portière et sortit de la Mercedes.

– Tu connais la musique, n'est-ce pas ? Tourne-toi.

Karim hésita un instant. C'était terrible ce sentiment que, quoi qu'il fasse, quels que soient sa réussite et le respect que l'on pouvait lui manifester dans la vie de tous les jours, il n'était plus qu'un citoyen de seconde zone, un pauvre métèque face aux forces de l'ordre. Un cri sourd de révolte grondait en lui. La rage le gagnait, il serra les poings.

– T'as entendu ? Tourne-toi, j'ai dit.

À quoi bon, après tout, ce connard n'attendait que cela, qu'il se rebelle. Karim serra les dents et posa les mains sur le toit de sa voiture. L'autre flic, un jeune Antillais à ce qu'il semblait, s'était rapproché. Il se positionna derrière Karim de l'autre côté. Le Kabyle ferma les yeux lorsque les mains du flic entreprirent de le palper. À chaque fois que cela lui était arrivé, que ce soit par les flics dans la rue ou par les matons à la rate, il avait eu la nausée. Cette fois encore l'épreuve lui mit le cœur au bord des lèvres. Lorsque cela fut fait, le policier le retourna sans ménagement. Karim nota que le troisième policier, le chauffeur, s'était approché.

– On n'a pas dû t'aviser, mais il y a des limitations de vitesse en agglomération.

– Agglomération…

– Quoi ? Qu'est-ce que tu dis ?

– Vous ne pourriez pas dire « ville » comme tout le monde, il faut que vous disiez agglomération. C'est trop ringard.

– Eh bien, profites-en pour apprendre un peu de vocabulaire.

– Si j'avais besoin de m'améliorer en français, vous seriez la dernière personne au monde à laquelle je m'adresserais.

Le visage cabossé de Mako demeura impassible.

– Vincent, dit-il en se tournant vers son jeune collègue et en désignant la Mercedes, jette un œil à cette superbe caisse financée par de l'argent sale.

Le jeune policier s'avança. Karim ricana.

– Même si vous trouviez quelque chose d'illégal dans cette voiture, vous ne pourriez pas l'utiliser contre moi.

Mako le regarda placidement.

– Tiens, et pourquoi donc ?

– Parce que rien ne vous autorise à fouiller ma bagnole, et donc vous ne pourriez pas faire état contre moi de quelque chose que vous vous êtes procuré illégalement.

– Putain, il parle comme un baveux, ce con, s'exclama le chauffeur de l'équipe de flics.

– C'est parce que monsieur a eu l'occasion de les fréquenter, déclara Mako.

Le jeune policier ouvrit la portière de la Mercedes. Karim sentit se paumes devenir moites. Il savait que l'argument juridique ne tiendrait pas face à des policiers expérimentés qui trouveraient une parade légale justifiant la fouille du véhicule. Il songea au revolver caché sous le fauteuil. Ce serait le premier endroit dans lequel irait regarder le flic métis. Quel con, il faisait !

— Attends, Vincent, il faut que je parle en tête-à-tête avec monsieur.

L'Antillais hocha la tête et s'écarta de la voiture. Karim sentit son cœur repartir. Mako le prit par l'épaule pour l'emmener à l'écart, sur le trottoir. Lorsque le policier s'adressa à lui, après s'être assuré que ses collègues ne pouvaient pas entendre ce qu'il avait à dire, sa voix était basse et pleine de colère comme le grondement d'un molosse.

— Écoute-moi bien, espèce de sac à merde, je sais qui tu es. Je sais que tu bouffes à tous les râteliers. Déjà que tu me débectais lorsque t'étais dans le shit, mais maintenant tu fais dans la traite d'êtres humains et probablement dans la coke…

— Tu dis n'importe quoi…

— Et pour couronner le tout monsieur est une poucave qui balance aux flics. Tu joues sur tous les tableaux, Karim.

— T'es en plein délire, mec, faut arrêter de fumer des substances hallucinogènes…

— J'ai vu Vasseur sortir discrètement de chez toi et j'ai vu Xhemi y entrer…

— Je dirige un établissement de nuit qui connaît un certain succès, comme tu dois le savoir. Je ne peux pas m'intéresser à tous les types qui fréquentent mon club. Si un skinhead entrait dans le Torpédo, ça ne ferait pas de moi un nazi pour autant.

— Ne me prends pas pour un con, Karim. Si tu sais quelque chose sur Xhemi ou un de ses sbires, un certain

Vidic, tu m'appelles à ce numéro, fit-il en lui tendant un billet sur lequel figurait un numéro de téléphone. Je les veux et si tu te mets en travers de ma route, il va y avoir du sang plein les caniveaux.

Karim prit le bout de papier d'un air vaguement dégoûté, comme s'il s'agissait d'un mouchoir en papier usagé et le glissa dans sa poche.

– Alors là, vraiment, je suis terrorisé, je ne sais pas ce qui me retient de fondre en larmes.

– Très drôle, en attendant si tu ne souhaites pas que j'organise un contrôle d'alcoolémie tous les week-ends à la sortie de ta boîte de merde, t'as plutôt intérêt à me donner ce que je veux. Et magne-toi, ça urge. Je ne suis pas un type très patient.

Mako le toisa puis fit demi-tour et se dirigea en direction de la voiture de police.

– On lève le camp, fit-il à l'intention des deux autres policiers.

Au dernier moment, alors qu'il allait monter dans le véhicule de service, il se ravisa et se retourna en direction de Karim.

– Au fait, ne laisse pas traîner le calibre que t'as planqué sous le fauteuil, ces trucs-là, c'est juste bon à t'attirer des emmerdes.

XII

La salle était d'une grande propreté, une odeur entêtante de produits antiseptiques écœurait légèrement Mako. Il n'avait pas eu le temps de prendre son petit déjeuner. « On y est, songea-t-il, avec un peu d'avance, mais on y est. » Il se dit qu'il aurait bien eu besoin d'un bon café. Nathalie était sur la table de travail, son visage était fermé. Elle n'avait pas eu un regard pour lui. Elle se concentrait sur la douleur que provoquaient les contractions de plus en plus rapprochées. La sage-femme avait donné à Mako une blouse verte qu'il avait passée par-dessus ses vêtements. Dans cet accoutrement, avec les surchaussures de la même couleur, il se sentait un peu ridicule. Il songea à son arme de service logée dans son étui sous sa chemise. Il eut soudainement honte, comme si le fait d'introduire une arme à feu dans une maternité constituait un sacrilège. Il avait l'impression de profaner un sanctuaire. La sage-femme s'activait autour de Nathalie, avec des gestes vifs et précis que seule peut donner l'expérience. Cela rassura Mako, tout allait bien se passer et dans peu de temps il serait papa. Cela lui parut incroyable qu'un être puisse l'appeler « papa ». Lui qui n'avait qu'un seul nom, Mako. Lui qui en avait oublié jusqu'au fait qu'il avait eu un prénom… dans le temps. L'obstétricien qui avait suivi la grossesse de Nathalie entra dans la salle de travail. Il salua poliment, mais froidement Mako et adressa un sourire éclatant à sa patiente. Mako savait qu'il avait été catalogué par le praticien dans la caté gorie des futurs mauvais pères pour avoir négligé de venir aux séances de préparation à l'accouchement. Le médecin encouragea Nathalie et lui assura que tout se présentait bien. Puis le travail commença et on demanda à Mako s'il voulait être aux premières loges pour assister au spectacle. Il déclina poliment l'invitation et vint se placer près de Nathalie de l'autre côté du «champ de bataille». Il était bien conscient qu'il y avait quelque chose de vaguement ridicule à ne pas se sentir capable d'affronter la vision de la venue au monde de son enfant, alors qu'il avait si souvent été confronté à l'image de son prochain quittant cette vallée de souffrance. «Je ferai tout ce que je pourrai pour que tu aies une existence heureuse, je te protégerai de la vie», promit-il à la petite créature qui arrivait. Le temps passa, rythmé par de sonores «Poussez» scandés par la sage-femme et les gémissements de douleur de Nathalie.

Cela dura des heures.

Et puis le docteur et la sage-femme commencèrent à s'agiter entre les cuisses de leur patiente. Mako ne voulait toujours pas assister à l'accouchement, mais les murs étaient couverts de carreaux vert clair qui brillaient et renvoyaient l'image de ce qui se passait en face, sur le champ de bataille. Fasciné, il ne pouvait détacher ses yeux du mur carrelé qui agissait comme un miroir déformant. Il vit apparaître la tête de l'enfant, qui lui parut disproportionnée. Les cris de Nathalie gagnèrent en puissance. Mako se dit qu'elle aurait dû accepter la péridurale. Le petit corps sortit complètement et la sage-femme réceptionna le bébé pendant que l'obstétricien coupait le cordon. Le fait qu'on ne lui demanda pas de le faire lui-même soulagea Mako. La sage-femme et le médecin se regardèrent un long moment en silence. « Que se passe-t-il, il y a un problème ? » se demanda le policier. Il chercha le regard de Nathalie. Celle-ci le regardait fixement, il n'y avait aucune expression humaine sur son visage, elle était comme absente.

La sage-femme finit par s'approcher avec le bébé enroulé dans une couverture, elle le lui présenta.

– Voici votre fils, dit-elle d'un ton sentencieux.

« Ne devrait-il pas bouger ? » s'interrogea Mako, dont les jambes menaçaient de se dérober sous lui.

Le petit corps sanguinolent était inerte.

Soudain des cris aigus résonnèrent dans la salle de travail. Nathalie, les yeux révulsés, hurlait d'une voix hystérique.

– Il est mort, mon Dieu, il est mort et c'est de ta faute, tu nous as abandonnés, salaud ! Salaud ! Salaud…

La sonnerie stridente tira Mako d'un rêve épouvantable, il s'agita comme un homme s'extrait d'une mare boueuse. Il consulta l'horloge numérique qui projetait l'image d'une heure digitale couleur rouge sang sur le plafond de la chambre. De la main il chercha Nathalie. Personne. 9 heures 30, elle était au boulot depuis une heure et demie. La sonnerie continuait à tinter, témoignant de l'impatience grandissante du visiteur. Mako se leva en grognant, il enfila un jogging qui traînait sur le dossier de la chaise, près de la coiffeuse. Son arme traînait par terre au pied du lit. Il la ramassa en soupirant et ouvrit le petit placard situé au-dessus du lit. Il allait y déposer son pistolet, quand il arrêta son geste et considéra son arme, perplexe. Elle lui semblait différente, plus lourde, plus noire…

La sonnerie retentit, agressive. Un poing tapa contre la porte et une voix étouffée lui parvint.

– Ouvre, Mako, j'ai besoin de te parler.

Il s'ébroua et déposa l'arme dans son rangement. Il referma le placard. Arrivé devant la porte d'entrée, il jeta un œil dans le judas. Il reconnut immédiatement le visage du visiteur. Mako ouvrit la porte.

– Entre, Paul.

Le commandant Vasseur se glissa dans l'appartement. Il considéra la mise de son hôte.

– Je te réveille ?
– À ton avis ?

Mako se dirigea vers la cuisine.

– Tu veux du café ? Je vais m'en préparer un.

Paul considéra le hall d'entrée, il y régnait un léger désordre. Le blouson en cuir déchiré de Mako avait été abandonné par terre, ainsi que ses chaussures d'intervention. Il rejoignit son collègue, prit une chaise et s'installa à la table. Mako farfouilla parmi un plein évier de vaisselle sale. Il trouva enfin deux tasses qu'il passa sous un filet d'eau. La cafetière glougloutait paisiblement et une odeur agréable de café se répandit dans la pièce. Ils gardèrent le silence de longues minutes. Quand la cafetière fut pleine, Mako servit les deux tasses et porta la sienne à ses lèvres. Il but une gorgée avec délectation et soupira d'aise.

– Pardonne cette intrusion matinale, dit Paul, qui

n'avait toujours pas touché à sa tasse, j'ai écourté ta nuit.

– Ça n'a pas d'importance. En fait, tu m'as rendu service, répondit Mako en se remémorant le rêve avec un frisson rétrospectif.

Paul le considéra, pensif. Il prit la tasse et avala le breuvage fumant.

– Comment vont tes blessures ?

– Ça va, je me remets, fit Mako qui fixa son interlocuteur. Tu étais là, avec Yves, tu as assisté au spectacle, n'est-ce pas ?

– Oui, j'étais là.

Les deux hommes se dévisagèrent.

– Je ne pouvais pas intervenir… On se serait grillé. C'est d'ailleurs pour cela que je suis là ce matin.

– Tu as discuté avec le prophète, j'imagine. Il est venu pleurer dans ton giron.

Le visage de Paul se crispa.

– Si tu répètes ce genre de choses à tes potes de la BAC, ça va se répandre comme une traînée de poudre dans les cités. Karim se fera buter, tu le sais.

– T'es vraiment un flic bizarre, Paul. Tu t'inquiètes du sort d'un gros voyou, un véritable enculé qui fait du business avec des types qui violent des gamines pour les coller sur le trottoir, et tu te fous que ces mêmes types me laissent sur le carreau. Ils me tabassent et tu ne lèves pas le petit doigt.

– On est sur cette équipe de Kosovars, tu viens piétiner nos plates-bandes, là. Et Karim n'est pas en cheville avec ces types, t'as ma parole. J'ai besoin de lui pour les faire plonger, alors viens pas foutre la merde avec tes gros sabots, Mako.

— Je veux Vidic, c'est tout. Tant qu'il sera dehors, la petite ne sera pas en sécurité.

Paul réalisa que son interlocuteur parlait de la petite Hongroise, la gamine qui avait été violée par Vidic. « Putain, il fait une fixation sur la gosse », pensa-t-il.

— Contente-toi de faire ce pour quoi t'es payé, traquer des types dans la rue, les choper et leur mettre une danse. Ne viens pas sur mes terres, t'es pas à la hauteur. Nous, on bosse en équipe, on est des professionnels. Les types qui jouent les francs-tireurs n'ont pas leur place.

Mako tournait doucement la cuillère dans sa tasse. Cela n'avait pas de sens, il le savait, puisqu'il ne sucrait pas son café. C'était plutôt un rituel.

— Et tu vas péter Vidic ?

— Je te promets qu'il prendra encore plus que les autres, car il tombera à la fois pour le viol et pour le trafic.

— On parle de coke ?

Paul s'agita sur sa chaise, il détestait parler des enquêtes en cours.

— Ouais, c'est de la coke.

— Beaucoup ?

— Suffisamment pour envoyer toute l'équipe au placard, pour de nombreuses années.

— Vous les pétez quand ?

— C'est l'affaire de quelques jours. Mais pour cela, il faut que tu foutes la paix à Karim et que tu lâches le train à Vidic et Xhemi.

Mako réfléchissait. Il se leva, fit quelque pas et s'approcha de la fenêtre de la cuisine. Dehors, le ciel était chargé de nuages bas et gris. Il faisait presque nuit. D'ailleurs, l'éclairage public était resté allumé. Il se tourna vers Paul.

– C'est OK, je vais foutre une paix royale à ces types, le temps que tu les colles au trou. Mais fais vite. Je ne suis pas d'un naturel patient.

Ils se serrèrent la main.

Plus tard dans la journée Mako appela un copain d'enfance.

– Diljan ? Salut, c'est Mako.

– Salut, Mako. Qu'est-ce que tu deviens, t'es toujours un enculé de condé ?

– Eh oui, toujours. Ils ne m'ont pas encore viré.

– Ça fait plaisir de t'entendre, camarade.

– Moi aussi, faudrait qu'on aille se descendre une petite bière un de ces quatre.

– Excellente idée, il faudra juste que j'apprenne à nager avec des bottes en fonte si on apprend dans mon quartier qu'on est potes.

– T'as toujours dramatisé, Diljan.

– Même maintenant, plus de vingt ans après, j'arrive pas à croire que t'aies pu devenir un keuf.

– Moi-même, j'ai parfois du mal à y croire.

– Qu'est-ce que tu veux exactement, Mako ?

– Pas grand-chose, juste que tu me traduises quelques mots d'albanais.

– Vas-y, je t'écoute.

– Fais pas gaffe à mon accent, il est à chier.

– Vas-y, je te dis.

Mako tenta de répéter de mémoire la phrase qu'avait prononcée Vidic lorsqu'il était menotté au wagon, après que les types en noir lui avaient collé une trempe. Diljan garda le silence.

– T'as pas bien entendu ? Tu veux que je répète ?

– Par pitié, non. C'est vrai que ton accent est à chier.
– Alors, ça veut dire quoi ?
– Plus ou moins deux choses.
– Vas-y, maintenant c'est moi qui t'écoute.
– La première c'est que t'aimes tailler des pipes derrière l'église.
– OK, et la seconde alors ?
– Ça pourrait ressembler à *gjak s'hupë kurr*.
– Ouais, c'est ça, je crois.
– On pourrait traduire par : le sang n'est jamais sans vengeance. C'est tiré du *kanun*, le code d'honneur de la mafia albanaise. On l'appelle aussi le code du sang.
– Et concrètement ça veut dire quoi ?
– Si c'est à toi que ça s'adresse, cela veut dire que t'es méchamment dans la merde.
– Mais encore ?
– T'as dû déplaire à un homme d'honneur qui respecte le code. Si t'as fait couler son sang ou celui d'un de ses proches, il va...
– Il va faire couler mon sang...
– Ou celui d'un de tes proches.

Vincent se posait des questions. Il commençait à se demander si sa décision d'intégrer la BAC avait été un choix judicieux. Certes, le boulot y était plus intéressant que dans les unités en tenue. C'en était fini des pochtrons qui dégueulaient dans le car de police secours, après s'être pissé et chié dessus. Plus de différends entre voisins qui s'insultaient parce que le chien de l'un avait pissé sur la haie de l'autre. Plus de mari qui tabassait sa femme en raison d'une parole malheureuse qui n'avait pas plu au tyran domestique. Certes le regard que ses collègues posaient sur lui avait changé, il faisait désormais partie de la BAC. Même les voyous le considéraient différemment…

Certes…

Mais il fallait faire avec une équipe qui se révélait bizarre. Bill, le roi du volant, était raciste et con, mais bon, ça allait de pair. Même si, depuis qu'il était dans la police, Vincent en avait pris son parti des remarques blessantes, la plupart de ses collègues le considéraient avant tout comme un collègue avant de voir sa couleur. Les flics tenaient souvent des propos racistes devant lui, sans pour autant qu'il fasse l'objet d'une agressivité particulière. On ne se gênait pas pour lui, tout simplement. Ainsi, on ne lui avait pas épargné les blagues à la con et les poncifs sur les Antillais. Jamais cependant, il n'avait été visé directement. Qu'un contrevenant fasse état de la couleur de Vincent lors d'un contrôle et les mêmes types qui lui infligeaient leurs blagues racistes, s'insurgeaient, exprimaient une saine et fraternelle colère, tançaient le sale type, le taxant de xénophobie. Avec Bill, c'était différent. Vincent avait le sentiment que son collègue le haïssait personnellement.

Et puis, il y avait Mako. Les sentiments de Vincent à l'égard de son chef d'équipe étaient contrastés et même contradictoires. Ils avaient développé une relation de maître à disciple, le jeune policier était impressionné par le professionnalisme et l'expérience de son aîné. Il ne pouvait s'empêcher cependant de ressentir une inquiétude lancinante. Les tendances à l'insubordination de Mako, sa violence à peine dominée, ce feu intérieur qui le consumait, tout contribuait à mettre le jeune policier mal à l'aise. Il avait parfois le sentiment d'être assis sur un volcan proche de l'éruption.

Les éclairs des gyrophares déchiraient la nuit de leur couleur bleutée. Comme toujours dans ces cas-là, il régnait une pagaille organisée dans l'effervescence, les véhicules de la police et des pompiers s'étaient garés dans l'ordre de leur arrivée sur les lieux de l'intervention. Un peu plus loin, dans la résidence, au pied d'un immeuble d'une dizaine d'étages, les flics de l'Identité judiciaire s'activaient autour du cadavre désarticulé. Le technicien de l'Identité judiciaire en avait terminé avec une série de clichés capturés avec un appareil photo numérique dernier cri. On avait recouvert le corps avec une couverture de survie fournie par les sapeurs-pompiers qui étaient intervenus en premier sur les lieux. Des policiers de faction tenaient à l'écart quelques rares badauds, des habitants de la résidence pour la plupart. Une jeune fille pleurait contre l'épaule d'un garçon du même âge qu'elle. Le substitut du procureur était en conversation avec Michel Berthier de permanence judiciaire ce soir-là. L'équipe de l'Identité judiciaire finissait de relever des mesures qu'ils reportaient sur un plan coté. Un agent venait de mesurer la distance séparant le corps de la paroi de l'immeuble. Il rembobina le mètre à dérouleur.

– On va bientôt avoir fini, capitaine.

Berthier le remercia et fit signe aux deux types de la brigade judiciaire légale chargés de procéder à l'enlèvement du corps, pour le transporter à l'Institut médico-légal.

– Ça va être à vous de jouer, les gars, fit l'officier de police.

Les deux types patientaient, engoncés dans leur

tenue plastique, ils firent signe qu'ils avaient reçu le message et entreprirent de déplier un brancard, puis ils ouvrirent ce que tous les flics appellent le sac à viande, dans lequel ils glisseraient bientôt le corps. Un véhicule se gara devant l'entrée de la résidence, il s'agissait d'une petite voiture citadine à la mode chez les femmes aisées. Émilie Plessis en jaillit, une expression grave sur le visage. Elle était habillée d'un vieux jeans, d'un tee-shirt moulant et d'un blouson type perfecto. Elle claqua la portière de sa voiture et se précipita vers les policiers en tenue qui avaient établi un périmètre de sécurité autour de la scène de crime. Ils interceptèrent la magistrate.

– Laissez-la passer, dit Berthier.

Les policiers s'écartèrent et Émilie se baissa pour passer sous le ruban plastique jaune qui délimitait la scène de crime. Elle rejoignit Michel. Ils se serrèrent brièvement la main sous le regard interrogateur du substitut du procureur.

– Merci, capitaine de m'avoir avisée, je vous en suis reconnaissante.

– C'est bien normal, madame la juge, quand j'ai réalisé qui était la victime...

– Pouvez-vous me dire ce qui se passe, et d'abord que fais-tu là, Émilie ? La découverte des cadavres ce n'est pas le boulot de l'instruction, s'insurgea le substitut.

Émilie fixait le corps, elle s'en approcha et mit un genou à terre. Elle souleva la couverture aux reflets métalliques dorés. Elle tressaillit lorsque apparut ce qui restait du visage de Lily Hamori. La mort avait ravagé ce visage naguère ravissant. Le sang avait coulé par la bouche, les yeux et les oreilles. La jeune fille s'était sectionné la langue entre les mâchoires, à l'impact du sol. Émilie ferma les yeux longuement, elle contint une nausée envahissante qui menaçait de lui retourner l'estomac. Elle se releva et demanda :

– Elle est tombée d'où exactement ?

Berthier fit un signe vers le haut, juste à l'aplomb, avec le stylo Bic qu'il utilisait pour prendre des notes sur un vieux calepin.

– Elle a dû chuter de son studio, cinq étages plus haut.

Émilie jeta un regard vers la tour de la résidence universitaire. Cela suffit à déclencher chez elle une impression de vertige. Elle fit un pas de côté pour ne pas tomber.

– Ça va, Émilie ? fit Michel en se précipitant pour la soutenir.

Elle se reprit, gênée.

– Oui, oui, ça va, Michel. Merci de votre sollicitude.

– Moi aussi, ça m'a fichu un coup, de voir la petite dans son sang, comme ça…

Le substitut s'approcha.

– Au risque de devoir me répéter, pourriez-vous m'expliquer tous les deux ce qui se passe ici et la raison de ta présence, Émilie ?

La magistrate refoula les larmes qui perlaient à ses yeux.

– Je diligente une information dans le cadre d'un viol dont a été victime Mlle Hamori, dit-elle, se réfugiant dans le jargon professionnel. Son agresseur est en fuite, j'ai délivré un mandat d'arrêt à son encontre. Est-ce qu'on a des éléments sur les circonstances du décès de Mlle… de Lily ?

Le substitut hocha la tête.

– Désolé, je l'ignorais. Je vois que la mort de cette jeune fille t'affecte... Pour en revenir à ta question, nous n'avons pas beaucoup d'éléments. Il semblerait qu'il s'agisse d'un suicide...

– Une équipe de l'Identité judiciaire est dans l'appartement de Lily. Ils font des recherches, mais pour l'instant cela ne donne rien, poursuivit Berthier.

– Qu'ont-ils trouvé dans l'appartement ?

– Eh bien, la porte n'était pas verrouillée, mais cela ne signifie rien. D'après les voisins de la petite, elle oubliait régulièrement de fermer sa porte à clé. Il faut dire que le cinquième étage est exclusivement féminin et qu'il y a peu de vols.

– Vous voulez me faire croire qu'une gamine qui a été victime d'un viol d'une extrême violence ne se barricade pas chez elle à la nuit venue ? déclara Émilie.

– Écoutez, madame la juge, je n'affirme rien, on n'en est qu'au début de l'enquête. Pour l'instant on n'a rien trouvé dans la chambre de la victime, pas de traces d'effraction et pas de traces de lutte. J'ai jeté un rapide coup d'œil aux ongles de la gosse, il semblerait qu'il n'y ait pas non plus de traces de défense, mais cela, seul le médecin légiste pourra le déterminer avec certitude. Il est possible qu'il s'agisse d'un suicide comme il est possible qu'il s'agisse... d'autre chose...

Un crissement de pneus interrompit le capitaine. Une grosse voiture venait de se garer en laissant quelques centimètres de gomme sur la chaussée. Trois hommes jaillirent du véhicule. L'un d'entre eux, un homme aux épaules larges et au visage buriné, se précipita vers la scène de crime. Il avait les traits durs, comme figés. Bien qu'il ne portât ni tenue ni brassard de police, Émilie reconnut immédiatement un flic, probablement un membre de la BAC, vu la dégaine. Les compagnons du type costaud restèrent derrière le ruban jaune. Le capitaine Berthier s'avança vers le policier en civil, levant la main.

– Mako, n'approche pas, t'as pas le droit de…

Le policier, les yeux vides, bouscula l'officier de police et s'approcha du corps. Il s'agenouilla devant le cadavre de Lily Hamori. Émilie n'avait pas rabattu la couverture sur le visage ensanglanté de la jeune fille. La magistrate s'approcha du policier, il semblait se recueillir, mais lorsqu'elle put discerner les traits de son visage, empreint d'une rage et d'une détermination implacable, elle réalisa qu'il s'agissait d'autre chose. « Il nourrit sa colère », songea-t-elle.

Il se releva.

– C'est lui, c'est Vidic, grommela-t-il.

– Qu'est-ce qui vous permet d'affirmer cela, monsieur Makovski ? demanda Émilie d'une voix douce.

Mako se tourna vers elle comme s'il réalisait seulement la présence de la jeune femme.

– Qui êtes-vous ?

– Émilie Plessis, juge d'instruction.

– Ah ! C'est donc grâce à vous que Vidic a été relâché.

– Il faudrait revoir vos notions de droit. Si Vidic est dehors, c'est plutôt grâce au juge des libertés.

– Pour moi c'est bonnet blanc et blanc bonnet.

– Je répète ma question, monsieur Makovski, avez-vous des éléments qui vous permettent d'affirmer que Mlle Hamori a été victime d'un homicide ? répéta patiemment la magistrate.

– Il m'a dit qu'il le ferait. Il faut croire que c'est un homme de parole.

Mako sourit à Émilie Plessis. Elle frissonna. C'était un sourire vide, un sourire de façade qui masquait à peine un désespoir insondable. « Je n'aimerais pas être à la place de Vidic si ce type lui tombe dessus. »

– Monsieur Makovski...

– Mako, tout le monde m'appelle Mako.

– Mako, n'oubliez pas que j'ai lancé un mandat contre Vloran Vidic. Cela signifie que je le veux vivant et en capacité d'être traduit devant une juridiction de jugement.

Le policier contemplait les agents de la brigade judiciaire légale qui introduisaient le corps de Lily dans le sac à viande.

– À quoi bon maintenant ? fit Mako en désignant d'un signe de la tête les types qui déposaient le cadavre sur le brancard.

Mako tourna les talons et rejoignit ses collègues sans se retourner. Berthier soupira.

– M'est avis qu'il va y avoir du grabuge.

Émilie ne répondit pas, elle regardait l'un des agents de la brigade judiciaire légale qui nettoyait au jet les traces de sang qu'avait laissées Lily Hamori en achevant sa jeune vie sur le béton d'une allée déserte.

XIII

Irina Cerkezi soupira et s'étira. Son corps maltraité par des heures à arpenter le bitume criait grâce. Elle consulta sa montre à la lueur du réverbère. 5 h. Elle bâilla, il était temps de rentrer.

À quelques mètres, Nadia faisait les cent pas comme un zombie, les bras ballants, sans conviction. La nuit n'avait pas été bonne pour elle. Elle rechignait de plus en plus à la tâche et cela s'en ressentait sur le « chiffre d'affaires ». La jeune femme était une révoltée, elle n'avait jamais été fichue d'accepter son sort. Au tout début, elle vomissait presque à chaque fellation et même maintenant, après un an de tapin, il lui arrivait régulièrement d'avoir des haut-le-cœur pendant qu'elle suçait l'un de ces porcs.

Irina, elle, n'avait pas ce problème, elle savait s'évader, se réfugier dans un endroit de son esprit où ce qu'elle faisait ne pouvait la blesser. Ainsi, les porcs pouvaient meurtrir son corps, ils ne l'atteignaient jamais dans son intimité. Elle n'était que la spectatrice d'une scène sordide et pitoyable. Elle fit un petit signe à Nadia qui, les yeux perdus dans le vague, l'ignora. Irina haussa les épaules et s'avança en direction d'un axe principal, afin de pouvoir appeler un taxi. Elle marchait au bord de la route, à peine dérangée par les phares de quelques attardés. Elle entendit le bruit d'un puissant moteur derrière elle. Elle se retourna. Un motard vêtu de cuir la suivait au pas. Il était au guidon d'une grosse cylindrée rutilante dont il s'amusait à faire rugir le puissant moteur. Elle ne pouvait pas distinguer le visage de l'homme, car la visière du casque intégral était rabattue. Il portait un second casque accroché à son coude gauche. Le motard s'avança jusqu'au niveau d'Irina. La main de la jeune femme farfouilla frénétiquement dans la poche de son long manteau afin de s'emparer de la petite bombe lacrymogène qu'elle gardait toujours avec elle. Le motard releva sa visière et Irina soupira de soulagement, elle avait reconnu le visage résolu de brute épaisse du flic qui l'avait emmerdée l'autre soir.

– Bonjour, monsieur l'agent, vous m'avez fait peur.

Le flic la dévisageait en silence, son regard était froid, inquisiteur. Irina attendit quelques secondes et finit par s'impatienter.

– Vous voulez quoi ? C'est trop tard pour une gâterie, la boutique est fermée.

Le flic la considéra, il n'y avait aucune vie dans ses yeux. Il défit l'attache du casque qu'il portait au coude et le lui tendit.

– Monte, je te ramène.

Irina frissonna, la voix du flic semblait venir d'outre-tombe. Elle hésita quelques instants, son instinct lui conseillait de décliner l'invitation et de prendre sagement un taxi. Ce keuf avait une tête de barge, elle ne le sentait pas. Elle jeta un œil dans l'allée : personne. Elle pesa le pour et le contre, puis se décida à enfiler le casque. Après tout c'était un flic, qu'est-ce qui pouvait bien lui arriver ? Heureusement que l'endroit était désert, car si son mac apprenait qu'elle se faisait raccompagner par un keuf, elle allait salement dérouiller. Elle enjamba la moto et dut remonter sa robe très haut pour pouvoir s'asseoir. « Heureusement que je porte un manteau, sinon on est bon pour se faire arrêter par les collègues de ce type, pour exhibition ! » songea-t-elle.

Le policier démarra souplement et s'engagea dans le flot de voitures des lève-tôt qui se rendaient sur leur lieu de travail. Le flic pilotait avec fluidité, sans secouer sa passagère. Irina apprécia qu'il ne se sente pas obligé d'accélérer et de freiner brutalement, comme le font les malades du guidon qui cherchent à impressionner la fille désespérément accrochée à eux. Ils quittèrent le Bois, passèrent sur un pont qui enjambait la Marne puis longèrent la Seine. Sur leur gauche, le soleil se levait, teintant les volutes blanches qui s'échappaient des cheminées des usines, d'un joli dégradé d'orange. La route, une double voie séparée par un terre-plein central, était dégagée et le policier accéléra sensiblement. Irina s'agrippa à lui, le visage plaqué contre le cuir râpé du blouson. Un peu plus loin, il ralentit et elle lui indiqua le chemin ; ils arrivèrent devant un petit immeuble de cinq étages dans lequel la municipalité de cette petite ville de banlieue louait à Irina un appartement social. Le policier béquilla et releva sa visière pour lancer un avertissement.

– Fais attention à ne pas te brûler les jambes sur les pots d'échappement.

Elle descendit en évitant soigneusement d'entrer en contact avec le métal brûlant. Elle ôta le casque et se passa la main dans sa chevelure blonde pendant que le policier accrochait un antivol à la roue de sa moto.

— Qu'est-ce que tu fous ? Tu ne montes pas chez moi, je n'amène jamais de clients ici.

Un avion de ligne chargé de passagers les survola pour aller se poser sur la piste de l'aéroport international, situé à trois kilomètres de là. Le policier attendit que le bruit s'amenuise pour répondre.

— Ça tombe bien, je ne suis pas un client.

Elle haussa les épaules et le policier se releva, sa tâche accomplie. Elle hésita puis se résigna à se diriger vers le hall d'entrée de l'immeuble. Il la suivit en silence. Ils grimpèrent deux étages à pied, puis, arrivés devant une porte sur laquelle ne figurait aucune indication de nom, elle engagea une clé dans la serrure et ouvrit. Elle se glissa à l'intérieur et ôta son manteau et ses bottes dans le petit vestibule de l'appartement, puis rangea ses effets dans une armoire couverte d'une grande glace coulissante. Le policier entra à son tour et posa les deux casques par terre. Dans l'entrée, il nota la présence, au mur, d'un pêle-mêle sur lequel avaient été punaisées des photos d'Irina et d'un joli petit garçon. Certains clichés avaient été réalisés à Euro Disney, d'autres à la campagne. Sur tous, le petit garçon dévorait sa mère des yeux. La jeune femme suivit son regard.

— C'est mon fils, Luan, il dort juste à côté. Il ne faut pas le réveiller.

Le policier acquiesça, ôta son blouson et l'accrocha à un portemanteau. Il suivit la jeune femme, en silence, alors qu'elle traversait un petit salon. Il s'étonna de constater qu'elle avait décoré l'intérieur de son appartement avec goût. C'était coquet et propre.

— Au fait, poursuivit Irina, puisqu'on en est à faire connaissance, je ne sais même pas ton...

— Mako...

– C'est ton nom ou ton prénom ?
– Les deux.
– Tu veux dire que tu n'as pas de prénom ?
– J'ai dû en avoir un, il y a longtemps.

Irina le considéra d'un air dubitatif. Elle secoua la tête.

– Bon, je vais prendre une douche, j'ai besoin de changer de peau. Prépare-nous du café, il est dans une boîte bleue dans le frigo.

Elle s'éclipsa, laissant Mako seul dans la petite cuisine. Il ouvrit le réfrigérateur et trouva la boîte bleue. Il referma le frigo en rabattant la porte du pied. La cafetière était posée sur le plan de travail. Il prépara de quoi faire deux grandes tasses et attendit pendant que le café passait tranquillement à travers le filtre. Il se demanda alors ce qu'il pouvait bien faire dans l'appartement d'une pute avec un gosse qui dormait à quelques mètres de là. Il entendait l'eau couler dans la salle de bains. Il ferma les yeux. Immédiatement l'image du corps disloqué de Lily s'imposa à son esprit. Il rouvrit les yeux. Mako se leva, il devait rejoindre sa femme. Sa place n'était pas ici. Il se dirigea vers le vestibule, se saisit de son blouson. Il allait ouvrir la porte lorsque la voix d'Irina se fit entendre derrière lui.

– Tu t'en vas ?

Mako, à contrecœur, se retourna. La jeune femme se tenait dans le couloir, nue et encore humide de la douche. Ses cheveux mouillés dessinaient des lianes dansantes autour de son visage, soulignant la beauté de ses traits. Ses seins arrogants le défiaient. Son corps était encore plus beau que ce qu'il avait pu imaginer.

– Ce serait dommage, tu vas louper le meilleur.

Elle passa devant lui en le frôlant à dessein. Il sentit

l'odeur de savon et de coco qui émanait d'elle. Irina ouvrit la porte de la chambre et attendit. Il entra comme à regret, hésitant. Elle ferma à clé. Il resta planté là, ne sachant que faire, incapable de prendre l'initiative. Elle s'en chargea. Débarrassé des colifichets et de la panoplie des filles de la nuit, son corps resplendissait dans la pénombre d'une beauté quasi animale. Elle s'avança vers lui et planta son regard dans celui, gêné, du policier. Elle entreprit de le déshabiller. Au fur et à mesure qu'elle lui ôtait ses vêtements, Mako sentit croître sa gêne en même temps que son membre se dressait. Elle fit glisser son caleçon boxer qui s'accrocha au sexe tendu comme un arc bandé. Elle tira un peu plus sur le sous-vêtement et libéra le membre qui vint frapper le bas-ventre de Mako avec un bruit mat. Elle pouffa, il sourit. Agenouillée devant lui, elle l'engloutit et entama une savante et humide succion. Les yeux de Mako se révulsèrent de plaisir. Il s'abandonna complètement au suave mouvement de va-et-vient. Il sentit bientôt venir l'orgasme et dut la repousser doucement afin de ne pas céder trop vite à une vague de volupté. Il la coucha sur le lit, l'embrassa sur le front, le nez et la bouche. Il craignit qu'elle ne se dérobe à son baiser, mais en fait elle s'y soumit fougueusement. Leurs dents s'entrechoquèrent. De sa bouche il descendit et fit glisser sa langue dans le chemin sinueux qui partait de son cou, escaladait ses seins lourds, redescendait dans la douce vallée de son ventre et achevait son périple entre ses cuisses soyeuses. Elle se cambra en haletant. Mako sentait les muscles du ventre et des cuisses de la jeune femme se crisper à chaque fois que sa langue passait sur le bourgeon gonflé par le plaisir. À son tour, elle le repoussa. Il se redressa, lui écarta les cuisses d'un mouvement doux mais ferme et s'introduisit en elle. Il entama un lent mouvement de va-et-vient, sentant monter une houle de plaisir, lente et puissante à la fois. Elle l'accompagnait d'un mouvement exquis du bassin en s'agrippant à lui. Elle le fixait, ses yeux clairs plantés dans ceux, sombres et vides, de Mako. Elle le repoussa une nouvelle fois et se retourna, à quatre pattes. Il l'attrapa par les hanches et la posséda comme un damné, comme si, juste après, les ténèbres allaient se refermer sur lui. Pour solde de tout compte. Elle prit son plaisir, refoulant un long cri rauque de volupté. Elle mordit dans l'oreiller comme une louve déchiquette sa proie. Mako libéra la vague qu'il contenait. Il jouit à son tour, grognant comme un animal et s'abattit enfin sur elle, à demi mort. Elle se tortilla dans tous les sens pour se dégager et vint se lover contre lui. Il la considéra les yeux mi-clos, hébété de fatigue, de plaisir et de désespoir. Elle scrutait le visage de Mako avec une intensité que seuls les enfants et les fous peuvent exprimer.

– Quoi ? demanda-t-il, amusé.
– T'es un drôle de flic, déclara-t-elle d'un air grave.
– Ça veut dire quoi au juste ?
– Il n'y a pas de mépris dans tes yeux. Tu me regardes comme si j'existais. Bien sûr, tu veux te servir de moi comme tous les hommes. Mais bon, je ne t'en veux pas…

Elle se leva, prit une cigarette qui traînait dans un paquet sur une commode et l'alluma.

– J'avais envie de toi, continua-t-elle, il y avait tellement longtemps que je n'avais pas baisé.

Mako la considéra avec un sourire interrogateur.

– Ce que je fais toutes les nuits, ça ne s'appelle pas baiser, protesta-t-elle. En fait, au boulot, je suis une poupée gonflable de chair. Nous aussi, les putes, on a des besoins et des envies. On est des êtres humains comme les autres... presque comme les autres.

Elle souffla la fumée de sa cigarette, se leva et revint se coucher à côté de lui.

– La première fois que je t'ai vu, poursuivit Irina, j'ai immédiatement craqué. Je n'avais jamais vu quelqu'un qui avait en lui autant de douceur et de violence à la fois. Et puis tu as l'air tellement triste, c'est très sexy chez un flic. Ça te donne un air mystérieux.

Mako prit la cigarette des doigts d'Irina et tira une bouffée avec délice. Dieu que c'était bon ! Il lui rendit la cigarette, à regret. La jeune femme le considérait d'un air grave cette fois.

– Tu veux quoi exactement, Mako ?
– Ce soir quelqu'un est mort...

Irina garda le silence quelques secondes.

– Quelqu'un de proche ?
– Si on veut. Quelqu'un dont tout le monde se foutait. J'ai rien pu faire pour empêcher que cela arrive.

Irina consulta le réveille-matin posé sur un chevet près du lit. Elle soupira.

– C'est l'heure, je dois aller réveiller mon fils et l'emmener à l'école. Toi, tu m'attends ici, je ne veux pas que Luan te voie.

Elle sauta du lit, farfouilla dans la commode. Elle enfila un vieux pantalon de jogging et un tee-shirt qui vantait les mérites d'une marque de vodka. Elle sortit sans un regard pour Mako.

Le cœur serré, il pensa à Lily et se dit qu'il ne pourrait plus jamais dormir. Quelques secondes plus tard, il sombrait dans un sommeil profond.

Il se réveilla en sursaut avec le sentiment coupable de n'être pas au bon endroit. La chambre était vide et les chiffres digitaux rouges d'un vieux réveille-matin indiquaient 10 heures 16. Quelle tuile ! Il s'empressa de sortir du lit, chercha ses vêtements, qu'il trouva éparpillés aux quatre coins de la chambre. Il s'habilla en hâte et sortit de la pièce. Irina était assise dans le petit salon. Elle buvait une tasse de café, une cigarette fumante coincée entre les doigts. Devant elle était posé un livre de français pour collégiens, ouvert et reposant sur la tranche. Elle tourna la tête vers Mako.

– Tu retournes vers ta femme ? fit-elle en désignant l'alliance au doigt du policier.

Pour une raison obscure, la question le mit terriblement mal à l'aise.

– Euh, oui. Il faut que j'y aille. Est-ce que je te dois quelque chose pour… tout à l'heure.

Le visage de la jeune femme était inexpressif. « Mon Dieu, elle doit avoir presque le même âge que Lily », songea-t-il avec un pincement au cœur.

– Pourquoi es-tu venu, Mako ? Ce n'est pas pour la baise, ça, je le sais. Je t'ai demandé tout à l'heure, mais tu n'as pas répondu.

Mako posa son blouson sur le dossier d'un divan en tissu coloré. Il s'assit en face d'Irina qui buvait à petites gorgées son café, imperturbable. Mako songea avec amertume qu'il aurait dû interroger la fille avant de passer par son lit. Il était sur le point de partir sans avoir obtenu ce qu'il cherchait, en ayant presque oublié la raison de sa visite chez Irina. Il ne fallait pas qu'il perde de vue son objectif.

– En fait, je voulais te poser quelques questions. Des questions concernant tes relations… professionnelles.

Elle posa la tasse sur une petite table de bois ciré. Elle aspira avec volupté une bouffée de sa cigarette blonde. Elle garda quelques instants la fumée dans ses poumons puis elle la laissa s'échapper avec un soupir de regret.

– Pose tes questions, dit-elle sur un ton détaché.

Mako s'agita sur le canapé.

– Parle-moi de Vidic et Xhemi, finit-il par lâcher.

Irina sourit. Elle se pencha vers la table basse en direction d'un cendrier métallique dans lequel elle écrasa le mégot de sa cigarette. Elle procéda méthodiquement avec d'autant plus d'acharnement que son plaisir de fumer avait été grand. Mako la regarda faire. Lorsqu'elle reporta son attention sur lui, son visage était souriant.

– Que veux-tu savoir ?

– Tout ce que tu sais.

– Monsieur Mako est un gourmand. Comme tous les flics, il veut tout savoir. Mais n'oublie pas que les gourmands finissent toujours avec une bonne indigestion.

– Épargne-moi tes commentaires et dis-moi ce que je veux savoir.

La jeune fille se leva tranquillement et ouvrit la fenêtre du salon.

– Il faut aérer, car Luan n'aime pas l'odeur de cigarette froide. Il n'apprécie pas que je fume et il va me faire des reproches lorsqu'il rentrera de l'école. Il a peur que j'attrape un cancer.

Elle revint s'asseoir en face de lui.

– Cela a quelque chose à voir avec la mort dont tu m'as parlé tout à l'heure ?

Mako hésita puis opina du chef. La jeune femme le considéra gravement. Elle se décida.

– J'ai connu Léo Xhemi au Kosovo, c'était un chef de clan et un officier de l'UCK, l'armée de libération du Kosovo. Dans mon pays, il a beaucoup de sang sur les mains. C'est pourquoi il a dû partir en France, même s'il conserve beaucoup d'amis là-bas. Des amis influents.

– Il a connu Vidic au Kosovo ?

– Vidic était sous ses ordres, c'était... Comment dit-on déjà ? L'exécuteur des basses œuvres, c'est cela. Léo avait monté un business d'importation d'héroïne en provenance d'Afghanistan. En parallèle, Vidic s'occupait des filles pour le compte de son chef. Il recrutait et faisait la... discipline. Et puis un jour, Léo a su qu'il était temps de partir. Il avait fait trop de veuves, trop d'orphelins, et même ses camarades de l'ancienne UCK ne pouvaient plus rien pour lui. Il a dû s'exiler en compagnie de quelques fidèles qui travaillent toujours pour lui, dans un garage de la grande banlieue. Ce sont ses hommes de main.

– Sais-tu où je peux trouver Vidic ?

Irina garda le silence quelques instants. Elle finit par sourire.

– C'est toi qui l'as envoyé à l'hôpital, n'est-ce pas ?

Mako ne répondit pas.

– Tu le cherches, c'est certain, mais pour quelle raison ? Que veux-tu de lui ?

– J'ai besoin de le trouver et c'est toi qui vas m'aider.

Elle se leva et s'étira avec la grâce d'une danseuse puis elle s'approcha de lui d'une démarche souple et féline, un rien aguicheuse. Elle planta ses yeux gris dans ceux du policier.

— Il ne faudrait pas que tu t'imagines que, parce qu'on a baisé, cela te donne des droits sur moi...

— La seule chose qui me donne un droit sur toi, c'est ma capacité à te pourrir la vie, si je le décide. Et il ne faudrait pas que tu t'imagines que, parce que t'as baisé avec moi, tu as droit à un régime de faveur, répondit-il du tac au tac.

Les traits de la jeune femme se crispèrent. Elle lui montra la porte de l'appartement.

— Chez toi, le flic n'est jamais très loin. Maintenant tu ne m'amuses plus. Dégage.

Il se leva et enfila son blouson en cuir. Il se dirigea vers la porte.

— N'oublie pas : si tu vois Vidic, tu m'appelles immédiatement.

Elle lui fit un doigt d'honneur.

— Je te donnerai l'info, mais seulement parce que tu m'as bien baisée. Ce sera ta contrepartie. Si tu veux te rendre service, pose-toi une petite question, Mako. Aujourd'hui, qui était la pute ?

XIV

Mako s'introduisit furtivement dans l'appartement. Ce n'était pas la première fois qu'il découchait, que ce soit pour des raisons de service ou pour d'autres, moins avouables, mais, auparavant, il appelait toujours pour rassurer Nathalie. Il espérait qu'elle serait à l'hôpital, mais ces derniers temps elle n'y allait guère souvent. Elle se faisait régulièrement délivrer des arrêts maladie qu'elle justifiait par sa grossesse. Il écouta attentivement : aucun bruit. Il s'avançait plus en avant dans l'appartement lorsqu'il la vit sur le balcon, accoudée à la rambarde, regardant le morne spectacle du béton s'étendant à perte de vue. Il posa son casque sur la commode de l'entrée et se ravisa. Elle n'aimait pas qu'il laisse traîner son intégral à cet endroit. Il le rangea dans l'armoire de l'entrée. Il avait pris la précaution de ranger le casque de secours dans une armoire métallique au fond du box fermé dans lequel son VMax était parqué. Si Nathalie l'avait vu en possession de deux casques, elle n'aurait pas manqué de l'assaillir de questions. Lorsqu'il retourna dans le salon, elle s'était retournée et le dévisageait à travers la baie vitrée, sur laquelle la pollution et la pluie avaient dessiné des rigoles noires. Elle était vêtue d'une informe robe de chambre, sous laquelle elle portait un grand tee-shirt représentant Marge Simpson, et d'une paire de grosses chaussettes en laine. Son ventre tendu la gênait lorsqu'elle se déplaçait. Elle entra dans le salon et lorsqu'elle s'avança vers Mako, ce dernier vit qu'elle avait les yeux rouges et gonflés. Elle s'approcha de lui de cette démarche penchée vers l'arrière caractéristique des femmes enceintes qui cherchent à soulager leur dos. Mako réfléchissait à toute vitesse pour trouver une excuse acceptable. Il savait que de toute façon elle ne le croirait pas, il avait trop menti. Ils en étaient à seulement vouloir préserver les apparences. Cette fois-ci ce fut différent. Elle se colla contre lui et il sentit, au travers de son blouson, le ventre tendu de Nathalie se presser contre le sien. Il résista au besoin impérieux de reculer. Elle se pencha en avant et se mit à renifler à quelques centimètres du cou de Mako.

Brusquement elle le gifla. Il sentit à peine le coup porté pourtant avec une grande violence.

– Tu sens la cigarette et tu sens la pute, espèce de connard.

Il était allé s'enfermer dans la cuisine tandis qu'elle s'affairait bruyamment dans la chambre. Il s'était préparé un café et s'était assis à la table, sur laquelle trônaient les reliefs du repas de la veille au soir. Il buvait son café en tentant d'ignorer le bruit des portes de placards qui claquaient. Nathalie s'activait avec la rage au cœur. Il se dit qu'il était effectivement un vrai connard. Il eut honte d'avoir profité de l'excuse de la mort de Lily pour s'autoriser une partie de jambes en l'air avec une pute. Il n'avait jamais été un bon mari et depuis toujours il avait multiplié les aventures souterraines. C'était plus fort que lui et, au boulot, c'était une chose communément admise. Rares y étaient ceux qui n'avaient pas une ou plusieurs maîtresses. Même si on se trompe allègrement dans tous les corps de métiers, Mako s'était toujours demandé pour quelle raison les flics de terrain étaient particulièrement infidèles. Il avait fini par comprendre que la réponse était dans la vie qu'ils mènent. Les horaires irréguliers, le contact avec le public facilitaient grandement les rencontres et les étreintes de chambres d'hôtel. Un flic est régulièrement confronté à la mort et, à ce titre, il a une conscience particulièrement aiguë de la précarité de la vie. Multiplier les aventures était un moyen de conjurer le sort, de défier la mort. C'était ce que pensait Mako... avant cette nuit. À cet instant, il se sentait surtout minable, veule et faible. Il entendit la porte d'entrée claquer. Un silence assourdissant se répandit dans l'appartement. Une vague de haine pour lui-même déferla en Mako, jusqu'à la nausée.

Paul conduisait le véhicule de service, mais il semblait absent. Émilie, assise à la place du passager, regardait le paysage défiler. Ils se rendaient à Creil, à la base aérienne 110 plus précisément. Paul avait avisé Émilie que Xhemi et Vidic étaient en contact avec deux individus qui avaient leurs entrées dans une base militaire française. Laquelle base abritait en fait un régiment de transports aériens et surtout la direction du renseignement militaire. L'enquête prenait une tout autre dimension depuis qu'y étaient mêlées les barbouzes de la grande muette. Le silence était pesant dans l'habitacle. Elle jeta un coup d'œil à son amant. Il avait les traits marqués et le regard vide. À chaque tentative qu'elle avait faite pour engager la conversation et réchauffer l'ambiance glacée qui régnait dans la voiture, il avait répondu par un ou deux mots laconiques. Elle avait fini par abandonner et s'était murée dans un silence boudeur. Elle eut soudain une inspiration.

– Au fait, Paul, il semblerait qu'on avance dans l'affaire du décès de la petite Lily Hamori. Je me tiens au courant par l'intermédiaire du parquet. Le procureur va ouvrir une information.

Les mains de Paul se crispèrent sur le volant.

– Ouvrir ? Sur la base de quelle incrimination ?

– Homicide volontaire. Ravie de voir que tu t'intéresses encore à quelque chose.

– Il y a des éléments qui laissent supposer qu'il s'agit bien d'un meurtre ?

– On n'a rien de bien tangible. À l'autopsie, le légiste n'a pas trouvé de traces de défense. Par contre, il a trouvé des résidus de sperme dans le vagin de la gosse. Elle a eu un rapport quelques heures avant de… avant la défenestration.

Paul réfléchissait.

– Qui va être saisi de cette information ?

– Très probablement moi. J'ai demandé au doyen de me donner l'affaire. Après tout, j'ai toujours en compte l'affaire du viol de Lily et s'il y a bien homicide, les deux affaires seront, à coup sûr, liées.

– Ce n'est pas certain, il faut se garder des jugements à l'emporte-pièce.

– Je vais délivrer une commission rogatoire.

– Ça ne va pas faire les affaires des Mœurs, ils n'arrêtent pas de se plaindre d'avoir en compte une montagne de dossiers.

204

– En fait, je pensais plutôt à toi.

Le visage de Paul blêmit, il bafouilla.

– Tu ne peux pas faire cela et puis j'ai déjà l'affaire des Kosovars qui me prend du temps. Sans compter que je ne pense pas être l'enquêteur le plus qualifié pour ce type d'enquête…

« On y est », songea-t-elle. Elle le considéra avec un mélange de fermeté et de tendresse dans le regard. Il jeta un coup d'œil dans sa direction, puis rapidement un second.

– Quoi ?

– Paul, si tu me disais ce qui te ronge ? Je suis peut-être ta maîtresse, mais je suis surtout ta meilleure amie.

Il tenta vainement de protester, il affirma qu'il n'y avait rien à dire et que tout était pour le mieux. Elle le sermonna d'un ton maternel et lui rappela qu'ils s'étaient promis de toujours être honnêtes l'un envers l'autre. De guerre lasse, il rendit les armes. Il soupira et prit une profonde inspiration.

– Si Lily a bien été tuée, c'est sûrement de ma faute…

Elle garda le silence, alors Paul poursuivit.

– Il y a quelques jours de cela, j'aurais pu cueillir Vidic, mais j'ai refusé, je ne voulais pas faire capoter notre affaire de coke.

– Cela m'est revenu aux oreilles, déclara Émilie, et ce que j'ai entendu n'est pas très reluisant. Il semblerait que tu aies laissé un de tes collègues se faire casser la figure, sans intervenir.

– C'est vrai, Vidic était pisté par un type, un flic de la BAC. Un vrai casse-couilles. Le genre de type qui se croit investi d'une mission divine. Il s'appelle Makovski.

— Je l'ai rencontré récemment. Effectivement, il m'a l'air d'être plutôt instable.

— Il s'est fait démonter par les deux types dont je t'ai parlé. C'est d'ailleurs la raison cachée pour laquelle on se rend à Creil aujourd'hui. Ces types ne sont pas seulement en relation avec Xhemi, ils ont agressé un policier sous mes yeux.

Émilie jura.

— Putain, tu comptais me le dire quand ? Tu sais que je n'aime pas que l'on me manipule.

— C'est que je ne suis pas très fier de ce qui s'est passé. Ces derniers temps, je n'arrête pas de me dire que si j'avais interpellé Vidic à la sortie de sa planque, la gamine serait encore en vie.

Émilie le considéra avec animosité.

— Cela, seule l'enquête nous le dira. Paul, je n'aimerais pas être à ta place. J'ai toujours pensé que pour faire le métier de flic, il fallait considérer le côté humain en priorité, et là, on peut dire que t'as été défaillant. En fait, j'ai rencontré Mako lorsque je me suis déplacée pour voir le corps de Lily. Il était complètement fou, fou de haine et de désespoir.

— Le désespoir, ça le connaît, fit Paul.

Ils arrivaient devant la base militaire 110 à Creil. Paul engagea la voiture devant la guérite où un factionnaire en uniforme de l'armée de l'air leur demanda la raison de leur présence. Ils présentèrent leurs cartes professionnelles et demandèrent à parler à un haut gradé de la DRM[1]. Ils patientèrent le temps que le soldat prévienne l'officier de permanence. Le militaire leur demanda de stationner la voiture de police banalisée et les avisa qu'un véhicule

---

1. Direction du renseignement militaire.

militaire assurerait leur transport à l'intérieur de la base. Paul se garait en épi sur les emplacements devant la guérite, quand arriva une Citroën de l'armée. La voiture s'arrêta de l'autre côté de la barrière. Le factionnaire les autorisa à traverser et, après être passés sous un portique magnétique sans encombre (Paul avait laissé son arme au service, en prévision), ils montèrent dans la Citroën. Le chauffeur, un caporal de l'armée de l'air, les accueillit poliment, démarra et s'engagea à vitesse réduite dans la base.

Ils longèrent une piste d'atterrissage et se dirigèrent vers des bâtiments situés à la lisière d'une forêt dense et sombre. Le caporal arrêta la voiture devant un bâtiment haut de trois étages. Émilie et Paul sortirent du véhicule et, précédés du soldat, entrèrent dans le petit immeuble. À l'intérieur tout était feutré, des gens en civil en croisaient d'autres, porteurs d'uniformes. Le militaire du rang les conduisit à la réception où une femme arborant les galons de sergent les accueillit d'un sourire froid et professionnel. Le caporal s'esquiva discrètement. Émilie sortit à nouveau sa carte professionnelle et se présenta.

– Bonjour, je suis Émilie Duplessis, juge d'instruction. Je mène une enquête criminelle et je souhaiterais rencontrer un officier responsable de la Direction du renseignement militaire.

– À qui souhaitez-vous parler exactement ?

Émilie soupira.

– Je n'en sais rien, je vous ai dit que je voulais m'entretenir avec un officier supérieur.

– Vous avez rendez-vous ?

Paul leva les yeux au ciel, il savait qu'Émilie supporterait difficilement ce genre d'obstacle administratif en tailleur militaire.

— Non et je n'en ai pas besoin. Par contre, si vous persistez à faire semblant de ne pas comprendre, je peux revenir avec une escouade de gendarmes qui fouilleront tous les bureaux de ce bâtiment, en commençant par le vôtre.

Le sous-officier zélé leva un sourcil épilé et réprobateur. Elle s'empara de son téléphone et composa un numéro à quatre chiffres. Lorsque son interlocuteur décrocha, elle s'exprima d'une voix d'hôtesse de l'air.

— Mon colonel, j'ai devant moi une personne qui se prétend juge d'instruction et une autre qui dit être policier. La personne qui prétend être juge d'instruction tient à rencontrer un officier de la DRM… à tout prix, conclut-elle en jetant un regard en coin vaguement méprisant à Émilie.

Cette dernière soupira, exaspérée.

— Bien, mon colonel… Certainement, mon colonel.

La femme en uniforme raccrocha doucement. Elle désigna des fauteuils placés autour d'une table basse sur laquelle on avait placé des revues.

— Si vous voulez bien patienter quelques instants, on va vous recevoir.

— Merci de votre amabilité, s'empressa de répondre Paul.

Il tira par la manche Émilie qui fulminait. Elle s'assit, le visage empourpré.

— Non, mais tu te rends compte, quelle pimbêche ! Une personne qui se prétend juge d'instruction, fit-elle en imitant le ton de la femme sergent. Elle a pourtant bien vu ma carte, cette idiote.

Paul sourit et entreprit de feuilleter une revue choc pleine de photos à sensation. Les minutes passèrent, s'accumulèrent, devinrent une demi-heure, puis trois quarts d'heure. Émilie, qui avait fini par se calmer, sentit à nouveau la colère la gagner.

– Mais qu'est-ce qu'il fout, ce colonel, il va nous faire poireauter longtemps ? S'il n'est pas là dans cinq minutes, je reviens avec une dizaine de policiers et ça va faire du grabuge.

– Calme-toi, Émilie, je crois bien que voilà notre beau militaire tant espéré.

Un officier se dirigeait vers eux, tout sourire. Il devait avoir une cinquantaine d'années, les cheveux poivre et sel coupés en brosse. Les traits burinés de son visage trahissaient l'ancien baroudeur et les nuits passées à la belle étoile, sur le terrain.

– Pardonnez, madame, cette attente pénible, mais lorsque l'on m'a avisé de votre présence, je devais régler une affaire d'une grande importance.

Émilie tiqua, l'officier avait omis de lui donner sa qualité de juge. Ils se serrèrent la main et Paul nota que l'officier supérieur l'ignorait presque totalement, ne manifestant à son encontre qu'un intérêt à peine poli. Un sourire éblouissant illuminait le visage d'Émilie.

– Vous êtes tout pardonné, monsieur, déclara-t-elle en appuyant sur le « monsieur », négligeant volontairement de mentionner le grade de l'officier.

« Et tac, prends ça. La réponse de la bergère au berger », pouffa intérieurement Paul.

Le colonel Lefèvre, comme le désignait une petite plaque dorée épinglée à son uniforme impeccable, marqua le coup, mais le sourire amical ne quitta pas ses lèvres.

– Si vous voulez bien vous donner la peine.

Ils empruntèrent l'ascenseur et montèrent au troisième étage. Là, après avoir suivi un couloir feutré, ils entrèrent dans un bureau spacieux. Une grande baie vitrée offrait une vue imprenable sur la piste d'atterrissage. Des plaques commémoratives ornaient le mur, ainsi que des photos représentant le colonel Lefèvre dans divers pays du monde. Paul s'approcha et détailla les clichés. L'officier avait manifestement participé à tous les grands conflits des deux dernières décennies. On le voyait jeune lieutenant, le visage encore poupin, à Beyrouth, entouré de camarades de combat. Tous arboraient fièrement des fusils d'assaut, la cigarette au coin de la bouche, l'air mauvais. Une autre photo avait été prise en Irak, probablement pendant l'opération « Tempête du désert ». Lefèvre était alors capitaine. Le cliché suivant représentait le commandant Lefèvre dans un pays d'Europe de l'Est. Probablement la Bosnie, songea le policier. Il considérait avec intérêt une photo prise en Afghanistan, lorsqu'il entendit le colonel se racler la gorge derrière lui. Paul se retourna.

– Excusez-moi, j'étais fasciné par vos souvenirs de guerre.

– Il faut pardonner cette forme de vanité, un rien narcissique. Nous autres militaires aimons à exposer nos campagnes et nos activités guerrières.

– C'est étrange, aucun de ces clichés ne semble avoir été pris au Kosovo, vous n'y avez jamais mis les pieds, mon colonel ?

Émilie soupira intérieurement. « Ça, si ce n'est pas de l'assaut frontal, commandant Vasseur. »

– Si, j'y suis allé, à plusieurs reprises.

Le ton était devenu glacial. Le colonel Lefèvre dévisageait Paul, tentant visiblement de comprendre où ce dernier cherchait à l'emmener.

– Puis-je savoir ce qui nous vaut la présence d'un

juge d'instruction et d'un policier ? demanda doucement l'officier.

Émilie se décida à reprendre la main.

– Je diligente une enquête criminelle à l'encontre d'un individu de nationalité kosovare. Un policier a été sauvagement agressé par deux individus en lien avec ce Kosovar.

– C'est navrant, mais en quoi puis-je vous être utile ?

– Nous avons pu établir que ces deux individus appartiennent à la Direction du renseignement militaire.

Là, Émilie bluffait, car elle n'avait pour tout élément que les propos que Paul lui avait rapportés.

– Cette affirmation me semble fantaisiste, madame la juge.

– Avez-vous des dossiers concernant Vloran Vidic et Leotrim Xhemi ?

– Quand bien même nous en aurions, vous n'êtes pas sans savoir que je ne puis vous communiquer des informations concernant ces personnes, ou d'autres d'ailleurs. Les renseignements que nous traitons à la DRM sont couverts par le secret-défense.

– Dans ce cas, il ne me reste qu'à saisir la commission consultative du secret de la Défense nationale. Je suis certaine que cette instance fera droit à ma demande.

– Libre à vous de perdre votre temps, cette commission n'a de fonction que consultative, comme l'indique son nom. De plus, les procédures devant cet organe sont longues et le résultat n'est pas acquis, contrairement à ce que vous affirmez.

La colère montait en Paul, le militaire lui était insupportable de suffisance, engoncé dans la certitude d'être intouchable, au-dessus des lois.

Émilie garda son sang-froid même si elle devait

probablement bouillir intérieurement. Elle soupira, l'air faussement triste.

— Très bien, puisque vous n'avez pas l'intention de collaborer, je vais être contrainte de venir perquisitionner vos services, si par hasard je trouvais des informations non classifiées…

— Encore une fois, libre à vous, madame la juge, mais ce sera une perte de temps…

— En fait, ce qui me navrerait le plus, c'est que l'information se répande dans les médias que les services de renseignements de l'armée tabassent des policiers pour permettre à un violeur en fuite et à un trafiquant de drogue de s'échapper.

Le colonel Lefèvre marqua un temps d'arrêt. Paul nota que les doigts de sa main droite pianotaient nerveusement sur le cuir d'un sous-main marron.

— J'imagine que vous êtes tenue par la sacro-sainte règle du secret de l'instruction, madame la juge.

Émilie gloussa.

— Mais, qu'allez-vous donc vous imaginer, colonel ? Vous sous-entendez que je pourrais… non, ce n'est pas possible. Vous m'accusez de déloyauté à l'encontre des institutions de la République en général et du Code de procédure pénale en particulier ?

Les yeux de la juge perdirent toute gaieté, pour devenir glacials.

— Je ne ferais jamais une telle chose, monsieur Lefèvre, poursuivit-elle, mais par contre je ne peux garantir que les policiers, dont vous connaissez la liberté d'expression syndicale, respecteront cette règle du secret, surtout quand ils sauront que vos sbires molestent l'un des leurs. Si vous saviez le nombre de fuites organisées qui finissent sur le bureau d'un journaliste du *Canard enchaîné*. Je vais donc poser ma question une dernière fois : avez-vous un dossier concernant Vidic et Xhemi ?

Lefèvre s'agita dans son fauteuil en cuir.

– Bien que je ne m'occupe pas personnellement de ces choses, je crois savoir qu'il est possible que nous soyons en relation avec un certain Xhemi, résident français, mais de nationalité kosovare, je ne puis guère vous en dire plus…

– Qui le peut, alors ?

– Je peux faire appel à son officier traitant, si vous le souhaitez. Mais je vous demanderai de ne pas faire état de cette conversation, ce sont des informations en off[1], comme vous dites.

– J'en jugerai lorsque j'aurai parlé à cette personne… votre officier traitant.

Lefèvre passa un appel téléphonique et, cinq minutes pesantes plus tard, on toqua à la porte. Un homme d'une trentaine d'années, blond, baraqué, cheveux très courts, s'introduisit dans le bureau du colonel. Il était habillé en civil, mais l'attitude martiale révélait le militaire de carrière. Immédiatement, Paul avait reconnu l'un des agresseurs de Mako.

– Martin, vous êtes bien l'officier traitant d'un Kosovar, un certain Xhemi.

– Affirmatif, mon colonel.

– Martin, avez-vous brutalisé un policier, je veux dire récemment…

Le visage du militaire demeura imperturbable. Une idée prit naissance dans l'esprit de Paul.

---

1. Non officielles.

– Pas récemment, mon colonel, fit le type baraqué, avec un sourire en coin.

Soudain la sonnerie d'un téléphone portable résonna dans la pièce. Paul reconnut immédiatement l'air « Tiens, voilà du boudin » de la Légion étrangère. Martin, l'air gêné, fouilla dans la poche de son blouson et en sortit fébrilement un cellulaire. Il consulta le numéro appelant qui manifestement n'évoquait rien pour lui. Il s'excusa.

– Pardonnez-moi, mon colonel, je le coupe immédiatement.

– C'est moi qui vous appelle, Martin.

Paul avait pris la parole, sèchement. Il exhiba son propre téléphone portable en cours de communication.

– Lorsque le policier a été agressé, poursuivit-il, nous avons pu établir que, juste avant, Xhemi avait passé un appel sur une ligne morte, un portable à carte prépayée pour lequel il n'existe pas d'identité du titulaire. Nous avons acquis la certitude que Xhemi et Vidic ont fait appel à des gros bras lorsqu'ils ont réalisé qu'ils étaient suivis par un policier. Or, il semblerait que vous soyez en possession de ce fameux portable.

Le militaire bafouilla.

– Je ne comprends pas… ce doit être une erreur.

Émilie prit la parole, des éclairs dans les yeux.

– J'en ai assez vu et assez entendu, colonel. J'exige maintenant de connaître vos liens avec Xhemi et Vidic.

Lefèvre soupira puis congédia d'un geste rageur le gaillard blond. Penaud, celui-ci s'empressa de s'éclipser.

– Ce que je vais vous dire intéresse la sécurité nationale, je compte sur vous deux pour préserver la confidentialité des éléments que je vais vous révéler.

— Au risque de me répéter, j'en jugerai lorsque vous aurez enfin parlé.

Lefèvre tripotait pensivement un coupe-papier. Il sembla prendre une décision et commença :

— Depuis le conflit du Kosovo, nous avons mis en place une force de maintien de la paix dans cette région des Balkans, la KFOR. Nos soldats se trouvent pris entre les factions albanaises et serbes. Cette position, des plus inconfortables, n'est tenable que si les belligérants ne prennent pas pour cible nos troupes. Nous avons donc décidé de mettre en œuvre une politique de collaboration avec les deux parties. Du côté albanais, nous étions en relation avec un officier de l'UCK qui, malgré un grade modeste, il était seulement capitaine, jouissait d'une influence importante parmi l'armée de libération. Cet officier nous a rendu d'insignes services. Un jour, suite à des comportements discutables, le capitaine en question a été contraint de s'exiler. Cependant, il n'avait rien perdu de son aura auprès de ses camarades. Nous avons accepté de l'exfiltrer pour le ramener en France, à condition qu'il continue à servir d'intermédiaire avec ses anciens chefs. Cet homme, c'est Leotrim Xhemi. L'autre, celui que vous nommez Vidic, je ne le connais pas. Ce doit probablement être l'un des camarades de combat de Xhemi.

— Des comportements discutables, avez-vous dit ? Je n'ose pas imaginer les monstruosités que peut dissimuler cette litote, surtout lorsque l'on voit ce qu'est capable de faire cet individu dans un État de droit comme la France, s'insurgea Émilie.

Lefèvre voulut répliquer, mais la juge leva une main impérieuse, réclamant le silence.

— Écoutez-moi bien, colonel Lefèvre, continua-t-elle,

si vos spadassins portent assistance à Leotrim Xhemi ou Vloran Vidic, s'ils communiquent une fois encore avec lui, je veillerai à ce que vous soyez personnellement mis en examen pour complicité de trafic de stupéfiants, de viol, de violences sur un agent de la force publique et peut-être même de complicité d'homicide volontaire. Ce ne sont pas des menaces, c'est une promesse. Priez pour ne jamais me revoir, colonel.

Elle se leva, jeta un dernier regard méprisant à l'officier supérieur et, suivie de Paul, sortit du bureau en claquant la porte.

Plus tard, dans la voiture, Émilie chantonnait, les yeux perdus dans le vague. Paul sourit et posa la main sur la cuisse de la jeune femme, dans un geste plein de tendresse.

— Priez pour ne jamais me revoir, dit-il en imitant la juge, tu m'as impressionné, non, vraiment. Tu as été brillante. Il doit encore être tout vert.

— J'ai toujours aimé les imbéciles prétentieux qui me sortent des extraits du Code de procédure pénale. Je t'en ficherais du secret de l'instruction. Si ce type avait seulement été moitié aussi bon qu'il l'estime, il aurait compris que je ne venais que pour obtenir des renseignements informels, puisque je n'étais pas accompagnée de mon greffier.

— Toujours est-il que nous savons maintenant comment Xhemi est réapparu en France. De plus, je pense que la DRM n'interférera plus dans l'enquête.

— Je l'espère pour eux, autrement ils apprendront à me connaître lorsque je suis en colère.

— Ils en ont eu un aperçu.

Émilie pouffa.

– Pas mal, le coup de l'appel sur le portable du pauvre Martin, dit-elle.

Paul sourit, mais au fond de lui une image hantait sa conscience, celle de Lily fracassée sur le béton.

XV

Les quatre hommes dînaient dans l'arrière-salle du restaurant turc. La pièce était décorée de posters représentant le détroit du Bosphore, la basilique Sainte-Sophie, la Cappadoce et Éphèse. Omer, le gérant, passa la tête par l'entrebâillement de la porte et demanda si tout allait bien. Léo tendit une grande assiette vide.

– Il n'y a plus de lahmacun[1].

Omer se saisit de l'assiette et sortit prestement de la pièce. En face de Léo, Vidic mangeait avec concentration son kebab d'agneau. Malgré les risques, il avait tenu à être présent. Il avait pris toutes les précautions nécessaires pour ne pas être suivi. Il n'avait repéré aucun dispositif de surveillance, alors qu'il se rendait sur place dans un véhicule volé muni de fausses plaques. Il avait stationné la voiture, une puissante BMW, à près de 500 mètres du restaurant et avait fini à pied. Après avoir observé les abords du fast-food pendant une bonne demi-heure, caché dans le hall d'entrée d'un immeuble squatté par des toxicos, il avait acquis la certitude que la voie était libre. Les autres étaient déjà présents et, après avoir éclusé quelques verres de vodka,

---

1. Galettes turques.

Omer avait pris la commande. Les deux nervis qui accompagnaient Léo se prénommaient Driss et Shaban. Driss avait la carrure et la puissance de feu d'un char russe, en un peu moins subtil cependant. Il était d'une loyauté aveugle envers Léo et ne posait jamais de questions. Shaban, quant à lui, était presque aussi costaud mais il avait un cerveau et savait s'en servir. Il visait depuis toujours la place de Vloran Vidic et ne manquait jamais une occasion de le débiner auprès de Léo. C'était aussi une des raisons pour lesquelles Vidic avait tenu à tout prix à se rendre à cette réunion dînatoire hebdomadaire, comme aimait à l'appeler Léo : il ne voulait pas laisser le champ libre à Shaban. Omer entra dans la pièce et déposa sur la table un plat de galettes de viande encore fumantes. Léo s'arrêta de manger et contempla Driss qui mâchait sa nourriture.

– Dis-moi, le gros, es-tu obligé de m'imposer le spectacle infâme de la nourriture malaxée dans ce qui te sert de bouche ? Personne ne t'a appris à la fermer lorsque tu manges ?

Driss regarda placidement Léo et fit non de la tête. Il poursuivit allègrement son exercice de bruyante mastication. Léo soupira et, vaguement dégoûté, déposa ses couverts puis repoussa son assiette.

– Bon... Camarades, j'ai une bonne nouvelle à vous annoncer. Le matos[1] est arrivé sans encombre. Les mules l'ont déposé ce matin au rendez-vous, le motel sur la nationale 6. J'ai fait ensuite acheminer la came jusqu'à la ferme...

– Tu veux dire que Vidic se trouve seul avec la came dans la planque ? s'insurgea Shaban.

---

1. La drogue.

– Qu'est-ce qu'il y a, mon ami ? Tu mets en doute mon honnêteté ? Tu t'imagines peut-être que je vais disparaître avec la marchandise, marmonna Vidic.

– Je ne remets pas en cause ta loyauté, Vloran. Mais c'est bien toi qui nous as menés à cette situation. Avec tes conneries, t'as les flics au cul. Je pense que tu devrais te tenir éloigné de la coke. De plus, la ferme, c'est notre dernier refuge…

Léo prit la défense de son bras droit.

– Vidic n'y est pour rien, c'est à cause de moi que notre planque a été grillée. C'est moi qui ai amené ce sale flic à l'entrepôt. Maintenant, on n'a plus le choix. Si tu as un autre endroit sûr pour planquer la marchandise, fais-le-moi savoir.

– Je pense simplement que c'est pas le bon moment pour faire du business. Il y a ce keuf qui piste Vloran, il paraît que c'est un vrai barjot.

– Il a reçu un message très clair, récemment.

– Et s'il est encore plus con qu'il n'y paraît et qu'il vient te demander des comptes ? Après tout, il doit savoir qui tu es puisqu'il t'a suivi jusqu'à l'entrepôt.

– J'ai des amis puissants qui veillent, il n'y aura aucun problème, répondit Léo, sûr de son fait.

Il savait que les services secrets français avaient besoin de lui, en particulier pendant cette période de tension extrême au Kosovo.

– Et puis, il y a tes associés arabes qui doivent revendre. Il paraît que le grand, celui qui s'appelle Nabil, a disparu. Le jeune, Sofiane, je n'ai pas confiance en lui…

– Tu as raison, Shaban, c'est un peu le bordel. Mais bon sang, on a connu bien pire pendant la guerre.

Arrête de gémir comme une vieille femme. Tu t'occuperas des bougnoules le moment voulu, mais pour l'instant, ce qui compte, c'est d'écouler la coke. On ne peut pas garder le matos à la ferme, ce n'est pas prudent et puis cela nuirait à notre crédibilité. Il faut respecter les délais, surtout pour notre première livraison. Maintenant, as-tu d'autres objections, mon ami ?

Le ton de Léo était devenu froid, presque glacial. Shaban avait suffisamment de jugeote pour comprendre qu'il ne fallait pas abuser de la patience de son chef.

– Il n'y a pas de problème, Léo. J'ai confiance en toi et en ton jugement, déclara-t-il en s'essuyant les mains sur la serviette en papier posée devant lui.

– Parfait, fit Léo, changeons de sujet, parlons un peu des putes. Depuis que nous nous sommes engagés dans cette affaire d'importation de cocaïne, il semblerait que nous ayons un peu trop relâché la pression sur les filles. C'est normal, on est moins présent. Le mois dernier, on a rentré trente pour cent de chiffre d'affaires en moins que le mois précédent. Cela se ressent d'autant plus que Vloran n'est plus là pour faire régner l'ordre. Irina m'a informé dernièrement que Nadia est devenue ingérable et qu'elle ne rapporte plus rien. Comme notre camarade recherché par la police ne peut gérer le problème, tu t'en chargeras, Shaban. Tu feras un exemple pour les autres filles…

– C'est mon boulot, se récria Vidic. Personne ne peut intervenir à ma place. Je punirai cette pute comme il se doit.

La main de Léo se posa sur le poignet crispé de son ami.

– C'est risqué, es-tu bien sûr de vouloir t'exposer ?

– C'est mon travail, répéta-t-il avec obstination, il

n'y aura aucun problème, ne te fais pas de souci, dit Vidic en fixant son chef dans les yeux.

— OK, mais j'espère que tu seras prudent, on ne peut se permettre de te perdre maintenant.

— Il n'y aura aucun problème, je le jure.

Driss venait de finir sa troisième assiette de viande rôtie. Il essuya sa bouche luisante de graisse sur le revers de la manche de sa veste et lâcha un rot sonore.

— J'ai loupé quelque chose ? demanda-t-il.

La BAC 47 se gara au bout de la contre-allée. L'absence d'éclairage public à cet endroit et la frondaison touffue des chênes centenaires contribuaient à rendre invisible la voiture de police depuis la route. Non loin de là, Irina, adossée au tronc rugueux d'un arbre vénérable, fumait une cigarette avec une nonchalance savamment étudiée. Mako entrouvrit la portière et, au moment de sortir de la voiture, se ravisa. Il se tourna vers Bill et Vincent.

— J'en ai pour quelques minutes, les gars. Il faut que je parle à mon indic. Elle aurait des informations sur Vidic.

Le chauffeur, dont le visage affichait un superbe sourire ironique, ricana.

— Prends ton temps, chef. Si t'as besoin de renfort pour faire parler ta petite salope, surtout n'hésite pas !

Mako haussa les épaules et sortit du véhicule. La porte claqua violemment. Bill gloussa.

— T'es vraiment trop con, Bill, fit Vincent en soupirant. Mako, les putes, c'est pas son genre.

— Une garce comme ça, fais-moi confiance, petit, c'est le genre de n'importe quel type, même de Mako.

Le temps passait lentement dans l'habitacle. La radio débitait sa litanie d'interventions. Vincent en était à se dire qu'après les congés d'été il demanderait à être affecté dans une autre équipe, lorsqu'un appel du poste directeur demanda un véhicule disponible pour un vol à l'arraché. L'opérateur donna l'adresse de l'agression. Bill démarra le moteur puissant de la BAC 47.

– C'est tout près d'ici, va chercher Mako.

– Mets un coup de deux-tons, il rappliquera.

– Et si le type rapplique par ici, on se sera grillé. Va le chercher, je te dis.

Vincent sortit en maugréant de la voiture et gagna la lisière du bois. Il appela :

– Hé, Mako, on a une intervention, ramène-toi !

Silence.

« Fais chier », pensa le jeune policier en s'engageant sous le couvert des arbres. Il ne vit rien dans un premier temps. Il résista à l'envie de sortir sa lampe torche, un pressentiment lui dictait de ne pas le faire. Un épais tapis de feuilles recouvrait le sol, amortissant le bruit de ses pas. Une odeur de pourriture végétale flottait dans l'air froid et épais. Il s'avança plus en avant et là, il les vit. Son chef était de dos par rapport à lui, debout, le visage tourné vers la cime des arbres. La fille s'était agenouillée devant lui. Les mouvements de va-et-vient que faisait sa tête ne laissaient aucun doute quant à l'activité à laquelle ils se livraient. Vincent resta bouche bée, ne sachant plus que faire. Il commença à reculer en direction de la voiture. Ce sinistre connard de Bill avait raison. Une profonde déception envahit Vincent. Il sentit l'estime et l'admiration qu'il vouait encore à son chef se désagréger, s'effriter. Il posa le pied sur une branche morte qui rompit dans un craquement sec.

Mako se retourna brusquement, la main sur la crosse de son SIG. Leurs regards se croisèrent. Vincent fit demi-tour et partit vers la voiture, vers la lumière glacée des réverbères.

Mako jura en remontant la fermeture Éclair de son pantalon camouflage. Il partit au petit trot derrière Vincent, ignorant la jeune femme à genoux dans la pénombre. Irina se redressa en souriant. Elle s'essuya la bouche avec un mouchoir en papier.

C'était son soir de repos. Mako somnolait dans le canapé. Nathalie regardait une émission à la télévision, dans laquelle une bande de gamins tout juste sortis de la puberté confrontaient d'hypothétiques talents de saltimbanques dans un château truffé de caméras. Elle ne lui avait pas adressé la parole depuis qu'elle l'avait accusé de sentir la pute. Elle concentrait toute son attention sur les péripéties pitoyables de l'émission.

La scène de la veille au soir empêchait Mako de sombrer totalement dans le sommeil. Il vit, une fois encore, le visage dépité de Vincent alors qu'il venait de le surprendre en train de se faire faire une fellation. Pour couronner le tout, le voleur à l'arraché leur avait échappé. Bill avait chantonné tout le restant de la soirée. Vincent, lui, s'était muré dans un silence glacial. Mako se dit qu'il avait un talent certain pour décevoir ceux qui plaçaient leur confiance en lui. Ses pensées dérivèrent et finirent par le mener au souvenir de Lily baignant dans son sang. Il revit son visage terrorisé, juste après le viol, l'implorant et le repoussant tout à la fois. Pendant une fraction de seconde, il avait senti quelque chose passer entre eux, comme si elle lui transmettait un fardeau, celui d'effacer ce qui s'était passé. Mais on ne peut défaire ce que le destin a tissé. À cet instant terrible, il s'était senti responsable d'elle et ce sentiment n'avait pas pris fin par la suite, jusqu'à ce qu'elle meure sur le pavé de la résidence universitaire. Une fois encore, il avait failli. Son fardeau n'avait pas disparu avec la mort de la petite. Au contraire, le désir de retrouver le Kosovar s'était encore exacerbé. Le fait que Vidic puisse survivre à la gamine lui faisait horreur. À cette idée, son corps se crispait soudainement, pris de convulsions. Il avait le sentiment qu'autour de lui tout s'échappait, tout se délitait. Lily, Papa et Vincent maintenant. Il se demanda ce qu'il ferait lorsqu'il serait face à son ennemi. Pour l'heure, il l'ignorait. Il savait que, le moment venu, il ferait ce qu'il fallait.

Son téléphone portable vibra dans la poche de son jeans. Il se leva et sortit de la pièce pour pouvoir décrocher. Nathalie l'ignora complètement. Il décrocha dans l'étroit couloir. C'était Irina.

– Tu veux toujours Vidic ? haleta-t-elle.
– Où est-il ?
– Il sera là dans quelques minutes, il arrive.

Il y avait de l'angoisse dans la voix de la jeune femme. Elle raccrocha. Tout d'abord hébété, Mako se reprit rapidement. Il réfléchit à toute vitesse. « Il sera là », avait-elle dit… Cela signifiait qu'il allait probablement rendre visite aux filles, peut-être même à Irina. Elle risquait de subir un sort semblable à celui de Lily. Il se rua dans la chambre et se changea rapidement. Il enfila une paire de baskets, un pull à col roulé et son vieux blouson en cuir qu'il venait juste de faire recoudre. Il prit enfin son pistolet dans le placard au-dessus du lit. Il vérifia le chargeur et amena la culasse d'un coup sec vers l'arrière, chambrant une cartouche. Il mit le cran de sûreté et se rua dans le couloir. Lorsqu'il passa devant le salon, sa femme semblait comme figée devant l'écran de télévision. Le visage blême, elle éteignit le poste. La porte d'entrée se referma violemment derrière Mako, noyant l'appartement dans un silence sépulcral.

Il pilotait le VMax à une vitesse proche de celle du son, le long des avenues qui desservaient la ville de lumière, scintillante au loin. Il franchissait les feux au rouge fixe, sans se soucier du concert de Klaxons hargneux qu'il provoquait. Un sentiment de rage et d'espoir mêlés grandissait en lui. Il allait enfin régler ses comptes. Il s'engagea dans un bruit d'enfer dans la côte qui donnait accès au Bois. Il ralentit dans les avenues bordées de grands chênes, de crainte de croiser Vidic sans s'en apercevoir. Il redressa le buste, se glissant dans le flot de michetons à la recherche de sensations fortes et scruta les alentours en approchant de la zone de tapin d'Irina. Rien, ni personne sur le trottoir. Les filles avaient disparu du secteur. « Elles se sont mises à l'abri », songea Mako, rongé par l'anxiété. Soudain, les feux puissants d'un gros coupé déchirèrent l'obscurité, à une centaine de mètres devant lui. La voiture, une grosse BMW, démarra sur les chapeaux de roues, laissant derrière elle un nuage gris de gomme brûlée. Mako coupa le phare rectangulaire de son VMax et accéléra. Arrivé au niveau de l'endroit d'où sortait la voiture, il ralentit et sentit son cœur s'arrêter lorsqu'il devina la forme d'un corps allongé en lisière des arbres. Le quatre cylindres rugit lorsqu'il franchit le bas-côté pour rejoindre la contre-allée. Mako coupa le moteur et se précipita vers le corps agité de spasmes. Il retira son casque en s'approchant de la forme féminine. Il entendit des gémissements déchirants. Le cœur au bord des lèvres, il s'agenouilla en murmurant :

– Irina.

Il retourna le corps. Le visage crispé par la douleur de Nadia apparut dans la lumière résiduelle des lampadaires. Elle hurla.

– J'ai mal, j'ai mal. Il m'a cassé le pied, fit-elle en désignant le bas de sa jambe gauche.

Le pied de la jeune femme était réduit à l'état d'une bouillie sanglante. Des esquilles d'os émergeaient du magma sanguinolent. Il regarda aux alentours et aperçut, à quelques mètres de là, un marteau couvert de sang, manifestement jeté là par l'agresseur. Nadia sanglotait tout en laissant s'échapper un flot de paroles incohérentes en russe. Elle parlait trop vite pour que Mako puisse comprendre le sens des mots.

– Qui t'a fait cela, Nadia ? Donne-moi son nom, tu m'entends ?

Nadia semblait avoir perdu la raison. Elle dodelinait de la tête, les yeux emplis de larmes.

– C'est Vidic ! C'était lui dans la BM.

La voix venait de derrière lui. Irina était sortie du couvert des arbres. Elle se tenait calmement devant Mako.

Il se releva et s'empara de son téléphone portable. Il entreprit de composer le numéro des services d'urgence.

– Il va s'enfuir et jamais tu ne le retrouveras. On prétend qu'il va retourner sous peu au Kosovo.

– Il faut appeler du secours pour Nadia…

– C'est fait, j'ai appelé les pompiers.

Mako hésita un instant et se précipita sur sa moto. Il

démarra en trombe, prenant la direction dans laquelle avait disparu le coupé BMW.

Irina se pencha vers Nadia. Elle caressa le visage grimaçant et couvert de sueur. Elle se redressa et regarda disparaître au loin le feu de position rouge du VMax.

– Attrape-le, et bute cet enfoiré, murmura-t-elle, haineuse.

Le cœur de Mako battait à tout rompre. L'accélération impétueuse de la moto provoquait une sensation de vertige délicieuse qui se mêlait à l'excitation de la chasse. Vidic était là, quelque part devant lui, à portée de main. Il ne tenait qu'à lui de conclure enfin. Il se glissait rageusement dans le flot de circulation, slalomant entre les voitures. Il accrocha le rétroviseur d'un gros monospace sombre. Un coup de Klaxon vindicatif retentit, déjà loin derrière. Mako ne réfléchissait plus, il était en transe, dans un état de conscience supérieure. Il était invincible et l'adrénaline coulait à flots dans ses veines. Il grilla trois feux d'affilée, évitant au passage une camionnette de livraison qui pila au milieu du carrefour dans un hurlement de pneus martyrisés. Mako se concentra. À une centaine de mètres, il distingua la forme d'une grosse BMW arrêtée à un feu tricolore. Il rétrograda puis, sur sa lancée, au point mort, il se laissa glisser jusqu'au niveau du gros coupé. Il posa le pied au sol alors qu'il se trouvait au niveau de la vitre du conducteur, légèrement en retrait. Au volant, un homme très grand au crâne rasé, le visage osseux, ruminait de sombres pensées. « Bingo ! C'est lui ! » pensa Mako. Comme s'il avait deviné une présence malveillante,

Vidic tourna doucement la tête vers le policier. Leurs regards se croisèrent. Le Kosovar sourit à Mako. Comme par magie, un pistolet automatique apparut dans sa main droite. Mako eut tout juste le temps de se pencher en arrière. Un coup de feu claqua, faisant voler en éclats la vitre latérale. Mako sentit un choc brutal dans le casque. Le moteur du coupé BMW rugit furieusement et la voiture démarra en trombe. Mako, sonné, jeta un coup d'œil à son rétroviseur, il constata que la balle avait ricoché sur le haut du casque intégral, occasionnant une tranchée sans gravité dans la matière plastique. Soulagé, il enclencha une vitesse et tourna la poignée des gaz à fond. Le VMax fut catapulté comme un avion de chasse sur le pont d'un porte-avions. Au loin, Mako vit les feux du coupé s'engager sur une bretelle d'accès à l'autoroute en direction de la province. « Il n'est pas fou, il sait qu'en ville, il ne pourra pas rivaliser avec une moto », songea le policier. Il emprunta à son tour la bretelle qui se concluait par une grande courbe. Il inclina la moto sur le côté avec un pincement d'anxiété. Le VMax n'était pas une moto de course. Il s'agissait de ne pas se coucher pour ne pas finir dans le décor, ou Vidic risquait de disparaître à jamais. Il passa à plus de 160 km/h et faillit décrocher dans la fin de la courbe, mais ça passa… de justesse. Dans la ligne droite, il mit les gaz à fond et la moto bondit pour atteindre rapidement les 200 km/h, puis les 230 km/h. L'écart avec la BMW, dont il devinait les feux de position, semblait se réduire. Mako naviguait à grande vitesse entre les voitures sur les quatre voies. Cela nécessitait de lui une concentration absolue afin d'anticiper les changements de file des véhicules en circulation. Une sueur glacée imprégnait ses vêtements sous le blouson en cuir. Il gagna encore du terrain, tant et si bien qu'il put bientôt lire la plaque d'immatriculation de la BMW. Elle circulait à plus de 210 km/h sur la voie de gauche. Mako pouvait voir la nuque et l'arrière du crâne de Vidic. Le Kosovar jeta un coup d'œil dans le rétroviseur puis donna un violent coup de frein qui porta Mako, surpris par la manœuvre, au niveau de la BMW, juste à côté. Leurs regards se croisèrent à nouveau. Vidic donna un coup de volant vers la droite, tentant de percuter le VMax et son pilote. Mako, qui avait anticipé, accéléra à fond, poussant le moteur à la limite de la rupture. La moto fit un bond en avant dans un hurlement de son quatre cylindres. Pendant une fraction de seconde le cœur de Mako cessa de battre. Le pare-chocs avant du coupé frôla la roue arrière de Mako et la BMW poursuivit sa course vers les voies de droite. Vidic s'engagea alors à toute vitesse sur une bretelle de sortie qui desservait la route nationale 105. Le policier jura et freina en urgence dans un nuage blanc de gomme carbonisée. La moto commença à glisser, la roue arrière se déroba, il perdait le contrôle. Il réaccéléra, mais ce fut l'avant qui cette fois-ci se déroba. Mako donna plusieurs coups de guidon à gauche et à droite pour redresser la moto dont la trajectoire était devenue chaotique. Tout son être, chaque muscle, chaque tendon, chaque battement de son cœur, sa volonté tout entière se mobilisèrent pour prévenir la glissade et la chute du VMax. Le temps arrêta son cours. Le corps tendu à s'en rompre les os, Mako parvint enfin, à l'issue d'un effort surhumain, à rattraper la course erratique de la moto. Il finit par s'arrêter enfin sur la bande d'arrêt d'urgence, provoquant un véritable concert de Klaxons vengeurs. Il avait manqué la bretelle de sortie. La BMW, juste au-dessus de lui, disparaissait dans la nuit. Il n'avait plus le temps d'hésiter. Mako poussa le moteur à fond, enclencha une vitesse, faisant patiner la roue arrière du VMax. La moto fit demi-tour sur elle-même. Mako monta en selle et accéléra en direction de la bretelle de sortie, remontant la bande d'arrêt d'urgence à contresens de la circulation. Il dut plisser les yeux pour éviter d'être ébloui par les phares des voitures circulant sur l'autoroute. Il s'engagea sur la bretelle avec soulagement. Il accéléra et atteignit rapidement une vitesse démentielle. Par chance, la Francilienne était quasiment déserte à cette heure avancée de la soirée. Il repéra à nouveau les feux de position de la BMW. Le coupé sortait de la voie rapide et s'engageait sur une route secondaire. Une poignée de secondes plus tard, Mako suivit la BMW sur une route de campagne qui traçait des lignes brisées entre les champs de betteraves sucrières et des bois touffus. Mako prit une inspiration, releva la visière de son casque et coupa l'éclairage puissant du phare de la moto. Il ralentit, essayant de ne pas perdre des yeux le tracé de la chaussée. Il faillit bien sortir de la route. La roue avant du VMax mordit le bas-côté à deux reprises. Mako parvint, à chaque fois, à ramener la moto sur la route, transpirant toujours abondamment sous son blouson en cuir.

Il gagnait du terrain sur la BMW. « Il ralentit, il doit penser m'avoir semé », songea-t-il avec espoir. Il se rapprochait de la voiture. Au loin, on pouvait deviner les lumières d'un village. La route était encadrée par un alignement de platanes centenaires. Lorsqu'il fut à une dizaine de mètres à l'arrière du coupé, Mako entrouvrit de la main gauche son blouson en faisant coulisser la fermeture Éclair et chaussa la crosse de son SIG. Il se félicita d'avoir chambré au préalable une cartouche. Dans la voiture, Vidic venait de jeter un œil dans son rétroviseur. Malgré l'obscurité, il devina la présence de Mako fondant sur lui. Il enfonça la pédale d'accélérateur et la BMW bondit sur l'étroite route de campagne. Mako visa d'instinct et pressa la détente du pistolet semi-automatique, une fois, deux fois. À la troisième cartouche tirée, le pneu arrière droit de la voiture explosa, en pleine accélération. Vidic perdit le contrôle de la BMW, qui fit une embardée et quitta la route sans que son chauffeur ait le temps de freiner. Le coupé alla s'encastrer dans un platane puis versa dans un champ dans un bruit épouvantable de ferraille tordue, de plastique déchiré et de verre brisé.

Mako rengaina son pistolet et arrêta le VMax sur le bas-côté. Il coupa le contact et descendit tranquillement la béquille. Il s'avança en direction du véhicule fumant. La nuit était fraîche, dépourvue d'odeur de pollution. Il inspira profondément l'air de la campagne. Il descendit un petit talus et dut marcher dans des labours fraîchement retournés. La terre collante lui faisait une seconde et lourde paire de semelles lorsqu'il arriva près de la voiture. Elle était réduite à l'état d'épave. Les yeux de Mako s'étaient habitués à la lueur blafarde que dispensait une lune aux trois quarts pleine, tant et si bien qu'il renonça à utiliser sa lampe torche. Vidic, groggy, était allongé sur le sol, à cheval sur un sillon de terre. Sa jambe droite reposait encore à l'intérieur de l'habitacle, prisonnière d'un étau d'acier. Sous la violence du choc, le moteur avait reculé dans l'habitacle, broyant la jambe du Kosovar. Il gémissait tout en perdant beaucoup de sang. Le liquide jaillissait, épais et noir comme du pétrole. « Une artère est touchée », songea Mako froidement. Vidic haletait, il avait dû heurter le pare-brise. La partie droite de son visage était manquante, réduite à l'état de pulpe sanglante.

– Il faut toujours mettre sa ceinture de sécurité, c'est plus prudent, déclara Mako.

La main de Vidic se glissa frénétiquement sous son sweat-shirt camouflage maculé de sang. Le pied de Mako écrasa la main du Kosovar sur son ventre, le policier se pencha et s'empara d'un gros pistolet automatique, glissé dans le jeans du blessé. Il le braqua sur la tête de Vidic. Ce dernier grimaça et partit d'un rire hystérique qui s'acheva dans une violente quinte de toux.

– Putain, je n'arrive pas à y croire. Après tout ce que j'ai traversé, finir comme ça !

– Tu es mort le jour où tu as massacré une gamine qui ne demandait qu'à vivre.

– Quoi ? Elle est morte ? Je ne l'ai pas tuée, je le jure. Ce n'est pas moi.

Mako hésita une fraction de seconde. Il n'y avait pas de supplication dans la voix du Kosovar, il énonçait simplement un fait.

– Il faut que tu payes, pour Lily et pour les autres, celles dont tu détruis la vie. Il faut que quelqu'un fasse le sale boulot. C'est mon job, déclara-t-il d'une voix monocorde.

Vidic fixa Mako de son œil unique.

– Mais bordel, qu'est-ce que t'en as à foutre ! T'es un professionnel, une saloperie de flic. Un keuf, ça ne se comporte pas comme ça, ça ne fait pas ce genre de choses !

– Ce soir, c'est mon jour de repos.

Mako pressa la détente. La détonation claqua, sèche comme une sentence. La balle pénétra dans l'œil encore valide du Kosovar et détruisit le cerveau juste derrière. Le policier contempla quelques instants le corps sans vie, puis leva les yeux vers le ciel. Un oiseau nocturne passa juste au-dessus. Des étoiles innombrables scintillaient. Il jeta le pistolet dans le champ. Alors qu'il remontait vers la route, une étoile filante vint mourir devant ses yeux ébahis. « Depuis combien de temps n'en ai-je plus vu ? » se demanda-t-il. Il chercha un vœu à exaucer, mais n'en trouva pas. Il démarra la moto et disparut dans la nuit.

XVI

Lorsqu'il entra, l'appartement était plongé dans le noir. Tout était calme. Il se déchaussa, referma doucement la porte derrière lui et alluma le petit couloir. Il posa les chaussures pleines de terre au sol et fit coulisser la porte du grand placard dans l'entrée. Il en sortit le kit de nettoyage de son SIG. Il se rendit dans la cuisine, alluma et posa son arme sur la table. Il entreprit de démonter le pistolet et, quand ce fut fait, nettoya les différentes pièces le composant avec une brosse à dents, de l'huile spéciale et un écouvillon métallique pour le canon. Il travaillait avec précision, en prenant grand soin de ne laisser aucune trace de poudre dans un angle ou un recoin de l'arme. Satisfait du résultat, il remonta le SIG avec la précision et la vitesse que procurent des années de pratique des armes à feu. Il se rendit à nouveau dans le couloir, farfouilla dans le placard. Il avait aménagé une petite cache derrière une bouche d'aération. Il ôta la grille et finit par trouver ce qu'il cherchait, une boîte de cartouches de 9 mm qu'il tenait en réserve en prévision d'un coup dur. La cache contenait aussi un peu d'argent liquide, son passeport, celui de Nathalie ainsi que quelques bijoux de famille. Il fit le complément des trois cartouches manquantes et rangea la boîte. Mako n'ignorait pas que cette cachette ne résisterait pas longtemps à une perquisition en règle. Il en trouverait une autre, plus sûre, dès demain matin. Il considéra son blouson en cuir avec un air dubitatif, il savait que les tirs avaient déposé une fine pellicule de poudre sur les manches et sur la poitrine. Il décida qu'il porterait le vêtement demain matin au pressing pour un nettoyage à sec complet. De toute façon, il en avait bien besoin, on pouvait encore distinguer les traces foncées de sang séché, consécutives à la confrontation avec les deux malabars vêtus de noir. Restait la paire de baskets. Il la nettoya dans le lavabo de la salle de bains en prenant garde que toute trace de terre ait bien disparu dans l'évier. Il nettoya ensuite la faïence et hocha la tête, satisfait du résultat. Ses baskets semblaient comme neuves. Il se dévêtit et entra dans la douche. Les yeux fermés sous un filet d'eau brûlante, il entreprit de se laver. Il insista particulièrement sur les mains et les avant-bras afin qu'il ne reste, à coup sûr, aucun résidu de poudre. Il sortit de la douche et se sécha vigoureusement. La glace, au-dessus du lavabo, était couverte de buée. Il passa la serviette humide dessus et considéra son reflet dans le miroir humide. Il avait le teint blafard d'un cadavre en sursis. Il leva ses mains et les porta devant ses yeux, elles étaient agitées d'un léger tremblement. Le phénomène s'amplifia puis gagna le corps entier de Mako. Il tenta d'enrayer la crise, mais en vain. Il glissa au sol, agité de convulsions. Les mouvements devinrent de plus en plus frénétiques. Mako, impuissant, se dit que les articulations de son corps allaient lâcher, se déboîter. Sa tête heurta le rebord de la cuvette des W-C. Puis, aussi brutalement qu'elle s'était déclenchée, la crise cessa, le laissant pantelant et couvert d'une sueur glacée, allongé sur le carrelage de la salle de bains. Jamais auparavant, cela n'avait été aussi violent. Il se releva avec difficulté, le corps meurtri. Il savait désormais que tout n'avait pas pris fin avec la mort de Vidic.

Émilie se gara dans la petite cour, le long du quai de la Rapée. Juste en contrebas, la Seine grisâtre et grosse des dernières pluies se déversait en direction de la banlieue, comme se vide un gigantesque cloaque. Elle soupira et considéra le grand bâtiment vieillot bâti en brique rouge et en pierre meulière qui se dressait devant elle. L'Institut médico-légal n'était pas précisément l'endroit où elle avait souhaité se rendre juste après le petit déjeuner. Une heure plus tôt, elle avait reçu un appel de Paul, l'avisant de la découverte d'un cadavre près d'une voiture dans un champ de betteraves. Des jeunes qui rentraient en voiture d'une virée nocturne arrosée avaient signalé la présence d'un véhicule accidenté le long d'une route départementale, près d'un bled paumé au milieu des champs. Le conducteur avait perdu le contrôle de son véhicule et avait percuté un platane. Les pompiers avaient fait appel à la permanence judiciaire qui avait dépêché un OPJ. Celui-ci n'avait trouvé aucune pièce d'identité sur le cadavre à demi défiguré, mais il avait cru déceler une ressemblance avec la photo figurant sur l'avis de recherche de Vloran Vidic. Il avait appelé Paul en pleine nuit sur son portable de service. Le commandant s'était rendu sur le lieu de l'accident pour confirmer qu'il s'agissait bien du corps de Vidic. Il avait fait transporter le cadavre à l'IML. Émilie poussa la porte du bâtiment et immédiatement, comme à chaque fois, une odeur âcre de détergent mélangée à celle douceâtre de la mort la prit à la gorge. Elle se renseigna à l'accueil où un préposé en blouse blanche lui indiqua une salle d'examen. Elle poussa la porte de la sinistre pièce. Paul était en compagnie d'un médecin légiste. Ils devisaient aimablement devant le corps dévêtu et sans vie de Vidic, reposant sur une table d'examen en acier inoxydable. Émilie salua les deux hommes et s'approcha du cadavre. Sous l'éclairage au néon, le corps était livide, tirant sur le jaunâtre. Des marbrures violacées apparaissaient dans les parties basses du corps, le sang subissant déjà l'action de la pesanteur. Le visage de Vidic était très abîmé et Émilie se demanda comment Paul avait bien pu l'identifier. La jambe droite du cadavre avait été manifestement broyée et l'on pouvait voir l'os du tibia saillir des chairs.

– C'est ce qui arrive quand un moteur rentre dans l'habitacle, fit Paul doucement.

– Il est mort tout de suite ?

Paul prit Émilie par le bras pour s'éloigner du médecin qui remplissait des formulaires administratifs. Le policier répondit à voix basse.

– En fait, non. D'après les conclusions de l'examen externe du corps, l'accident n'était pas mortel. Tout au moins pas immédiatement. On s'est rendu compte, peu après que je t'ai appelée, que quelqu'un a certainement décidé d'abréger ses souffrances. On lui a tiré une balle dans l'œil gauche. C'est un homicide.

– Quoi ?

– C'est en retournant le corps que l'on a vu qu'il y avait un trou dans la partie arrière haute du crâne. L'intervention se faisant de nuit et la tête du Kosovar étant esquintée, pleine de sang séché, on ne l'a pas détecté tout de suite. J'ai gratté dans la terre, juste en dessous de la tête de Vidic et j'ai retrouvé ceci.

Paul exhiba un sachet plastique sur lequel il avait apposé des scellés. À l'intérieur elle distingua la forme oblongue d'une ogive chemisée. C'était une balle de gros calibre.

– C'est du 45 ACP. J'ai fait fouiller les alentours et on a trouvé, à une dizaine de mètres du corps, un pistolet de marque CZ. C'est tchèque, calibre 45. On vient de faire un test à la paraffine sur les mains du macchab et c'est positif. Vidic a tiré avec le CZ juste avant de mourir.

– Où est l'arme ?

– Au labo, les techniciens procèdent à des tirs de comparaison. On sera fixé dans la journée, mais c'est évident que c'est l'arme qui a tué Vidic.

– Tu ne penses pas qu'il est possible qu'à la suite d'un accident fortuit, Vidic ait préféré se suicider à la perspective de retourner en prison ?

– J'en doute, car, dans ce cas, comment aurait-il été en mesure de jeter son arme à plus de dix mètres, juste après avoir répandu sa cervelle comme engrais dans la terre ?

– Tu as raison, ça ne tient pas debout. Continue, je t'écoute.

– Malheureusement pour nous, on n'a pu relever aucune empreinte de pas, car les pompiers ont massacré la scène de crime. J'ai prélevé un échantillon de la terre, pour pouvoir comparer, au cas où…

– On sait pourquoi Vidic est sorti de la route ?

– Son pneu arrière droit a éclaté. J'ai fait emmener la voiture de Vidic au labo pour que l'Identité judiciaire fasse des recherches. Pour l'instant, tout ce qu'on peut dire, c'est que la bagnole était munie de fausses plaques qui correspondent à une BMW du même type et de la même couleur. Le numéro de série a été effacé et refrappé. On va essayer de le récupérer à l'acide. À mon avis, ça ne donnera rien, juste une impasse. Ceux qui ont maquillé cette caisse sont des pros. Une dernière chose : la vitre latérale du côté conducteur a explosé. Je me suis d'abord dit qu'elle avait été brisée à l'impact dans l'arbre, ou lorsque la bagnole a versé dans le champ. Mais cette version ne tient pas.

– Ah bon ? Pourquoi ?

– Parce qu'on a retrouvé un peu de verre à l'intérieur de l'habitacle, mais que la majorité de la vitre n'est pas tombée sur le lieu de l'accident.

– Vidic n'a pas brisé lui-même la vitre pour voler cette voiture puisqu'il l'a fait maquiller. Je l'imagine difficilement rouler avec une vitre cassée, ça pourrait attirer l'attention de la police…

– Tu as raison, il faut faire des recherches sur les axes routiers proches de cette départementale.

– La Francilienne passe juste à côté, il faudrait visionner les vidéos des caméras de surveillance de cette nuit.

Émilie se tut, plongée dans une intense réflexion. La mort de Vloran Vidic mettait un terme à son enquête sur le viol de Lily, mais ouvrait d'autres perspectives d'investigation. Elle eut un frisson. La mort de Vidic pouvait très bien être un règlement de comptes entre truands ou… tout autre chose. Elle eut soudain peur de ce qu'elle risquait de découvrir.

Le médecin légiste, un type d'une quarantaine d'années, chauve et porteur de lunettes en écaille, s'immisça dans la conversation.

– Je suppose que vous voulez qu'on l'ouvre, madame la juge ?

– Évidemment, fit Émilie songeuse, mais cela ne dépend pas de moi. Cet homicide n'est pas nécessairement lié à mon enquête. Le commandant va vous rédiger une réquisition et assistera à l'autopsie.

– Tu ne restes pas ? demanda Paul avec un sourire sarcastique aux lèvres.

– Très peu pour moi, si je peux m'épargner la vision de cette crapule découpée en morceaux…

Vincent trouva sans difficulté la maison de Papa. Il gara sa voiture sur un petit parking dont on avait laissé la grille ouverte en prévision de son arrivée. Située dans la banlieue sud-est de la capitale, la bâtisse de pierre de taille dressait sa masse trapue sur deux étages en limite de la forêt de Sénart. À l'arrière, on pouvait distinguer la forme cylindrique et allongée d'un pigeonnier. Cet ancien corps de ferme faisait la fierté du retraité. Lorsqu'il avait acheté la bâtisse en ruine, vingt ans plus tôt, tout le monde avait tenté de l'en dissuader, tant l'état de la construction était lamentable. Mais il en fallait plus pour décourager un Auvergnat opiniâtre. Papa avait postulé pour la BAC. Le travail de nuit lui laissait du temps la journée, pour retaper la ferme. C'était l'œuvre d'une vie et le résultat, l'orgueil de son propriétaire. La ferme restaurée en imposait, investie d'un jardin à l'anglaise dans lequel se mélangeaient arbustes et fleurs odorantes, arbres bourgeonnants et allées de gravier crissant sous la chaussure. Un soleil printanier dispensait enfin une chaleur annonciatrice de l'été. Le bruit des pas de Vincent fit lever la tête de Papa. Il consacrait son début d'après-midi à la lecture d'un grand quotidien sportif. Un sourire plein de gaieté illumina le visage du retraité. Il était assis sur un banc à l'ombre d'une tonnelle. Ils se donnèrent l'accolade.

– Bonjour, gamin, ça me fait tellement plaisir…

– Bonjour, Papa, j'espère que je ne te dérange pas au moins ?

– Pas du tout Vincent, cela rompt un peu la monotonie de la vie d'un vieux flicard à la retraite.

– Tu es seul ?

– Louise, mon épouse, est partie faire les commissions. J'en suis dispensé car les dernières fois qu'elle a tenté de m'y traîner, j'ai tellement rouspété qu'elle a fini par renoncer. Les seules fois où je l'accompagne, c'est quand je n'ai plus de bouquins et que je dois refaire mon stock.

Ils s'assirent autour d'une table de bois, sur laquelle étaient posés une tasse à café, des journaux et quelques livres cornés.

– *Nécropolis* d'Herbert Liebe… lut Vincent sur la tranche le titre d'un livre qui avait manifestement vécu.

– Herbert Lieberman, c'est un grand auteur de romans policiers. *Nécropolis* fait partie des bouquins que je relis sans cesse.

– Sans vouloir te vexer, je ne t'imaginais pas passionné de lecture.

– Faut pas se fier aux apparences, gamin, ou tu feras un bien mauvais poulet. Quand j'étais au boulot, comme tous les autres je tenais mon rôle, celui du costaud de l'équipe. Je n'étais pas là pour étaler mes lectures, d'ailleurs ça n'aurait intéressé personne.

– Tu lis des polars, on dirait que ce n'est pas facile de quitter complètement la boîte.

– Je lis de tout, il ne faut pas exagérer mon amour pour le genre policier. Mais changeons de sujet, tu n'es pas venu de si loin pour discuter littérature.

– En effet…

Vincent hésita un instant, gêné aux entournures, ne sachant comment engager le sujet. Papa rompit le silence au soulagement du jeune homme.

– Ça te dirait un petit café ? Y'a rien qui ne mérite pas d'attendre qu'on ait bu un espresso.

Vincent acquiesça. Il accompagna le gros dans la maison. Ils entrèrent par une grande porte vitrée donnant accès directement à une vaste cuisine. Le sol en tommettes, les murs blanchis à la chaux, des batteries de cuisine en cuivre étincelant, tout contribuait à distiller un charme savamment désuet. Un four en fonte côtoyait une cuisinière professionnelle à plusieurs feux. Papa se dirigea vers une machine à café, une de celles que l'on trouvait dans les cafés d'antan.

– C'est tout de la récup, commenta Papa, si tu savais ce que les gens balancent de nos jours. C'est vraiment n'importe quoi. La machine à café, elle, je l'ai rachetée, dans un village de la région, à un cafetier qui mettait la clé sous la porte, faute de clients. Quelle société de merde, la mort des bistrots, c'est la fin d'un idéal social. Dans ce pays, les grandes choses se sont décidées dans les cafés, faut pas l'oublier, nom de Dieu.

Vincent explosa de rire.

– Quoi, qu'est-ce qui te fait marrer ?

– Et en plus, tu philosophes, décidément tu es quelqu'un plein de surprises.

Papa sourit pendant que les espressos coulaient, fumants et odorants, dans deux petites tasses. Munis d'un petit plateau, ils regagnèrent le jardin. Assis en silence, ils savourèrent le breuvage puissant. Papa posa enfin sa tasse vide sur la table et claqua la langue.

– Ça remet les idées en place, qu'est-ce que t'en penses, gamin ?

– C'est vrai, j'y vois déjà plus clair.

– J'imagine que le motif de ta visite, c'est Mako, n'est-ce pas ?

Vincent affronta le regard inquisiteur du gros avec vaillance.

– Je n'en peux plus, c'est pas du tout ce que je m'imaginais. Il part en vrille depuis quelque temps, il laisse partir des types avec les poches pleines de cocaïne. Je l'ai même surpris en train de se faire sucer par une pute, et pendant le service en plus. L'autre jour, il est arrivé couvert de bleus comme s'il était passé sous un rouleau compresseur... débita Vincent dans un rythme saccadé.

– Holà, du calme, jeune homme, vous vous emballez, fit le gros en levant les mains au ciel.

Vincent soupira.

– Je ne sais plus où j'en suis. J'ai l'impression que cela va mal finir. Mako me fait peur, y'a tellement de choses enfouies en lui...

Papa considéra le jeune homme avec bienveillance, ses yeux soudain pleins d'une grande tristesse. Il dessinait des formes géométriques au fond de la tasse avec la cuillère et le dépôt de café.

– Mako porte un poids terrible sur les épaules, finit-il par dire, un de ceux qui auraient rendu fou n'importe quel type un peu moins costaud. Lui, il affronte cette chose. Affronter, il ne sait faire que cela. C'est sa nature.

– De quel poids parles-tu ?

– Il te le dira si jamais il le souhaite, mais j'en doute. Il a réussi à garder ce secret pendant toutes ces années et chez nous ça relève de l'exploit. Je dois être le seul à savoir à part quelques types de la haute hiérarchie qui ont accès à son dossier. Mako est un type renfermé et, à part moi, il ne voyait personne en dehors du service.

– Que dois-je faire ?

Papa soupira.

– Tu dois prendre ta propre décision. Je n'ai pas la science infuse.

– J'ai besoin d'un conseil.

– Alors fais comme tu as décidé. Barre-toi. Intègre une nouvelle équipe avant qu'il arrive une merde.

Les traits de Vincent affichèrent une profonde déception.

– Quoi ? Pourquoi tu fais cette tête ? Tu voulais quoi exactement ? Que je te rassure ?

– Je ne sais pas.

– T'es jeune et tu deviendras un excellent flic, Mako l'a tout de suite deviné. Mais pour cela il ne faut pas qu'il t'entraîne dans son naufrage. Car c'est inéluctable, il est en train de sombrer. Prends tes distances, gamin, c'est la seule chose qu'il te reste à faire. On peut rien contre le destin et celui de ce type est tracé en lettres de sang.

XVII

Il s'était promis de ne pas le faire. Mais il n'avait pu s'y résoudre, c'était comme une malédiction. Cela avait été plus fort que tout. Il était revenu. Il avait patienté en bas de l'immeuble, assis sur la selle de sa moto, l'esprit vide. Le soleil venait d'entamer son ascension des cieux, au levant, quand elle était sortie de la petite résidence. Elle tenait par la main un joli petit garçon, celui figurant sur les photos du pêle-mêle. Elle fit mine de ne pas le voir, mais le gosse, intéressé par la moto, lui fit un sourire éclatant. Elle l'avait grondé et lui avait demandé de se presser, arguant qu'il allait être en retard pour la classe. Il avait attendu lorsqu'ils avaient disparu à l'angle de la rue, un quart d'heure, une éternité. Elle était repassée devant lui sur le retour, et l'ignorant à nouveau. Elle avait engagé la clé dans la serrure de la porte donnant accès aux communs et était entrée. Sans se retourner, elle avait soupiré bruyamment et avait lâché :

– Bon, tu viens ?

Les yeux baissés, il l'avait rejointe sans un mot et s'était engagé derrière elle dans la montée d'escalier.

Ils avaient fait l'amour comme on fait la guerre, se mordant, se déchirant, râlant comme on expire, mordant de rage et de plaisir. Ils s'étaient consumés dans une étreinte moite qui avait le goût du sang.

Ils reposaient maintenant, dans le petit lit, pantelants et haletants, les yeux fixés au plafond. Sa main à elle effleura la poitrine épaisse de Mako dans un geste bref, plein de tendresse. Elle se reprit et ses yeux fulminèrent.

– T'en as du culot de te pointer ici…

Elle se leva et s'empara de son jeans, elle fouilla nerveusement dans les poches du devant et en sortit un paquet de cigarettes. Elle s'en alluma une et aspira la fumée avec rage.

– Je ne veux pas que Luan te voie. C'est déjà bien assez dur comme cela.

– Où est son père ?

– Ça ne te regarde pas. Il est resté en Albanie, c'est un pauvre type sans intérêt, un paysan sans avenir.

– Ça fait combien de temps que tu es en France ? demanda-t-il, soudain intéressé.

– Ça ne te regarde pas, répéta-t-elle. Et puis qu'as-tu fait de Vidic ? Ils le cherchent partout, c'est la panique.

– Il a eu un accident, c'est dans le journal de ce matin.

– Quel genre d'accident ?

– Du genre mortel.

Elle garda le silence, toute trace de colère avait quitté ses traits. Elle porta le bout incandescent de sa cigarette devant ses yeux.

– Si j'allumais, tu pourrais voir les traces qu'ont laissées des clopes comme celle-là, lorsqu'il les a appliquées sur des parties de mon corps. En règle générale, sur les parties les plus sensibles…

Il se redressa sur les coudes. La sueur qui imprégnait les draps et luisait sur son corps était glacée maintenant.

– 600 degrés, le bout de cette cigarette fait 600 degrés. Je l'ai lu dans une revue destinée à prévenir les accidents domestiques. Je ne voudrais pas brûler Luan avec cette merde. C'est trop douloureux…

– Il ne te fera jamais plus de mal.

– C'était vraiment un accident ?

Il ne répondit pas.

– Je ne dirai rien, tu n'as pas de souci à te faire, poursuivit-elle avec un sourire entendu.

– Je ne me fais pas de souci. Parle-moi de la coke.

Elle le considéra avec étonnement.

– T'es au courant ? Je ne sais pas grand-chose. Léo s'est servi de trois filles pour faire passer de la poudre. Elles sont allées en Afrique, où elles ont chargé. Elles sont revenues tranquillement par un vol commercial. Elles n'ont pas eu de problème à l'arrivée, car l'un des types chargés des contrôles à l'aéroport est à la botte de Léo.

– Où est la came maintenant ?

– Je n'en sais rien, sans doute dans leur planque. Il appelle ça « la ferme ». Je n'y suis jamais allée, j'imagine que c'est à la campagne.

– Peux-tu obtenir l'adresse ?

Elle éteignit la cigarette dans le cendrier posé sur la commode, sauta sur le lit qui grinça bruyamment et se pelotonna contre lui.

– Et pourquoi ferais-je cela ?

– Parce que tu m'aimes bien.

– C'est dangereux, je risque ma peau, moi.

Il la regardait attentivement en lui caressant le dos.

– Je vais voir ce que je peux trouver, finit-elle par dire.

– C'est confirmé ? C'est bien lui ?

Shaban, flanqué de Driss, s'avançait dans l'arrière-cour du garage. Des carcasses de voitures finissaient de s'oxyder au milieu des herbes folles. Les flics pouvaient bien débarquer et contrôler les véhicules désossés ainsi que les registres et les documents administratifs, tout était légal. Léo avait été très clair, rien ne devait attirer l'attention des flics, ni servir de prétexte pour commencer à fouiner. Tout était parfaitement licite. Quand ils avaient besoin de maquiller un véhicule, ils faisaient cela en dehors du garage, dans des casses ou chez les gitans. Cela avait été le cas pour la BMW de Vidic, un superbe coupé sport qui avait été retravaillé dans un camp de manouches, de nuit. Ils avaient fait un excellent travail et la voiture avait fait peau neuve avec une carte grise tout ce qu'il y a de plus réglementaire, tout cela pour finir dans un arbre au bord d'une route départementale.

– C'est bien Vidic, c'est dans *Le Parisien* de ce matin.

Léo écrasa sa cigarette de la pointe de sa chaussure italienne à 1000 euros et regarda dans le ciel la course de nuages lourds et sombres. Il sentit la main de Shaban se poser sur son épaule.

– Tu sais que je n'aimais pas trop Vloran, mais accepte mes sincères condoléances, boss.

Léo, le visage marqué, hocha la tête.

– On a des éléments sur ce qui s'est passé ? continua Shaban.

– Les journalistes semblent l'ignorer. Il aurait eu un accident, on a retrouvé le corps avec une balle dans la tête. Ces gratte-papier pensent qu'il se serait peut-être suicidé pour éviter de tomber dans les mains de la police.

– Vloran finir comme ça, un accident puis se tirer une balle ? C'est n'importe quoi ! s'insurgea Shaban sur un ton convaincant.

Quelques gouttes commencèrent à tomber comme autant de grosses larmes.

– Rentrons, dit Léo.

Ils passèrent par l'atelier. Les mécaniciens saluèrent respectueusement les trois hommes. Léo eut un petit geste pour chacun d'entre eux. Ils montèrent un escalier en bois qui donnait dans les bureaux. Driss n'avait toujours pas décroché un mot. Il n'était pas du genre causant, ça tombait bien, la plupart du temps il n'avait rien à dire. La secrétaire tendit le courrier de la journée à Léo et lui rappela rapidement les affaires urgentes en cours. Le Kosovar écouta distraitement, ouvrit son bureau aux deux sbires et demanda à ne pas être dérangé avant de refermer la porte derrière lui. Il se dirigea vers les grandes baies vitrées qui donnaient sur l'atelier et baissa les stores pour s'isoler complètement. Il s'assit derrière le bureau, qui avait dû probablement appartenir à une ministre de la IIIe République. Son fauteuil en cuir grinça sous son poids. Ses deux compatriotes avaient pris place dans des sièges plus récents, en face de lui.

– Ça tombe mal. On ne peut plus mal.

– Doit-on repousser la livraison, boss ? interrogea Shaban.

– Pas pour l'instant, mais il faut que je sache ce qu'il en retourne exactement de la mort de Vloran.

– C'est peut-être les bougnoules, qui sait ?

– Non, ce n'est pas le genre de Sofiane.

– C'est pas le genre de Sofiane mais c'est peut-être le genre de son frère Karim.

Léo acquiesça.

– C'est possible, c'est une piste qu'il ne faut pas négliger.

– Et si c'était ce flic, celui qui t'a suivi jusqu'à l'entrepôt ? demanda placidement Driss, engoncé dans le siège trop étroit pour son corps massif.

Shaban ricana.

– On est en France, ici, les keufs ne butent pas les gens en rase campagne...

Léo repensa au policier menotté par les types de la DRM, impuissant et brûlant de rage, ses yeux...

– Il ne faut écarter aucune possibilité. Quelqu'un devra payer pour cela.

– Vloran t'avait averti qu'il allait sortir ce soir-là ?

Léo se leva, fit quelques pas, soupira bruyamment puis se rassit.

– Non, je l'ignorais.

– Rappelle-toi, il devait aller s'occuper de Nadia. Il y tenait beaucoup. D'ailleurs, d'après ce que je sais, elle a fini à l'hôpital avec un pied cassé... la signature de Vloran.

Les doigts de Léo jouaient nerveusement avec un coupe-papier.

– Je me fous des détails, trouve qui a fait ça et fais-le-lui payer très cher, prends-lui tout ce qu'il aime. Après, apporte-le-moi, en vie naturellement. Je me fais bien comprendre ? gronda-t-il.

– C'est très clair, boss.

Shaban et Driss se levèrent et sortirent du bureau sans une parole. Léo s'en voulut d'avoir perdu son sang-froid. Il songea soudain que la came était planquée dans la ferme, vide désormais. « Il manquerait plus qu'un squatter ou des gamins s'introduisent à l'intérieur et tombent sur la poudre. » Il décrocha le téléphone et demanda à sa secrétaire d'appeler Malan et Eddin, deux mécaniciens travaillant dans l'atelier, mais aussi deux excellents soldats qui avaient servi sous ses ordres dans l'UCK.

– Qu'est-ce que c'est que ce bordel ?

Émilie n'était pas sujette à la grossièreté, ça heurtait les principes mêmes de son éducation. Mais là, c'était plus qu'elle ne pouvait supporter. Paul, mal à l'aise, croisa et décroisa les jambes. Ils étaient dans le cabinet du juge d'instruction Émilie Duplessis. L'endroit ressemblait à n'importe quel bureau d'un quelconque chef de service de l'administration, même si Émilie avait tenté d'y mettre un peu d'humanité en ajoutant quelques vieilles affiches de l'entre-deux-guerres, tendance Art déco. Heureusement, la greffière n'assistait pas à l'entretien. Émilie lui avait demandé d'aller chercher trois cafés, et surtout de prendre son temps.

– Je ne peux pas croire que tu aies fait cela ! poursuivit-elle plus bas, mais avec tout autant d'animosité.

– Fait quoi, bon sang ?

– Le procureur ne veut plus faire ouvrir dans le cadre de l'affaire du meurtre de Vidic. Il m'a donné en lecture ton procès-verbal de constatations...

Paul examina ses ongles avec attention.

– Et là, j'ai noté une légère différence entre ce que tu as écrit et la version que tu m'as donnée à l'IML. Il est mentionné dans le rapport que tu as trouvé l'arme dans la main de Vidic. Cette belle déclaration est corroborée par le test paraffine réalisé sur les mains du Kosovar, qui prouve que la victime, si on peut l'appeler comme cela, a bien fait usage de son arme. Maintenant, explique-moi ce qui se passe, et pas de conneries, s'il te plaît.

Paul baissa les yeux et s'amusa à dessiner un motif du bout de sa chaussure dans la moquette épaisse. Il s'était toujours demandé qui pouvait bien être l'abruti qui avait équipé le cabinet d'un juge d'instruction avec une moquette couleur crème. Il finit par lever le regard et sourit à sa maîtresse.

– Je n'ai pas eu le choix.
– On a toujours le choix.
– Épargne-moi ces platitudes. Hier, comme convenu, je suis allé au PC vidéo de l'autoroute A4, j'ai visionné les images numériques de la caméra située à l'embranchement avec la Francilienne. Une quarantaine de minutes avant la découverte de la voiture accidentée et du corps de Vidic, on voit un rodéo entre la BMW du Kosovar et une moto de grosse cylindrée noire.

Émilie garda le silence.

– C'est la même bécane que celle de Makovski. On voit distinctement Vidic tenter de percuter le motard et prendre la sortie en direction de la Francilienne. Le motard parvient à le poursuivre. Les caméras du PC vidéo de la Francilienne montrent la BMW roulant à vive allure en direction du sud, suivie quelques secondes plus tard par la moto, les deux véhicules sortent sur la bretelle située à quatre kilomètres de l'endroit où on a retrouvé Vidic.

– C'est ce flic qui a tué Vidic, c'est certain. Mais pourquoi avoir rédigé un rapport mensonger ? Sais-tu au moins dans quel guêpier tu t'es fourré ? Tu risques des poursuites en justice, la révocation…

— Encore faut-il prouver quoi que ce soit.

— Et les bandes vidéo, imbécile ? Elles prouvent que tu mens.

— Je les ai visionnées seul, il n'y avait pas de témoin. Dans cinq jours, elles seront détruites, en vertu de l'arrêté préfectoral.

— Et le légiste ? Il était présent lorsque tu m'as dit avoir trouvé l'arme à une dizaine de mètres du corps.

— Il n'a rien entendu, on s'est écarté de lui et j'ai fait exprès de parler à voix basse.

— Tu avais tout prémédité, alors ? Tu te doutais de ce que tu risquais de trouver, n'est-ce pas ? Et le flingue, si Makovski l'a utilisé, comment expliques-tu que les mains de Vidic aient réagi positivement au test de la poudre ? s'emporta à nouveau la jeune femme, débitant ses questions au rythme du tir d'une rafale de mitraillette.

— Je ne savais pas exactement ce que j'allais trouver, mais je me doutais de l'issue. En ce qui concerne le calibre de Vidic, il a dû probablement l'utiliser sur quelqu'un juste avant. Peut-être sur Makovski. Cette hypothèse est confirmée par le fait que j'ai trouvé un autre étui de 45 dans la voiture, ce matin. Il avait roulé sous le fauteuil du passager. Cela accrédite la thèse selon laquelle il aurait tiré à travers la vitre latérale sur Mako.

— Il faut vérifier qu'il n'a pas été blessé, auquel cas tu serais sacrément dans la merde.

— C'est déjà fait. Hier soir il a pris son service sans problème comme il le fait tous les soirs.

— Et si les techniciens arrivent à prouver que le pistolet a tiré plusieurs fois ?

— C'est impossible, tout dépend de combien de cartouches étaient approvisionnées dans le chargeur, et cela personne ne peut le savoir. Sur les lieux du suicide, on n'a retrouvé qu'un étui, juste à côté du corps…

Il s'interrompit, Émilie le considérait, le visage blême.

— Ça ne risque rien, te dis-je, martela-t-il, personne n'a vu lorsque j'ai trouvé le flingue, j'avais fait reculer tout le monde en dehors de la scène de crime. Les pompiers ont bien eu l'air un peu surpris lorsque j'ai ramené le pistolet. Normal, ils ne l'ont pas vu, mais ça ne posera pas de problème. Ils ont très bien pu le louper dans l'effervescence et l'obscurité.

— Je ne le sens pas du tout, dit-elle d'une voix blanche. Pourquoi fais-tu cela, pourquoi risques-tu ta carrière pour ce type, un flic violent, un assassin ?

— Rien ne prouve qu'il l'ait réellement tué. Et puis je me sens tellement coupable… Tout ce bordel est de ma faute.

— Ta faute ? Tu n'as pas obligé Mako à abattre un homme.

— Si j'avais interpellé Vidic et Xhemi devant leur planque, peut-être que Lily serait toujours en vie, et Vidic aussi.

— C'est ce qui arrive quand on prend des libertés avec la loi, quelle qu'en soit la raison. Des types comme toi et Mako pensent qu'ils peuvent se dispenser de respecter les règles au motif qu'ils sont chargés de les faire respecter. C'est le commencement de l'arbitraire, le premier pas vers le despotisme…

Paul, accablé, se prit la tête entre les mains en grognant.

— Pitié ! Épargne-moi tes considérations politiques

fumeuses, je ne fais que mon métier de flic, du mieux que je peux.

– Tu veux que je te dise ce que je pense de ta manière de faire ton métier ? Tu m'as toujours déclaré que pour être un bon flic, il faut avoir un peu du voyou en soi. Eh bien moi, je pense qu'un flic qui se comporte comme un voyou, c'est un voyou.

Paul se leva et sortit du bureau sans un mot. Dix minutes plus tard, la greffière entra, un plateau et trois cafés en mains. Elle trouva Émilie sanglotant debout devant la fenêtre de son bureau.

XVIII

Nadia sortit péniblement du centre hospitalier. S'aidant de ses béquilles, elle avançait à petits pas en prenant soin de ne pas poser son pied plâtré sur le sol. Elle leva la tête, aucun taxi ne stationnait devant l'entrée du gigantesque bâtiment. Elle s'assit sur un banc en faisant la grimace. Son pied la faisait souffrir. L'effet des antalgiques commençait à se dissiper. Sa blessure avait nécessité une chirurgie poussée pour réparer les dégâts occasionnés par le marteau. Le médecin orthopédiste lui avait prescrit des séances de rééducation auxquelles elle n'irait jamais. Tous deux le savaient, mais le spécialiste, en bon praticien, avait fait son travail jusqu'au bout. Nadia soupira. Elle songea qu'un tel plâtre, dans son pays, aurait été recouvert de petits cœurs, de messages affectueux ou humoristiques de ses amis ou des membres de sa famille, souvenirs destinés à apaiser sa souffrance. Elle caressa le plâtre immaculé, blanc, sans autres mots que peine et solitude. Au désespoir, les larmes aux yeux, elle se leva, décidée à prendre les transports en commun malgré son état. Elle n'avait pas le choix, tout simplement.

Un gros 4 × 4 noir vint se stationner doucement près d'elle sur un emplacement réservé aux ambulances.

Le moteur puissant ronronnait doucement. La vitre électrique du passager s'abaissa silencieusement. Une grosse tête au crâne chauve et épais, ornée de petits yeux enfoncés et rapprochés se pencha à l'ouverture.

– Eh bien, qu'est-ce que t'attends ? Monte, ma belle.

C'était Driss, un gros bras qui travaillait pour Léo, le big boss. Nadia hésita une fraction de seconde. Le ton du gros Kosovar se durcit immédiatement.

– Je t'ai dit de monter, m'oblige pas à me déplacer.

Sans un mot, les épaules affaissées, des larmes ruisselant le long de ses joues, elle se leva. Nadia franchit les quelques mètres qui la séparaient du véhicule à la vitesse d'un condamné montant les marches de la potence. Driss grogna.

– Magne-toi, pétasse. J'ai pas toute la journée.

Elle ouvrit la portière arrière et posa ses béquilles sur le sol du véhicule. Elle éprouva une grande difficulté à se hisser dans la voiture, tant le marchepied était haut par rapport à une berline. Driss la regardait, un sourire mauvais aux lèvres tandis qu'elle gémissait sous l'effort et la douleur. Lorsqu'elle fut parvenue à l'intérieur de l'habitacle et qu'elle eut refermé la portière, le chauffeur démarra et se dirigea vers la sortie de l'hôpital. Elle ne connaissait pas son nom, mais se rappelait l'avoir vu parler avec les autres. « Eddin, se dit-elle, son prénom c'est Eddin. Il bosse pour Léo et Vidic. »

– Où est Vloran ? demanda-t-elle d'une voix lasse, presque inaudible.

– Quoi ? beugla Driss, un peu dur de la feuille.

– Je demandais pourquoi c'est pas Vloran qui est venu me chercher ?

Driss sourit en regardant Eddin.

— Elle demande pourquoi c'est pas Vloran qui est venu la chercher, c'te conne !

Le chauffeur haussa les épaules.

— C'est parce qu'il est trop occupé à servir de plat du jour à des asticots, poursuivit le molosse.

— Il est mort ? demanda-t-elle d'une petite voix inquiète.

Elle aurait dû se réjouir, mais elle savait par instinct que depuis des années, quelles que soient les circonstances, les choses n'allaient jamais dans le bon sens pour elle.

— Si je te le dis, t'es bouchée ou quoi ?

La voiture sortit de l'enceinte du centre hospitalier et se dirigea vers le nord. Les deux hommes gardaient le silence. Nadia évitait de penser à ce qui l'attendait. Elle savait son voyage sans retour, elle allait rejoindre la cohorte des filles esclaves mortes dans l'indifférence générale. Les flics se donneraient tout juste la peine d'ouvrir une enquête, sans chercher réellement. Les tours de béton défilaient devant les yeux éteints de Nadia. Elle finit par reconnaître les abords du Bois. Le véhicule s'engagea dans les allées en sous-bois. L'ombre gagnait du terrain, la nuit s'annonçait. Eddin gara la voiture pile devant l'endroit où Nadia tapinait habituellement, où Vloran lui avait fracassé le pied à coups de marteau. Driss se retourna vers elle.

— Je suis chargé d'un message de la part de Léo, il veut savoir ce qui s'est passé le soir où Vloran est venu te rendre une petite visite.

— Il m'a cassé le pied.

Driss s'emporta.

— Je sais qu'il t'a cassé le pied, pétasse, et je m'en branle. Je veux savoir si tu as remarqué quelque chose de particulier, quelqu'un, quelque chose...

– Il y avait bien ce flic…
– Quel flic ?

Nadia hésita une fraction de seconde. Une fraction de seconde de trop. Le coup partit à une telle vitesse qu'elle ne le vit pas venir. Sa tête heurta la vitre latérale, elle s'affaissa sur la banquette, à moitié groggy. Elle pleura à chaudes larmes. La douleur était terrible et irradiait de la tête à son pied blessé. Elle l'inondait et pulsait en elle comme les battements d'un cœur monstrueux.

– Le flic, le type qui vient voir Irina, sanglota-t-elle, il est passé plusieurs fois. Je l'ai vu quelques secondes après que Vloran m'a…

– Et qu'est-ce qu'il a fait, ce putain de flic ?

Nadia fit un effort de mémoire.

– Il a voulu appeler les secours, mais Irina lui a dit qu'elle l'avait déjà fait. Et après, elle lui a dit que c'était Vloran qui m'avait blessée. Il a sauté sur sa moto et il est parti comme un fou.

Elle fit une courte pause et demanda :

– Attends, tu crois quand même pas que c'est ce flic qui a buté Vloran ?

– T'occupe pas de ça. D'où il connaît Irina ?

– J'en sais rien, moi, il a le béguin pour elle. Ça se voit tout de suite. Il passe régulièrement la voir.

– À quoi il ressemble ?

– Taille moyenne, très baraqué, l'air mauvais, cheveux très courts, presque rasé.

Driss réfléchissait. Nadia pouvait presque entendre le bruit des rouages grippés qui constituaient la cervelle du Kosovar, malgré l'épaisseur de la boîte crânienne.

– Ça correspond ! Bon, il faut que je rentre faire mon rapport au boss.

– Et moi, qu'est-ce que je fais ?

– Ce pourquoi tu es là, tu suces, dit-il en désignant l'allée sombrant dans l'obscurité. N'oublie pas de mettre du cœur à l'ouvrage, c'est fini, les vacances.

Elle descendit difficilement de la voiture, avec au cœur la joie morbide d'être toujours en vie. Driss baissa la vitre et déclara :

– C'est Shaban qui reprend le business de Vloran. T'as intérêt à pas déconner, car Shaban, il est moins patient que Vidic, beaucoup moins patient.

Le véhicule démarra en trombe.

Mako jouait avec son alliance. Il était allongé sur le canapé, occupé à lire un magazine consacré aux sports mécaniques. Il faisait tourner le mince anneau d'or autour de son annulaire à l'aide du pouce. Il consulta sa montre, il lui restait un peu de temps avant de prendre son service.

– Pourquoi tu ne la balances pas ? demanda Nathalie d'une voix atone, en désignant d'un coup de menton nerveux l'anneau.

Mako, sentant venir une énième querelle, garda le silence.

– Ben oui, explique-moi pourquoi un type qui baise toutes les salopes dans un rayon de plusieurs kilomètres autour de lui, garde une alliance au doigt ? Pourquoi ne fais-tu pas comme tes collègues qui s'empressent de l'enlever dès qu'ils sortent de chez eux ?

Il tourna une page d'un air indifférent.

– J'y tiens, dit-il, laconique.

Elle ricana méchamment.

– Tu y tiens ? Quelle hypocrisie ! Si tu la portes

toujours, c'est que tu en tires un avantage. Je suis sûre que ce type de bague attire les salopes plus sûrement qu'un billet de cent euros.

Mako leva les yeux de son magazine, les sourcils froncés.

– Serait-il possible que tu sois un peu moins grossière ?

– Je dis ce que je veux, hurla-t-elle, je suis chez moi.

Il soupira, jeta la revue par terre et se leva.

– Il faut que j'aille bosser.

– Comme d'habitude, à chaque fois qu'on a une discussion, c'est courage, fuyons.

Mako se dirigea vers la chambre à coucher.

– Parce que t'appelles cela une discussion ? maugréa-t-il, de dos.

Il récupéra son arme, enfila son blouson et se dirigea vers la porte d'entrée.

– J'ai quelque chose à te dire, déclara-t-elle d'un ton grave.

Il s'arrêta et se retourna, attendant la suite.

– Quand l'enfant naîtra, je quitterai la maison. J'irai chez ma mère. On fera le nécessaire pour en finir de nous deux, poursuivit-elle.

– T'es bien sûre de toi ? demanda-t-il d'une voix où ne perçait aucune émotion.

– Certaine, cela ne peut plus durer. J'ai besoin d'exister à nouveau. On n'a plus rien à partager, tu ne penses qu'à ton travail. Tu ne vis que pour ça, chasser de minables voyous dans tes cités de merde. Petit à petit, tu ne me vois plus. T'as monté une muraille autour de toi. On ne sort plus, on n'a même plus d'amis. Tu ne me touches plus, j'ai parfois l'impression que je te dégoûte. Il faut que cela s'arrête.

Il la dévisagea puis ouvrit la porte.
– Si c'est ton choix…
Il sortit en claquant la porte. Lorsqu'il monta sur sa moto, il dut réprimer un étrange sentiment d'allégresse.

Le téléphone de Paul sonna sur le bureau recouvert de procédures en attente de sa signature. Il décrocha. C'était Émilie.
– J'ai des nouvelles concernant l'enquête sur le décès de Lily Hamori.
– Bonjour, Émilie.
Elle hésita.
– Bonjour, Paul, finit-elle par dire, comme à contrecœur. L'autopsie a révélé qu'elle avait eu un rapport non protégé juste avant son décès. poursuivit-elle
Le cœur de Paul se serra.
– Mais il n'y avait pas de traces de défense. En outre, l'analyse toxicologique a révélé un taux important d'alcool dans le sang, ainsi que des traces de THC[1].
– Elle a picolé et fumé de l'herbe juste avant le grand saut ?
– Les Mœurs ont réalisé une enquête de voisinage. Ils ont découvert qu'un gamin de la fac lui a rendu visite juste avant sa mort. On l'a convoqué et il a reconnu avoir eu des relations sexuelles avec Lily. Il prétend que c'était à la demande de la gamine.
– Pourquoi ne s'est-il pas présenté quand il a su qu'elle était décédée ?
– Il a déclaré qu'il avait craint d'avoir des ennuis,

---

1. Principe actif du cannabis.

étant donné qu'il était probablement la dernière personne à l'avoir vue en vie. Le gamin a reconnu avoir picolé avec Lily et avoir fumé un joint avant de passer au lit. Il a dit qu'elle s'était mise à pleurer pendant l'acte, mais qu'il avait tenu à prendre son pied malgré tout. Il était allé jusqu'au bout. Je cite ses propos. Elle s'est balancée par la fenêtre juste après qu'il est sorti de la chambre.

Paul eut envie de vomir.

– Que va-t-il lui arriver ?

– Rien, que veux-tu que l'on fasse, on n'a rien. Le seul point positif, c'est que tu n'as pas à te sentir responsable du décès de Lily, c'est un suicide.

Elle marqua une pause.

– Vidic est innocent... de cela au moins.

Paul raccrocha. Il aurait dû se sentir mieux, apaisé. Mais ce n'était pas le cas.

Le poing de Léo s'abattit sur le ventre d'Irina. C'était une frappe sèche, pleine d'une rage froide et contrôlée, plus forte encore que les autres. La jeune femme tomba à genoux, pliée en deux, le souffle coupé, se tenant le ventre entre ses mains crispées. Une douleur effroyable se répandit en elle, semblable à l'onde de choc d'un séisme. Le Kosovar la saisit par les cheveux et lui releva la tête. Il lui murmura à l'oreille :

– Je n'arrive pas à croire que tu m'aies trahi, mon amour. Après tout ce que nous avons vécu ensemble.

Elle toussa, et sourit.

– Je ne t'ai rien fait, je l'ai fait à Vidic et je suis contente que ce chien ait eu ce qu'il méritait.

Il la gifla, fort. Sous l'impact, la tête de la jeune

femme partit en arrière et heurta une table basse. Elle gémit et s'effondra.

Ils étaient dans le bureau de Léo. Le garage était vide, cela faisait longtemps que les employés avaient regagné leur domicile. Seuls, Driss et Shaban étaient présents. Le premier était assis sur le plateau, en limite de rupture, du bureau de Léo, et feuilletait un magazine automobile avec intérêt. Shaban, lui, était assis sur le canapé au fond de la pièce, ses pieds reposant nonchalamment sur la table basse contre laquelle la tête d'Irina venait de taper. La jeune femme se redressa avec difficulté, un filet de bave sanglante partait de sa bouche et coulait le long de son menton.

– Tu parles de trahison ? Rappelle-toi tes promesses d'amour et de mariage lorsqu'on était à Pristina. Je n'avais que dix-sept ans. Tu m'as promis l'Europe et tu m'as promis l'amour éternel. Dès que j'ai posé le pied en Italie, tu m'as donnée à Vidic et à ses amis, tous des porcs. Ils m'ont violée et battue pendant des jours. Ils m'ont obligée à faire des choses écœurantes, à coucher avec des vieillards rances et des hommes pervers. J'ai saigné par tous les orifices de mon corps. Qui a trahi l'autre, espèce d'ordure ?

Elle s'était relevée. Elle avait beau lui rendre une bonne tête, elle le toisait, un air de défi sur son visage ensanglanté.

– Il va te faire pareil qu'à Vloran. Tu vas pisser le sang, lâcha-t-elle.

Elle ne tenta même pas d'esquiver le coup de poing qui l'envoya rouler par terre pour la seconde fois. Il s'approcha d'elle et demanda d'une voix douce :

– Comment s'appelle-t-il et où vit-il ?

Elle cracha une salive rougeâtre sur la moquette.

– Va te faire foutre, Xhemi, jamais je ne te le dirai.

Il se tenait devant elle, la dominant de toute sa hauteur.

– Je ne crois pas que tu aies le choix, à moins de préférer que Luan se retrouve pensionnaire dans un orphelinat. Ou mieux encore, préférerais-tu que je pose des questions au gamin moi-même ? Je m'y entends avec les gosses, et puis Driss adorerait certainement s'amuser avec lui, n'est-ce pas Driss ?

Le colosse gloussa, sa main droite lâcha la couverture de son magazine pour aller sur son entrejambe dans un geste qui n'avait rien d'équivoque.

– Tu ne ferais pas cela, affirma-t-elle.

– Et pourquoi donc ?

– Parce que c'est ton fils ! Luan est ton fils.

Léo se figea, cela ne dura qu'une fraction de seconde, mais tous, dans la pièce, le virent.

– Quand bien même cela serait vrai, tu t'imagines peut-être que j'en aurais quelque chose à foutre ?

– C'est ton fils, répéta-t-elle.

Tout au fond de lui Léo savait que c'était la vérité. Il avait toujours su que le petit était le sien. C'était d'ailleurs la raison pour laquelle il avait accordé à Irina un régime de faveur. Ainsi, elle avait été autorisée à avoir son propre appartement. Elle donnait un coup de main au secrétariat de temps à autre plutôt que de tapiner.

– Mais que veut ce flic, bordel ? s'emporta-t-il.

– J'en sais rien. C'est un type plein de secrets et plein de haine. Il voulait Vidic et il l'a eu, déclara-t-elle sur un ton convaincant.

Léo la considéra l'air dubitatif.

– Donne-moi son nom ou je tuerai de mes propres mains notre enfant, dit-il d'une voix calme et déterminée.

Elle sut qu'il le ferait. Il n'hésiterait pas. Elle réfléchit à toute vitesse. Elle était en possession de l'adresse de Mako pour avoir regardé dans son portefeuille pendant qu'il dormait dans son lit, après leur partie de jambes en l'air. Elle l'avait découvert dans la poche intérieure du blouson en cuir. Il y avait aussi de l'argent liquide, mais elle n'y avait pas touché. Une angoisse sourde se répandit dans ses tripes à l'idée qu'il puisse faire du mal à Luan.

Elle donna l'adresse à Léo.

Celui-ci nota l'information sur une feuille volante qu'il tendit ensuite à Shaban. Celui-ci s'empara du bout de papier. Il demanda d'une voix mielleuse :

– Dis-moi, boss, que fait-on de la pute maintenant ?

– Rien, elle repart au tapin.

– Mais t'es malade ? Elle nous a déjà balancés une fois, Vloran est mort à cause d'elle. Elle pourrait compromettre la livraison maintenant.

– Ta gueule ! Cesse de discuter les ordres. Elle ne sait rien de toute façon. Par contre, elle peut être sûre d'une chose maintenant : si jamais elle parle à un condé, je buterai son chiard sans hésitation.

Shaban sortit de la pièce en maugréant, suivi de Driss imperturbable. Léo se pencha vers Irina. Il effleura de ses doigts le visage tuméfié.

– Va dans les toilettes. Au-dessus du lavabo, dans la petite armoire, il y a une trousse à pharmacie. Moi, il faut que je passe un coup de fil urgent.

Il l'aida à se relever.

– T'as intérêt à prier pour que tes gorilles le trouvent avant, dit-elle en grimaçant de douleur.

– Avant quoi ?

– Avant que lui te trouve. C'est toi qu'il veut maintenant, je l'ai lu dans ses yeux. T'es le prochain.

XIX

La brasserie était bondée. Paul, assis à une petite table ronde, fumait une cigarette en jouant avec son briquet. C'était un zippo tout simple. Il l'avait discrètement subtilisé à la morgue en faisant le récapitulatif des effets de Vidic. Il ouvrait et fermait le couvercle en acier brossé à l'aide du pouce. Il aimait le bruit métallique que cela produisait.

– Tu as un nouveau briquet ?

Il leva les yeux, Émilie se tenait devant lui, l'air un peu gênée. Il la trouva plus belle que jamais. Il se leva et faillit faire tomber sa chaise.

– Je t'en prie, assieds-toi, Émilie.

Ils s'assirent tous les deux. Paul rangea le briquet dans sa poche.

– C'est un trophée ? demanda Émilie qui connaissait la propension des flics à conserver des objets provenant des affaires qui les marquaient.

Ce n'était pas vraiment du vol, estimaient-ils, c'était juste une manière de ne pas oublier.

– Un souvenir, plutôt.

Paul héla le garçon. Il commanda un café. Émilie préféra un thé citron.

— Tu voulais me parler ? demanda-t-il, après que le serveur fut parti.

— Oui, il faut qu'on fasse le point.

— Je t'écoute.

— Où en es-tu de l'enquête sur le décès de Vidic ?

— Je vais rendre mon rapport de synthèse, dans lequel je conclus à un accident de la circulation. Blessé grièvement, le Kosovar, à la perspective d'être interpellé, a préféré mettre un terme à sa vie de criminel professionnel. C'est ce que j'ai écrit.

— Et les bandes vidéo ?

— Demain après-midi, elles seront détruites, comme l'exige la loi.

— L'explosion du pneu ?

— Ça n'a rien donné, le pneu était en charpie. On n'a pas retrouvé de plomb. Il y a bien une trace, une déformation dans l'intérieur de la jante, mais rien ne prouve qu'elle ait été occasionnée par une balle. On n'a rien retrouvé sur la carrosserie.

— Et la vitre latérale, celle qui a été brisée et pour laquelle on n'a pas retrouvé le verre ?

— J'ai omis de mentionner ce détail, répondit-il avec un rien d'agacement dans la voix. Il faut que tu comprennes une chose, Émilie, tout le monde se fout de savoir ce qui est arrivé à ce fumier de Vidic...

— Pas moi !

Elle avait presque crié. Gênée, elle jeta un regard autour d'elle puis reprit plus bas.

— C'est très grave, ce que tu as fait, cela s'appelle un faux en écriture public. Tu as volontairement travesti la vérité pour...

— Pour protéger un collègue, un type paumé qui a passé plus de la moitié de sa vie à tenter de faire respecter un semblant d'ordre dans des endroits où tu ne voudrais pas mettre les pieds. Pendant que les gens comme toi dorment tranquillement sous la couette, des types comme Makovski patrouillent par tous les temps, dans les circonstances les plus difficiles pour que ton sommeil ne soit pas troublé. Et après, lorsque les types comme Mako font un faux pas, les gens comme toi leur tombent dessus pour leur faire payer le prix cher…

– Je vais te citer une phrase célèbre de Nietzsche…

Paul leva les yeux au ciel, mais Émilie l'ignora et poursuivit.

– Celui qui combat les monstres doit veiller à ne pas devenir lui-même un monstre, ce faisant. Quand vous regardez au fond de l'abîme, l'abîme vous regarde lui aussi.

Ils se turent lorsque le garçon apporta leur commande. Le serveur s'éclipsa et ils restèrent là en silence, le regard perdu dans le vague. Émilie prit une profonde inspiration.

– Je tenais à te dire une dernière chose, une chose que je ne t'ai jamais dite auparavant. Paul, je… je t'aime. Je t'aime d'un amour tendre et profond. Mais je n'aime pas ce que tu fais, ce que tu deviens. Tu m'as impliquée dans cette histoire. Si je dénonce les faits, tu plongeras en même temps que Mako. Tu m'obliges à choisir entre mes convictions, mon intégrité professionnelle et toi, le commandant Vasseur. Tu n'es pas Dieu et tu n'es pas au-dessus des lois, tu es là pour les faire respecter, tout comme moi. Un point, c'est tout. Je vais être contrainte de couvrir un flic meurtrier… Mais tout a un prix, la liberté de Makovski en a un, elle aussi…

Elle se leva, des larmes dans les yeux.

– C'est terminé entre nous, je ne veux plus jamais te voir… en dehors du boulot.

Elle sortit du café sans jeter un regard en arrière. Paul se concentra sur le zippo, il ouvrait et refermait le couvercle.

Clic ! Clic ! Clic ! Clic !

– Ce n'est pas droit !

Karim soupira. Il devait bien reconnaître qu'il n'était pas doué pour le bricolage. Sonia le considérait d'un œil critique, les bras croisés, appuyée contre le chambranle de la porte. Karim essayait de monter des étagères dans le placard de la future chambre du bébé. La planche en contreplaqué reposait sur des équerres qu'il venait de poser.

– C'est droit, affirma-t-il de manière péremptoire.

– Pourquoi n'utilises-tu pas un niveau à bulle ? demanda-t-elle avec un sourire.

Karim se gratta la tête d'un air dubitatif.

– Un quoi ? Oh, ce truc avec une bulle d'air dedans.

– Oui, c'est cela, le truc avec des bulles d'air. Si tu ne te sens pas de monter ces étagères, on appelle un artisan.

Il secoua la tête.

– Non, non, ça va aller. Il faut que je m'investisse dans mon futur rôle de papa.

Sonia s'approcha. Elle était jolie, son ventre arrondi n'enlevait rien à sa féminité, bien au contraire. Elle l'embrassa et ses cheveux blonds chatouillèrent Karim dans le cou. D'un œil qui se voulait professionnel, il considéra la planche de contreplaqué.

– C'est droit ! Pas besoin d'un truc à bulle à la con pour le voir.

Sonia sourit.

– J'appelle un artisan.

Elle sortit de la pièce. Karim voulut protester, mais son téléphone portable choisit de sonner à ce moment.

– C'est Bilel, qu'est-ce que tu fous, j'ai essayé de t'appeler trois fois, au moins ?

– Je n'ai pas entendu avec le boucan que fait la scie électrique.

– La quoi ?

– Rien, laisse tomber. Qu'est-ce que tu veux ?

– Je t'appelle pour t'aviser que la livraison aura lieu demain soir.

– Comment cela ? C'était prévu pour dans trois jours !

– Les Kosovars ont avancé la date, je ne sais pas ce qui se passe, mais on dirait qu'ils ont la pression.

– Ça pue. Il faut que Sofiane annule tout.

À l'autre bout du fil, Bilel ricana.

– Ton frère… annuler ? Mais y'a aucune chance. Il ne rêve que de cela, jouer au gangster. Dis-moi, t'es sûr que je vais pas me retrouver à la rate quand les condés vont débarquer ?

– Te fais pas de bile ! J'ai tout arrangé, tu vas faire un peu de gardav' pour donner le change et après tu seras libéré. Y'aura aucune charge contre toi.

– OK, OK je te fais confiance.

– Bilel ?

– Ouais.

– Je le sens pas, pour demain. Fais gaffe et, surtout, prends soin de Sofiane.

– T'inquiète, mon pote, ça va bien se passer.

Le son répétitif de la tonalité indiqua à Karim que son interlocuteur avait raccroché.

– Y'a un problème ?

Karim se retourna. Sonia, le téléphone sans fil de la maison à la main, le dévisageait, l'air inquiet.

– Aucun problème, bébé, je règle deux ou trois trucs pour le club.

– J'espère que tu dis vrai, fit-elle, soupçonneuse.

Elle tourna les talons. Karim avait encore des coups de fil à passer. Tout d'abord Paul puis Pic à glace. Il décida de sortir de la maison pour téléphoner, ce serait plus discret.

Au petit matin, la salle de réunion vibrait d'une tension contenue. Paul, assis à la table de travail, consultait des notes manuscrites. Derrière lui, un plan cartographique représentant les quais de Seine avait été accroché grâce à des aimants sur un tableau blanc magnétique. Les policiers de la brigade des stups entraient un par un. Ils s'interpellaient bruyamment dans une joyeuse cacophonie. Certains tenaient à la main leur petit calepin, manifestant leur intention de prendre des notes. Mais, sous les sourires de façade, tous ressentaient une certaine nervosité. Paul en était parfaitement conscient pour en ressentir lui-même les effets. Lorsque tout ce petit monde fut au complet, on ferma la porte de la salle. Ce qui allait suivre devait demeurer confidentiel. Paul prit la parole.

– Messieurs, salut à vous.

Un concert de « salut, commandant » lui répondit.

– J'ai provoqué cette réunion parce qu'il semblerait que l'affaire des Kosovars connaisse quelques menus rebondissements. Vous n'êtes pas sans savoir que Vloran Vidic a connu récemment un sort funeste.

Quelques « bien fait pour sa gueule » et autres « un

de moins » résonnèrent dans la salle. Les flics ne sont pas réputés pour leur compassion. Paul leva les deux mains pour demander le silence.

– Je disais donc que Vidic s'est donné la mort après avoir eu un accident de voiture qui l'avait laissé passablement diminué. Il a décidé de mettre fin à ses jours, ce qui évitera aux contribuables, dont nous faisons partie, les frais d'un procès et d'une détention de vingt ans dans une maison d'arrêt.

Une salve d'applaudissements fit trembler les murs de la petite salle.

– Messieurs, on aurait pu craindre que cette cruelle disparition n'affecte notre enquête en cours, enquête relative à une livraison de cocaïne, je le rappelle pour les étourdis…

Quelques rires fusèrent.

– Mais, il n'en est rien puisque, d'après notre tonton, il semblerait que la livraison soit maintenue, mais, toujours d'après lui, elle serait avancée…

Un Inch Allah fusa dans le fond de la salle.

Paul ignora l'importun et poursuivit.

– Cela aura lieu cette nuit.

Comme il l'avait prévu, le niveau sonore de la salle augmenta brutalement. Paul éleva la voix et reprit la parole.

– On maintient le dispositif que nous avions prévu. J'ai fait le nécessaire auprès du RAID, ils se sont décalés sans problème. Pour le reste, rien ne change si ce n'est qu'on se met en place cette nuit. Pour mémoire et surtout pour éviter les impairs je vous rappelle les grandes lignes…

Paul se leva et se porta à la hauteur du plan.

– On commence à installer le dispositif à 2 h, mise

en place terminée pour 3h. Je vous rappelle que le site où se déroulera la transac est surveillé par une société de gardiennage. Nous ne savons pas dans quelle mesure cette boîte de sécu est complice de notre équipe de trafiquants. En conséquence nous n'interpellerons pas sur site. Une équipe du RAID s'infiltrera dans le dispositif et fera du renseignement à partir des toits des entrepôts situés juste à droite du lieu défini pour le rendez-vous. Ils ont une superbe vue sur ce qui se passe en dessous, quai B. Ils seront nos yeux et nos oreilles. Ils enregistreront la scène en vidéo. On laissera la transac se faire et, dès que ce sera fini, on se mettra au cul de tout ce petit monde. Le RAID interpellera les Kosovars dans le flot de circulation, dans une zone où le public ne sera pas exposé. Mais bon, vers 5 h du matin, les risques seront limités. Pour ce qui est de notre équipe de Maghrébins, on les prend en compte à la sortie du quai B, on les filoche et on voit qui ils vont livrer, au cas où ils auraient décidé d'approvisionner immédiatement leurs revendeurs. Je rappelle qu'il faudra jouer serré, car on risque facilement de se faire détroncher à cette heure matinale. On les pète pendant une revente, sur mes instructions et le tour est joué. Il nous faut la came et l'argent. Cela signifie qu'on ne doit jamais perdre de vue ni l'un ni l'autre. Est-ce clair pour tout le monde ? Parfait. Pour le détail du dispo, reportez-vous à la note de service, vous y trouverez la constitution des équipes d'interpellation et le reste. Messieurs... à ce soir.

Les policiers se levèrent et commencèrent à sortir de la salle. Paul plia le plan et rangea ses notes. Il se dit qu'il s'en était bien sorti, qu'il avait donné le change.

Elle lui avait donné rendez-vous à son appartement. Au téléphone, elle avait du mal à s'exprimer, comme si quelque chose gênait son élocution. Il y avait du désespoir dans sa voix. Il n'avait pas hésité une seconde, il s'était détourné de l'itinéraire qu'il empruntait pour aller au boulot et s'était rendu chez elle. Il avait garé la moto en bas de l'immeuble et avait grimpé les marches quatre à quatre, le cœur battant. Il avait frappé à la porte et elle avait ouvert. Des hématomes ornaient le visage d'Irina. Tout le côté gauche était tuméfié et on distinguait à peine l'œil à demi fermé. Elle se poussa pour le laisser entrer. Il la suivit dans le petit salon. Elle se mouvait avec difficulté en se tenant les côtes. Elle s'assit avec un luxe de précautions, comme le font les personnes âgées. Il rompit le premier le silence.

– Xhemi ?
– Oui.
Ses traits se durcirent encore.
– Tes compatriotes ont une manière bien à eux de traiter les femmes, dit-il d'un ton glacial.

Elle se figea et le considéra à travers son œil valide.
– Tu n'as pas le droit de dire cela. Combien connais-tu de Kosovars ? Crois-tu que tu en sais assez sur mon peuple pour pouvoir juger de tous les Kosovars ? Xhemi et Vidic n'incarnent pas mon pays. Si je devais juger tous les flics français en fonction de ce que je sais de toi, je me dirais que ce sont tous des assassins qui n'hésitent pas, à l'occasion, à se servir de leur position pour extorquer des pipes à des putes kosovares.

Il eut honte de lui et se balança d'un pied sur l'autre comme le font les ours en cage.

— C'est comme ça que tu vois notre relation, une extorsion de faveurs sexuelles ?

Elle explosa.

— Quelle relation, pauvre con ? Je suis une pute et tu es un flic. J'ai accepté de baiser avec toi parce que j'ai su au premier regard que t'étais un pauvre type, que je ferais de toi ce que je voudrais.

Il garda le silence et considérait obstinément le bout de ses grosses chaussures coquées.

— Je voulais que tu me débarrasses de Vidic et tu l'as fait, poursuivit-elle, comme un brave toutou qui va chercher le bâton qu'on jette.

— Ce que j'ai fait, je l'ai fait pour Lily.

— Laisse les morts en paix, Mako. Il y a trop d'ombres qui dansent autour de toi, tu devrais te préoccuper des vivants.

— Tu m'as appelé pour cela, me montrer tes ecchymoses et m'humilier ?

Il y avait du désespoir dans sa voix.

— Quand tu as vu mon visage, cela t'a mis en colère. Tu m'en voulais, à moi aussi. Je l'ai vu dans tes yeux. C'était comme si Xhemi avait abîmé ton nouveau jouet, ta propriété. As-tu seulement pensé à moi et à ma souffrance ? Au fond, tu n'es pas si différent de lui. Rien que de te parler, je risque d'y laisser la vie, alors écoute bien ce que j'ai à te dire. Tu voulais savoir quand se passera la livraison, elle aura lieu cette nuit.

Cette fois il la regarda droit dans les yeux.

— Où ?

— Je ne sais pas. Tout ce que je sais, c'est que, lorsque j'étais dans les toilettes du garage de Léo, occupée à nettoyer mon visage du sang séché, j'ai entendu

Xhemi confirmer à un de ses hommes de main que c'était pour cette nuit, sur les quais.

– Et sa nouvelle planque, tu sais où elle se trouve ?

– Non, mais je vais trouver, fais-moi confiance. Maintenant, tire-toi. Je t'appellerai quand j'en saurai plus.

Il tourna les talons sans rien ajouter et sortit. Il avait la démarche hésitante d'un boxeur groggy.

Arrivé au service, Mako se rendit dans les vestiaires. Il croisa un collègue qui sortait de la douche, une serviette attachée autour de la taille, après une séance de musculation ou de footing. Face au mutisme de Mako, le policier le regarda bizarrement et lui demanda si tout allait bien. Mako l'ignora et se rendit auprès de son armoire métallique. Il ouvrit le cadenas. Sur la porte, du côté intérieur, on pouvait voir un jeu de photos de son VMax et une feuille de format A4 sur laquelle avait été imprimée une citation de Coluche : « Le travail c'est bien une maladie puisqu'il y a une médecine du travail. » Il se pencha et écarta son gilet pare-balles pour pouvoir se saisir d'un blouson. Il s'agissait du coupe-vent dont il s'était emparé lors de sa petite « visite » chez Vidic. Il fouilla dans les poches du vêtement pour finir par en extraire un trousseau de clés qu'il porta au niveau de ses yeux. Il le considéra comme hypnotisé par le léger mouvement de balancier. Il secoua la tête et remit les clés dans la poche du blouson. Il plia le vêtement qu'il fourra dans son sac de patrouille avec le reste de son équipement.

À 23 heures 45, l'équipage de la BAC 47 patrouillait aux abords de la Seine, commune d'Ivry, lorsqu'il interpella deux individus qui sautaient la haie d'une villa dans une zone pavillonnaire. Fouillés sur place, les types avaient été trouvés porteurs de bijoux et d'une liasse de billets de cinquante euros encore entourée par la bande plastique de la banque. Vincent alla constater que le pavillon avait bien été fracturé. Des traces de pesée étaient encore visibles sur les volets du pavillon. Les cambrioleurs avaient ensuite brisé le carreau de la fenêtre et s'étaient introduits dans une chambre. Le reste c'était la routine. Ils conduisirent les deux individus avec leur butin au commissariat d'Ivry. Vincent avait rédigé le procès-verbal de mise à disposition pendant que Mako tentait en vain de joindre les propriétaires du pavillon, un couple de retraités qui coulaient quelques jours heureux dans les Caraïbes. Le retour serait difficile. Mako laissa un message sur la boîte vocale d'un artisan de sa connaissance pour qu'il referme le pavillon. Le type, un vitrier, interviendrait le lendemain matin. Pendant ce temps, Bill draguait la jeune femme gardienne de la paix qui faisait office de chef de poste. Mako, l'air absent, ne fit aucun commentaire. Peu après 5 h, ils sortirent du commissariat d'Ivry, exténués. Bill prit la route du retour à la base, Mako lui ordonna de retourner sur les quais. Le chauffeur grommela, mais obtempéra. Au bout d'un quart d'heure à tourner sans but, Mako, pris d'une inspiration, demanda à Bill de se rendre à l'ancien port d'Ivry. Dix minutes plus tard, la BAC 47 arrivait sur zone. C'était un endroit désolé et sinistre qui avait été, par le passé, le siège d'une intense activité. Autrefois, on y déchargeait du gravier et on y produisait du béton. Maintenant, il ne restait plus que des bâtiments à l'abandon, des bétonnières antédiluviennes, des carcasses rouillées de véhicules volés, abandonnés et des monceaux d'ordures. L'endroit servait désormais de décharge sauvage. On pouvait voir, en direction du nord, les silhouettes squelettiques d'immenses grues signalées par des feux intermittents rouges. Il s'agissait d'un chantier destiné à réhabiliter les quais de Seine.

– Va en direction des grues, mais arrête-toi un peu avant d'arriver sur place, fit Mako d'une voix parfaitement neutre.

– Tu vas nous faire faire des heures sup. J'ai envie de me pieuter, moi. Je suis crevé.

– Ce n'est certainement pas à cause de l'activité que tu as déployée ce soir.

Bill marmonna un « va te faire foutre » à un niveau sonore si bas que Mako ne releva pas. Quelques minutes plus tard, le véhicule banalisé arrivait à proximité d'un immense chantier. Les ossatures de plusieurs bâtiments sortaient du sol, en bordure de la Seine. Un grillage entourait le chantier. Bill coupa les feux de la voiture. Juste devant, ils pouvaient distinguer un portail métallique fermé à l'aide d'une énorme chaîne et d'un cadenas colossal. Il y avait une pancarte sur l'un des ventaux portant l'inscription « Site surveillé par Protecguard SA ». Mako considéra le panneau puis sortit du véhicule. Il alla ouvrir la malle et farfouilla dedans pendant quelques secondes.

– Mais qu'est-ce qu'il branle ? demanda Bill d'une voix où perçait maintenant de l'inquiétude.

– Comment veux-tu que je le sache ? répondit Vincent qui, lui aussi, se sentait gagné par une certaine anxiété.

Mako revint à l'avant de la voiture. Il avait enfilé le coupe-vent Protecguard et tenait sa radio portable à la main. Il accrocha l'écoute discrète au pavillon de son oreille droite.

— Je vais faire un tour sur le chantier, j'en ai pour quelques minutes. Je suis sur le canal 4 de la radio. Planque la bagnole derrière le tas de gravats, dit Mako en désignant un amoncellement de déblais situé à une centaine de mètres.

Vincent interpella son chef.

— Qu'est-ce que cela signifie ? Tu ne peux pas nous planter là sans explication !

— J'en ai pas pour longtemps, planquez la bagnole et attendez-moi. Je dois vérifier quelque chose.

Il s'éloigna du véhicule sans rien ajouter. Arrivé devant le portail, il examina le cadenas à la lumière de sa lampe torche. Il sortit le gros trousseau de la poche du coupe-vent et chercha la bonne clé. Lorsqu'il en eut trouvé une qui pouvait correspondre, il l'inséra dans le cadenas et tourna. Clic. La barre métallique coulissa sans difficulté. Mako poussa le ventail, passa et le rabattit derrière lui. Il s'avança en direction des bâtiments en construction.

— Mais qu'est-ce qu'il branle ? répéta Bill. T'as vu ? Il avait un blouson d'une boîte de sécurité, la même que celle dont le nom est marqué sur le panneau là-bas...

— Et il avait les clés du chantier. Il avait prévu de venir ici.

— M'est avis qu'il est en train de nous foutre dans un sacré bordel ! Je sais pas ce qui se passe, mais ça sent pas bon.

Devant eux, Mako coupa la lumière de sa lampe torche. Il disparut dans la nuit.

XX

Mako avançait dans l'ombre. Il s'approcha du premier bâtiment. Arrivé à l'angle, il s'accroupit et jeta un coup d'œil de l'autre côté. Il distingua une enfilade d'immeubles en construction devant laquelle on avait monté des cabanes de chantier. Le quai n'était pas très large à cet endroit, tout au plus une trentaine de mètres. Après c'était la Seine qui s'écoulait, sombre et silencieuse. Juste en face, sur l'autre rive, il pouvait distinguer l'autoroute A4 et son flot incessant de circulation. Au bout du quai, il repéra une voiture en stationnement dont on avait laissé les feux de position allumés. Le cœur battant, il s'avança en direction des cabanes de chantier. À couvert, il s'approcha du véhicule en prenant garde de ne pas faire de bruit. Il s'accroupit derrière la dernière cabane. Il était à une cinquantaine de mètres de la voiture. C'était un modèle sportif et puissant. D'où il était, il pouvait distinguer trois silhouettes dans l'habitacle. Mako se recula un peu et se saisit de sa radio portable.

– Bill, de Mako, chuchota-t-il dans le micro.

L'oreillette grésilla.

– Vas-y, parle, j'écoute.

– Je suis derrière le bâtiment, il y a une bagnole

avec trois types dedans. Un second véhicule va arriver sous peu. Tu le laisses passer et surtout tu ne te fais pas repérer.

– C'est quoi ? Une livraison ?
– On va voir, il faut attendre un peu.
– On devrait appeler du renfort.
– Attends un peu, on ne va pas déclencher le plan ORSEC avant d'avoir des certitudes. Préviens-moi si ça bouge de ton côté.

Il coupa le contact. Il retourna à l'angle de la cabane et s'accroupit en soupirant. Il espérait qu'il n'aurait pas à attendre trop longtemps.

Paul fumait une cigarette pendant que les deux autres occupants de la voiture, deux flics des stups, causaient des derniers résultats de la première division. Il était garé dans une rue en amont des quais. La radio de bord crépita. Le silence se fit dans l'habitacle. C'étaient les policiers du RAID cachés dans leur point d'observation en haut du bâtiment en construction. Ils étaient entrés en découpant le grillage par l'arrière du bâtiment qu'ils avaient infiltré.

– TK de Vautour, ça bouge. Une voiture vient d'arriver devant la grille, un type en est descendu et est entré dans le périmètre. Il est porteur d'un blouson floqué *Protecguard*.

« Un garde de sécurité ? » se demanda Paul. Il se rappela que Vidic bossait pour cette boîte. Il y avait peut-être des complices au sein de cette société.

– Vautour, de TK, que fait le type au blouson ?
– De Vautour, le type s'est planqué derrière les préfabriqués et il observe le véhicule des targets. Quant à

la voiture qui l'a largué, elle est allée se garer hors de vue de la route.

Paul jura. « Qu'est-ce qui se passe, bordel ? » songea-t-il. Il réfléchit à toute vitesse et appuya sur le commutateur de la radio de bord.

– Vautour, de TK, avez-vous pu lire l'immat du véhicule lorsqu'il était à la grille ?

– Affirmatif, TK, je vous la communique immédiatement.

Paul nota le numéro de la plaque minéralogique et appela la salle d'information et de commandement à l'aide de son téléphone cellulaire. Il demanda l'identification du véhicule en urgence et attendit la réponse, l'esprit agité d'un sombre pressentiment. Elle ne se fit pas attendre bien longtemps.

– C'est une voiture du ministère de l'Intérieur, commandant.

Paul jura.

– Pouvez-vous me dire à quel service est affecté ce véhicule ?

– C'est impossible, commandant.

– OK, dites-moi alors quelles sont les caractéristiques de cette bagnole ?

– C'est un véhicule rapide, comme ceux dont est doté le SPHP[1].

« Ou comme ceux de la BAC », songea Paul.

– Le brigadier-major Makovski est-il de patrouille cette nuit ?

– Affirmatif, il est à bord de la BAC 47. Ils étaient en affaire au poste d'Ivry il y a de cela une bonne demi-heure. Je viens juste d'avoir un appel de leur lieutenant

---

1. Service de protection des hautes personnalités.

qui m'a demandé la raison pour laquelle la BAC 47 ne rentrait pas au service…

Paul ferma les yeux et s'affaissa dans le fauteuil passager.

– Écoutez-moi bien, vous allez appeler la BAC 47 sur les ondes et lui ordonner de décamper fissa du port d'Ivry, il y a une opération de la Sûreté départementale en cours dans ce secteur. C'est reçu ?

– Bien reçu, commandant.

Paul raccrocha et se prit la tête entre les mains.

– Quelle merde ! cria-t-il.

– Mako, de Bill, en urgence.

– Envoie, Bill, je t'écoute, chuchota Mako.

– On vient d'avoir un appel du poste directeur, il nous ordonne de quitter discrètement les lieux, on est en train de saborder un dispositif de surveillance de la Sûreté.

– Dis-leur d'aller se faire foutre.

Une autre voix résonna dans son oreillette.

– Mako, c'est Paul, il faut que tu dégages immédiatement. Tu es en train de foutre le bordel, là.

– Tiens ? Paul ! Tu t'es rappelé les petits trucs des flics de terrain et du canal 4 en particulier ? Tu peux dégoiser tant que tu veux, je vais serrer Xhemi en flag et je t'emmerde, Paul.

– Vous allez le serrer à trois ? Tout ce que tu vas gagner, c'est te faire plomber, espèce de connard. On va l'avoir Xhemi, je te le promets, mais à ma manière. En douceur et sans casse.

– T'aurais pu l'avoir en même temps que Vidic et Lily serait encore en vie.

– Vidic n'a pas tué Lily, elle s'est suicidée.
– C'est quoi cette connerie ? gronda Mako.
Il constata que sa main qui tenait la radio portable commençait à trembler.
– C'est la vérité, elle a baisé avec un petit copain et puis elle s'est balancée par la fenêtre.

Les épaules de Mako s'affaissèrent. Il coupa la radio et resta accroupi dans la terre boueuse, hébété et incapable d'une pensée cohérente. Il finit par se lever et faisait demi-tour en direction de la voiture de service, quand son téléphone portable vibra dans sa poche. Il décrocha. C'était Bill, furieux et angoissé.

– Mais qu'est-ce que tu fous avec ta radio ? Planque-toi, y'a un gros 4 × 4 qui arrive.

Mako se jeta contre la paroi de la cabane de chantier, juste à temps pour ne pas être pris dans le faisceau de puissants phares.

Sofiane s'empressa de sortir de sa voiture à l'arrivée du 4 × 4 de Léo. Bilel, assis derrière le volant, jugea utile d'allumer les feux de croisement pour éviter d'être les seuls à être éclairés et éblouis. Hocine, un ancien dealer qui sortait tout juste de prison et qui avait besoin de maille pour se refaire une santé, était assis sur la banquette arrière. Sofiane, pour qui la disparition de Nabil avait été un coup rude, avait préféré assurer. Un renfort était le bienvenu. L'ancien taulard sortit à son tour. Le gros véhicule tout terrain s'arrêta devant eux, le chauffeur laissa tourner le moteur. Sofiane sentit monter la bile amère de l'angoisse, en songeant aux 450 000 euros en coupures qui attendaient sagement dans le coffre de sa propre voiture. Et si les Kosovars les fumaient tous les trois, ici, sur ce quai désert ? On ne retrouverait leurs corps que dans quelques heures, à l'ouverture du chantier. Machinalement, il effleura la carcasse en acier du Smith et Wesson 357 qu'il avait glissé dans la ceinture de son jeans, dans le creux de ses reins. Cela ne le rassura pas pour autant.

Les portières du 4 × 4 s'ouvrirent. Léo descendit du véhicule et s'avança en direction de Sofiane. Il était vêtu de sombre, pull à col roulé, blouson en cuir noir et chaussures montantes. Son visage était fermé. Il s'approcha de Sofiane pendant que deux types sortaient à leur tour du véhicule. Le jeune homme reconnut immédiatement les deux porte-flingues qui avaient accompagné Léo au restaurant turc. Ils n'avaient pas l'air commodes, d'autant plus que l'un des deux, le plus gros, scrutait les alentours armé d'une kalachnikov. L'autre considérait Sofiane et ses acolytes, un flingue pendant au bout de son bras, le long de son corps. Le Kabyle sentit Hocine se crisper à ses côtés.

– Qu'est-ce que c'est que ce bordel ? Dis à tes mecs de ranger leurs calibres !

Le Kosovar le considéra quelques instants.

– Dis-moi, gamin, ne t'avais-je pas demandé de refermer la grille derrière toi lorsque tu arriverais sur zone ?

– Si, bien sûr, et j'ai refermé le cadenas comme tu l'avais dit.

Les Kosovars se regardèrent les uns les autres. Léo fit un tour complet sur lui en scrutant l'obscurité.

– Qu'est-ce que t'as ? Qu'est-ce qui se passe ? demanda Sofiane que la situation rendait de plus en plus nerveux.

– Si tu dis vrai, on a un problème, un gros problème même. J'ai trouvé le cadenas ouvert. Quelqu'un est entré derrière toi… On n'est pas seul.

Mako, toujours planqué derrière sa cabane de chantier, avait un point de vue idéal sur la scène qui se déroulait à une cinquantaine de mètres. Il se raidit lorsque les Kosovars sortirent de leur 4 × 4 et exhibèrent des armes automatiques. Il reconnut immédiatement Xhemi. À ses côtés deux types, très baraqués, dont le plus gros tenait négligemment un fusil d'assaut de marque Kalachnikov. On pouvait distinguer, dans la lumière des feux des véhicules, un pistolet automatique à la main du second. Le passager avant de l'autre bagnole s'avança dans leur direction, l'air pas trop rassuré. Mako l'identifia pour être probablement le frère de Karim, un petit voyou jusqu'ici sans envergure dont il peinait à se rappeler le prénom. « Sofiane, il s'appelle Sofiane », se remémora-t-il. « Le Kabyle est donc bien mêlé à cette affaire de came », se réjouit Mako. Le jeune type s'entretint avec Xhemi. Ils étaient trop loin pour qu'il puisse entendre ce qu'ils disaient, mais la conversation semblait animée. Mako devina tout de suite que quelque chose clochait. Il y avait un problème. Xhemi donna un ordre à ses sbires. Celui qui avait la kalachnikov s'avança soudainement dans sa direction. L'autre, le type au pistolet automatique, partit dans la direction opposée. Mako considéra sa situation en tentant de garder la tête froide. Il faisait sombre, mais pas assez pour que le type ne le voie pas. S'il tentait de s'enfuir en direction de la BAC 47, il devrait obligatoirement passer dans le halo lumineux des feux de la voiture du frère de Karim. Il ferait alors une superbe cible que ne pourrait manquer le type à la kalach. Il jeta un coup d'œil désespéré au bâtiment derrière lui. Les ouvriers en avaient barricadé sommairement les accès afin, probablement, de se prémunir contre les vols de chantier. Le temps de faire sauter les panneaux de bois, il serait criblé de balles. Le type avançait prudemment, mais inexorablement, l'air décidé. Mako prit une inspiration, il ôta rapidement le coupe-vent *Protecguard*, enfila son brassard *Police* à son bras droit. Le type n'était plus qu'à une quinzaine de mètres. Mako dégaina son SIG et vérifia du doigt le témoin de chargement d'une cartouche dans la chambre. Il prit sa lampe torche dans la main gauche. Il prit deux ou trois grandes bouffées d'air pollué, en se disant que ce seraient probablement les dernières.

– TK, de Vautour, ça bouge en dessous. On dirait que nos targets recherchent le type de chez nous…

Paul blêmit.

– Vautour, de TK, pouvez-vous couvrir le collègue d'où vous êtes ?

– Négatif, TK, on est trop loin. Ce devait être une mission d'observation et de renseignement, on n'a pas embarqué d'arme longue.

Paul jura. Les deux collègues des stups attendaient sa décision, suspendus à ses lèvres. Le chauffeur avait déjà la main sur la clé de contact. Paul lui demanda :

– Combien de temps pour être sur place ?

– Trois ou quatre minutes maxi.

Paul se prit la tête dans les mains. Mako avait foutu un bordel dont il n'avait même pas conscience. « Si les Kosovars ne le butent pas, c'est moi qui le ferai. » Il s'empara du micro de la radio embarquée.

– À tous les véhicules sur le dispositif, on interpelle, je répète : on interpelle. Rendez-vous sur le lieu de l'échange. Prenez toutes les mesures de sécurité nécessaires, individus armés et dangereux. N'oubliez pas qu'il y a un collègue en difficulté sur place…

Il raccrocha le micro et sortit son arme de service. Il tapa sur l'épaule du chauffeur.

– Fonce, petit.

La voiture démarra sur les chapeaux de roues. Paul sortit le gyrophare magnétique par la vitre et le posa sur le toit.

– J'espère que tout le monde a bien son gilet, soupira-t-il.

La radio se fit à nouveau entendre.

– De Vautour à tous les équipages qui se rendent sur l'interpel : échange de coups de feu. Je répète : échange de coups de feu.

Mako prit plusieurs longues et puissantes inspirations. Il se leva brusquement et sortit de la zone d'ombre, derrière les préfabriqués. En deux rapides enjambées, il s'avança à la rencontre du type à la kalachnikov. Il braqua sur le Kosovar le faisceau de sa lampe torche qu'il avait pris soin de tenir au bout de son bras tendu, le plus éloignée possible du corps, en prenant garde de ne pas être visible dans le halo résiduel de lumière. Bien lui en prit. Il eut tout juste le temps de gueuler :

– Police, que personne ne bouge !

Une courte rafale partit dans sa direction et il sentit le déplacement d'air des balles de gros calibre, le long de son bras tendu. Mako plongea en arrière et se mit à l'abri derrière la cabane de chantier. Il éteignit la lampe et riposta au jugé par trois coups de feu. Un cri de douleur lui répondit. Il put juste distinguer le Kosovar courant se réfugier derrière le gros 4 × 4. Le sang tapait aux tempes de Mako. Plusieurs coups de feu claquèrent dans la nuit, il put sentir les impacts contre la paroi de la cabane. Les types l'arrosaient à l'arme automatique. La mince cloison explosait juste au-dessus de lui, transpercée de part en part par les balles de 7,62. Il s'allongea plus encore et se serait enterré dans la terre spongieuse s'il l'avait pu. Il tira deux coups de feu au jugé, mais en face tout le monde s'était réfugié derrière les véhicules et tiraillait rageusement sur le préfabriqué qui partait en morceaux. Mako avait l'esprit complètement vide, incapable d'une pensée cohérente. Il attendait la balle qui finirait par le toucher, tout juste capable de se demander si cela ferait aussi mal qu'on le disait. Il se retourna sur le dos et contempla le ciel noir orangé. C'est à ce moment qu'il entendit le bruit. Celui d'un moteur puissant, haut dans les tours. Il rebascula sur le ventre et vit la BAC 47, gyrophare et deux-tons en action, débouler à grande vitesse sur le quai, accélérer dans une gerbe de boue, terre et cailloux mêlés, pour s'arrêter en dérapage à quelques mètres du 4 × 4. Bill et Vincent sortirent de la voiture et, à l'abri des portières ouvertes, ouvrirent le feu sur les Kosovars. Il pouvait voir Vincent arroser le 4 × 4 au fusil à pompe. Il vit le pare-brise du gros véhicule exploser. Bill tirait comme un damné avec son SIG. Mako se leva et marcha comme un somnambule en direction de la BAC 47. Doucement, il leva son SIG au niveau de ses yeux dans un geste mécanique. Il prit sa visée et avança implacablement vers les véhicules. Les Kosovars ne s'en laissaient pas compter et après un moment de flottement, ils ripostèrent férocement en criblant de balles le véhicule de police. Alors qu'il n'était plus qu'à une dizaine de mètres, il vit Vincent se redresser comme s'il avait reçu un uppercut, lâcher son fusil à pompe et s'effondrer.

– Non !

Mako réalisa qu'il venait de hurler. Il devina, en limite de son champ de vision, sur la gauche, un mouvement au niveau du véhicule du frère de Karim. Un type bondit de l'arrière de la voiture, un pistolet semi-automatique braqué dans sa direction. Dans un acte de pur réflexe, Mako pressa la détente. Le type s'effondra, une balle dans la tête. Son corps s'agita au sol, pris de convulsions. Mako l'enjamba et fit le tour de la BAC 47. Bill s'était réfugié à l'arrière au niveau de la malle, il rechargeait son arme de service, les mains tremblantes.

– Baisse-toi, bordel de merde, ils vont t'avoir !

Une immense cacophonie de sirènes s'éleva dans les airs annonçant l'arrivée imminente de la cavalerie. Mako entendit les Kosovars communiquer entre eux dans leur langue. Il s'avança vers l'avant de la voiture de police, criblée de balles, le moteur fumant. Vincent était allongé dans la terre, baignant dans un liquide visqueux. Mako ne ressentait plus rien, comme anesthésié. Une vingtaine de mètres plus loin, il vit Xhemi s'avancer vers la voiture du frère de Karim, un pistolet à la main. Il ouvrit la portière du véhicule et sortit le jeune par le col. Sofiane se cramponnait désespérément à un gros sac à dos. Léo le traîna en direction du 4 × 4. « Il veut un otage », songea Mako froidement. Le chauffeur de Sofiane sortit en gueulant de la voiture de sport et tenta de s'interposer, un revolver à la main. Il n'eut pas le temps de s'en servir. Léo lui tira une balle en pleine tête. Le type s'effondra comme un pantin désarticulé. Les deux autres Kosovars cherchaient à grimper dans le 4 × 4. Le costaud, porteur de la kalachnikov, éprouvait une vive difficulté, car sa jambe droite, ensanglantée, ne le portait plus. « Tiens, je pensais l'avoir touché plus haut, tout à l'heure », songea Mako, étonné. Au moment où le type allait disparaître dans l'habitacle, Mako lui tira trois balles dans le dos qui, toutes, firent mouche. Le Kosovar tomba à l'intérieur du véhicule sans un cri. Il parvint à rabattre la portière. De l'autre côté du 4 × 4, Léo obligeait Sofiane à grimper sur la banquette arrière. Ils disparurent tous deux dans l'habitacle. Une fraction de seconde et malgré la distance, Mako avait pu discerner le désarroi du jeune homme, sur la tête duquel Xhemi braquait un méchant pistolet à la large carcasse noire. Le troisième Kosovar était au volant et démarra, aussitôt, en marche arrière, dans un hurlement du puissant V8. Il fit un violent demi-tour en bloquant les freins et partit dans le terrain vague à grande vitesse. Le véhicule 4 × 4 était secoué dans tous les sens, mais parvint à ne pas s'encastrer dans un des nombreux obstacles. Il ne s'embourba pas non plus. « Le chauffeur connaît son affaire », jaugea Mako. Le gros véhicule percuta et coucha sans difficulté la clôture métallique, puis disparut dans la nuit. Mako secoua la tête et se retourna. Vincent était toujours conscient. Bill se tenait auprès de lui en lui tenant la main. Il demandait par radio portative une assistance médicalisée urgente pour un policier blessé par balle. De grosses larmes lui coulaient sur les joues. Le son des sirènes de police était de plus en plus fort. Bill se pencha vers le blessé et lui caressa le front.

– Tout va bien, petit. Les secours sont là. Ils vont

t'emmener à l'hosto, dit le chauffeur, ils vont te rafistoler en un rien de temps !

Mako considéra le liquide dans lequel Vincent baignait. C'était gluant et de couleur jaune fluo. Du liquide de refroidissement…

– C'était mon premier flingage, hein, Mako ? fit le jeune policier.

– Ouais, tu t'en es sorti comme un vrai pro, gamin.

Mako fit coulisser précautionneusement la fermeture Éclair du blouson de Vincent. Le cœur de Mako se serra. La balle avait transpercé le gilet pare-balles du jeune homme au niveau du poumon droit.

– Putain, ça fait un mal de chien, articula le policier, les traits crispés.

« Cela ne saigne pas, il fait une hémorragie interne », se dit Mako. Il rencontra le regard hagard de Bill. Celui-ci braqua sur lui des yeux implacables, pleins de haine. Une nuée de véhicules de police déboucha en trombe sur le quai dans un vacarme de deux-tons. Mako se redressa et regarda dans la direction où s'étaient enfuis les Kosovars. Ils étaient hors d'atteinte.

Le SAMU évacua Vincent après l'avoir médicalisé et avoir stabilisé son état. Mako voulut monter dans le véhicule de réanimation, mais les urgentistes repoussèrent fermement sa demande. Le jeune homme faisait effectivement une hémorragie interne, il fit un arrêt cardio-respiratoire de trois minutes, mais le médecin parvint à le ranimer. Arrivé à l'hôpital dans un état critique, il fut transporté au bloc opératoire pour une intervention que le chirurgien qualifia lui-même de désespérée. On emmena Mako dans les locaux du commissariat d'Ivry-sur-Seine, où l'attendaient des officiers de l'Inspection générale des services.

Les aboiements de Max réveillèrent Karim. Il consulta le réveil à affichage numérique. Il était 6 heures 27. Inquiet, il se demanda pour quelle raison Paul ne l'avait toujours pas appelé. Bah ! Sans doute était-il très occupé. Les jappements du rottweiler redoublèrent d'intensité. Quelque chose clochait. Karim se leva doucement en prenant garde de ne pas réveiller Sonia qui ronflait doucement. Il sourit, sa femme avait le sommeil profond. Rien ni personne ne pouvait la réveiller lorsqu'elle sombrait dans le pays des rêves. Une vraie Belle au bois dormant à cette exception près que, depuis le début de sa grossesse, elle s'était mise à ronfler même si elle le niait farouchement. Il effleura tendrement la chevelure blonde qui émergeait de la couette et sortit de la chambre en rabattant doucement la porte. Il passa par le petit bureau et ouvrit le petit coffre encastré dans le mur. Il prit son 38 Spécial et vérifia la présence des six cartouches dans le barillet. Il descendit les escaliers aux aguets. Il se rassura en se disant qu'une intrusion était impossible, il avait fait installer un système d'alarme performant. Tous les accès à la maison étaient protégés. Il s'avança dans le salon jusqu'aux grandes baies vitrées. Il se mit contre le montant des portes-fenêtres et écarta prudemment les rideaux. Dans la lumière rasante de ce début de matinée, il distingua le rottweiler au fond du jardin. Il se tenait près du muret surmonté d'une clôture en fer forgé. Il aboyait furieusement en direction d'un objet qu'on avait fixé en haut de la grille sur une des piques.

La vue de Karim se brouilla. « Pas ça ! » Il se rua sur la porte d'entrée qu'il déverrouilla fébrilement. Il se précipita dans le jardin, courant pieds nus dans la rosée matinale. Il arriva au pied de la grille et tomba à genoux. Max se retourna et considéra son maître, en inclinant sa grosse tête. Karim était pétrifié, la bouche grande ouverte, figée dans un hurlement muet. Tout en haut de la grille, la tête déformée de Sofiane avait été plantée sur la pointe de fer forgé. Elle regardait dans le vide, un rictus hideux et idiot aux lèvres.

Dans la jolie chambre à coucher, les premiers rayons du soleil dessinaient des traits de lumière dans lesquels dansaient joyeusement de fines particules de poussière. Dans le grand lit, sous la couette moelleuse, Sonia gémit et se redressa brusquement, les yeux écarquillés. Un cri de désespoir absolu l'avait sortie brutalement de son sommeil.

XXI

Les policiers de l'Inspection générale des services transférèrent Mako dans leurs locaux dans le XIIe arrondissement de Paris. Ils l'auditionnèrent pendant près de trois heures. Ils le cuisinèrent sur la raison de sa présence quai d'Ivry. Il prétendit s'être rendu sur place suite à une information selon laquelle un vol de chantier se préparait pour la nuit en question. Ce fut plus compliqué de justifier la raison pour laquelle il était en possession d'un coupe-vent de la société de gardiennage et d'un trousseau de clés qui donnait accès au site. Il partit dans une explication embrouillée selon laquelle il se serait fait prêter le blouson et le trousseau par un vigile dans la perspective de sécuriser le chantier. Au regard sceptique que lui lancèrent les deux policiers de l'IGS, il sut qu'il ne les avait pas convaincus. Mais il s'en moquait. Sa priorité était de sortir. Ils lui posèrent une multitude de questions sur les circonstances dans lesquelles il avait abattu le Maghrébin au revolver. Ce dernier était mort avant l'arrivée des secours. Il se nommait Hocine Boudiara et sortait tout juste de prison. Cela fit bizarre à Mako de connaître son nom. Il déclara aux enquêteurs avoir touché plusieurs fois l'un des Kosovars, mais se garda bien d'avouer qu'il lui avait tiré à trois reprises dans le dos. Les officiers de l'IGS saisirent son SIG de service pour faire des tests de comparaison. Ils le laissèrent libre à l'issue de l'interrogatoire. Il en fut le premier étonné, s'attendant depuis le début de l'audition à être placé en garde à vue. Lorsqu'il demanda quelles seraient les suites, ils lui répondirent froidement qu'il ne tarderait pas à le savoir. Dès qu'il fut sorti du commissariat, Mako appela le service pour demander dans quel hôpital Vincent avait été hospitalisé. Le type qu'il eut au bout du fil lui répondit que le gardien de la paix Sainte-Rose avait été admis dans un état critique au centre hospitalier universitaire. Il ajouta que le commissaire souhaitait le voir dans les plus brefs délais. Mako lui dit d'aller se faire foutre et raccrocha. Il marcha en direction de la bouche de métro la plus proche, sous un ciel chargé de nuages lourds, gonflés de sombres présages. Il prit le RER et regarda défiler les stations dans un état proche de la catalepsie.

La salle d'attente des urgences était bondée de flics aux faces lugubres, parlant à voix basse entre eux, comme pour une veillée funèbre. Pas un ne lui adressa la parole, tous lui tournèrent ostensiblement le dos. Mako se retint de faire demi-tour, il n'était pas là pour eux. Il s'approcha de Bill qui était assis sur un banc de couleur orange, manifestement inconfortable. Il était prostré, la tête entre les mains. Mako posa une main sur l'épaule de son chauffeur. Celui-ci leva des yeux fatigués vers lui.

– Enlève ta main.

Mako s'exécuta et s'assit à côté de Bill malgré l'hostilité manifeste.

– Comment va Vincent ?

Bill le dévisagea.

– Qu'est-ce que t'en as à foutre ? répondit-il, acerbe.

Mako baissa les yeux et considéra avec attention les lacets de ses chaussures.

– Écoute, Bill, je suis sincèrement désolé pour ce qui s'est…

– T'es désolé ? Va dire ça à Vincent, que les chirurgiens sont en train d'ouvrir. Le pronostic vital est engagé. C'est ce que disent les journalistes à la radio, comme à chaque fois que l'un des nôtres finit par y rester.

– Je ne voulais pas cela.

– Mais t'as tout fait pour qu'on en arrive là. Et moi qui commençais à m'habituer au gamin…

Il se leva en soupirant.

– Il faut que je prenne l'air, je vais m'en griller une.

Mako le regarda sortir et songea que sa cote de popularité n'avait jamais été aussi basse. Il se leva à son tour et marcha dans les couloirs, sans but. Lorsqu'il passa devant la petite chapelle de l'hôpital, il aperçut une vieille connaissance à l'intérieur. Paul était assis devant un petit autel dédié à la Vierge et considérait gravement la statue d'albâtre de la mère du Christ. Mako hésita longuement, puis se décida à entrer. Il s'assit juste à côté du commandant de police. Il régnait dans l'étroite petite pièce comme un parfum de sérénité. Mako trouva cela étrange pour un endroit dont les murs avaient connu tant de misère et de souffrance. Paul ferma ses yeux qu'il frotta d'une main lasse.

– T'es croyant ? demanda Mako.

– Non, enfin je ne crois pas. Je prie quand même… pour le gosse. Ça ne peut pas faire de mal après tout.

Mako hocha la tête et garda le silence. Il ferma les

yeux et chercha dans ses souvenirs une des prières en polonais que lui avait apprises sa mère. Rien ne vint. Il décida d'inventer les paroles. Ce ne fut pas très concluant, mais il y mit du cœur. Lorsqu'il rouvrit les yeux, Paul le dévisageait.

– Toi, tu es croyant.

– Je n'ai pas le choix, je suis d'origine polonaise.

Paul sourit. Puis une ombre passa sur son visage.

– T'as déconné grave cette nuit.

– Complètement. Je sais que c'est ma faute ce qui est arrivé au gosse. Je me sens tout bizarre, mais je n'arrive même pas…

Il hésita, se demandant s'il était opportun de confesser ses pensées intimes. Mako regarda la décoration simple et discrète de la chapelle, la statue blafarde de la Vierge, les cierges se consumant, la croix sobre et le visage attentif, mais fatigué, de Paul. Il estima que jamais un endroit n'avait été plus approprié.

– Je n'arrive même pas à ressentir de la peine pour Vincent, poursuivit-il. En fait, je ne ressens plus rien, si ce n'est de la colère. Elle est là, tapie au fond de moi depuis des années. Elle ne me quitte jamais, elle attend son heure. J'essaie de la dompter, mais parfois elle m'échappe et prend le dessus… de plus en plus souvent.

– Il y a trop longtemps que tu es dans la rue. Tu aurais dû demander un poste dans un bureau, un truc pépère.

– Je sais cela, mais je n'ai jamais réussi à décrocher. Ce boulot, ça te ronge. Ça grignote ta vie, tes amis… ton couple. Si tu ne fais pas gaffe, tu finis tout seul avec pour seule compagnie tes souvenirs à la con qui n'intéressent personne.

— Je vois ce que tu veux dire, dit Paul avec un sourire aux lèvres.
— Je sais.
Paul se leva en poussant un soupir las, il allait sortir quand il se ravisa et se retourna en direction de Mako.
— Au fait, les Kosovars se sont débarrassés de Sofiane. Comme ils sont facétieux, ils ont envoyé la tête du petit con à Karim, en souvenir. On n'a pas encore retrouvé le reste du corps. J'aime autant te dire que je n'ai jamais vu le Kabyle dans un état pareil. Il pourrait bien te demander des comptes dans un avenir proche. Fais gaffe à ton cul.
Mako ne répondit pas. Paul sortit de la pièce.

Il rentra chez lui après être passé par le service pour récupérer sa moto. Il ne passa pas par la case « commissaire de police ». Ce dernier allait certainement lui signifier sa suspension et Mako en avait plein les bottes. Il avait son compte d'engueulades. Il voulait juste se prendre une douche et se coucher pour oublier, ne serait-ce que quelques heures, le merdier dans lequel il s'était fourré. Oublier aussi Vincent qui gisait sur une table d'opération, luttant pour sa survie. Arrivé dans le parking souterrain, il gara le VMax dans son box. Au moment où il rabattait le panneau coulissant sur la moto qui cliquetait en se refroidissant, il réalisa qu'il avait oublié de faire une chose primordiale. Alors qu'il marchait en direction de l'ascenseur, il composa un numéro sur son téléphone portable. Une voix féminine lui répondit.
— Allô ?
— Irina, c'est moi, Mako.

– Mako ? Je t'entends très mal. T'es où ?
– Dans un parking souterrain.
– Comment cela s'est-il passé ? demanda-t-elle avec de l'inquiétude dans la voix.
– Plutôt mal, il a réussi à prendre la fuite. Un de mes gars est sur le carreau, dans un sale état.
– Et toi, comment vas-tu ?
– Bien, si on peut dire. Pas une égratignure.
– Tant mieux. Je suis désolée pour ton ami, j'espère qu'il s'en sortira.

Mako nota avec satisfaction qu'elle avait semblé rassurée lorsqu'il lui avait dit ne pas avoir été blessé. Il s'en voulut immédiatement de son égoïsme. Il appuya sur le bouton de l'ascenseur.

– Irina, il faut que tu quittes l'appartement avec Luan. Xhemi est aux abois, qui sait ce qu'il pourrait vous faire à tous les deux ? Mettez-vous à l'abri en attendant que je règle le problème.
– Je vais emmener Luan chez sa nourrice, il y sera en sécurité.
– Tu as l'info concernant la planque de Léo ?
– Oui, j'ai trouvé hier soir. C'est à la campagne, dans un petit bled qui s'appelle…
– Pas au téléphone ! Je te rappelle en début d'après-midi pour te donner un rendez-vous.

Il raccrocha. Les doubles portes de l'ascenseur s'ouvrirent dans un grincement métallique sinistre. Il entra à l'intérieur et appuya sur le bouton de son étage. La cabine sentait la cigarette et l'urine. Il regardait sans les voir les dessins obscènes et les messages d'amour, pleins de fautes d'orthographe, que l'on avait gravés dans le métal des parois. Les portes coulissantes s'ouvrirent et il s'avança dans le couloir. Il portait la main à sa poche pour prendre les clés qui s'y trouvaient lorsqu'il se figea. La porte de son appartement était entrebâillée. Il sentit un ruisseau de sueur froide lui dévaler l'épine dorsale. Il voulut sortir son arme, mais son étui était vide. Il avait laissé son calibre aux types de l'IGS. Il s'approcha à pas de loup. Lorsqu'il fut près de la porte, il put constater qu'elle avait été enfoncée à coups de pied, sans précautions. Les Kosovars, cela ne pouvait être que les Kosovars. Ils voulaient se venger. Les voisins n'avaient pas donné l'alerte, mais cela n'avait rien d'étonnant. Dans ce quartier, personne ne s'intéressait à ce qui se passait dans son voisinage, c'était le secret de la tranquillité. Vous pouviez tabasser à mort votre épouse parce que le degré de cuisson des nouilles ne vous convenait pas, que tout le monde s'en foutait. Tout au plus, vos voisins montaient le son de leur émission de télé-réalité pour masquer les hurlements et les appels au secours. Il poussa doucement la porte du pied et se glissa dans l'appartement. Dans l'entrée, il s'empara de la batte de base-ball qu'il avait laissée dans un porte-parapluie. Il fit prudemment le tour. L'appartement était vide. Personne. À part l'effraction de la porte d'entrée, il n'y avait aucune autre dégradation. Mako posa la batte et réfléchit à toute vitesse. Aujourd'hui était le jour de repos de Nathalie. Elle avait dû se trouver dans l'appartement. Sans compter sur le fait que ces derniers temps, elle ne travaillait presque plus. Oui, c'était certain, Nathalie était bien présente lorsqu'ils avaient enfoncé la porte. Mako sentit monter une angoisse terrible en lui. Il saisit fébrilement son portable et composa le numéro de Nathalie. Il tomba immédiatement sur la messagerie. Il laissa un message dans lequel il lui demandait de le recontacter dès que possible. Il raccrocha. Ses mains commencèrent à s'agiter, prises de mouvements désordonnés, incontrôlables. Ils avaient dû passer juste après son départ pour le boulot. Mais comment étaient-ils en possession de son adresse ? Irina, elle avait probablement fouillé dans ses papiers lorsqu'il dormait chez elle, repu de sexe. La plus sympa des putes, ça reste une sale pute. La sentence de l'ancien résonna aux oreilles de Mako. Il composa à nouveau le numéro de Nathalie. Boîte vocale, la voix de Nathalie le pria pour la seconde fois de laisser un message après le bip sonore. Il raccrocha, désespéré. Le tremblement gagnait tout son corps. Ses jambes refusaient de le porter, il dut s'asseoir dans le couloir, blême et recouvert d'une fine pellicule de sueur. D'une main tremblante, il composa un autre numéro sur le clavier de son téléphone cellulaire. À la troisième sonnerie, on décrocha au bout de la ligne.

– C'est Mako, ils ont pris Nathalie et le bébé. Viens vite.

Une heure plus tard, quelqu'un poussa la porte au bout du couloir. Mako tourna la tête pour voir Papa s'approcher, le regard grave. Le gros s'accroupit à côté de lui et posa la main sur l'épaule agitée de tremblements de Mako.

– Ils les ont pris, Nathalie et le petit. Elle ne répond plus sur son téléphone.

Papa retira sa main et dévisagea son ami avec incompréhension.

– Ça s'est mal passé cette nuit et maintenant ils veulent se venger. Papa, y'a Vincent qui est…

– Je suis au courant, fils, l'interrompit le retraité,

j'ai entendu les infos à la radio ce matin et j'ai appelé le service. Ils m'ont raconté pour Vincent.

– Il faut que tu m'aides à retrouver Nathalie et…

– Mais bordel, Mako, qu'est-ce que tu racontes ! Nathalie est morte, il y a déjà quatre ans.

Cela fit l'effet d'un coup de massue à son ancien coéquipier. Mako le dévisagea, les yeux hagards.

– Mais non, tu te trompes. J'étais encore avec elle hier, elle voulait me quitter après la naissance du bébé, mais elle était en vie.

Papa s'assit à côté de son ami contre la paroi du couloir et déclara d'une voix lasse :

– Mako, Nathalie s'est suicidée avec ton arme de service, il y a de cela quatre ans. Elle était sur le point d'accoucher. Tu as très mal réagi, les médecins voulaient t'envoyer dans une maison de repos, mais tu as refusé. Tu as repris le travail trois jours plus tard. Comme tu as toujours été un peu secret et que tu ne te mêlais pas aux autres, hors service, j'entends, presque personne n'a été au courant à part le taulier et Paul Vasseur, qui avait été chargé de l'enquête.

De grosses larmes dévalaient les joues de Mako.

– Mais pourquoi elle aurait fait cela ?

– Que veux-tu que je te dise ? Je ne sais pas moi, elle en aura eu marre de tes incartades et du peu d'intérêt que tu lui portais, j'imagine. Elle avait du mal à assumer l'enfant à venir, avec toi qui ne la soutenais pas. Alors, elle a décidé d'en finir et elle s'est tiré une balle dans le ventre. C'est toi qui l'as trouvée. Elle était dans le salon là-bas, fit-il en faisant un geste vague en direction de la pièce. Elle est morte pendant le transport à l'hôpital, tu étais avec elle, dans le véhicule d'urgence.

— Ce n'est pas possible, j'étais encore avec elle hier, elle était sur le point d'accoucher…

— Tu vis avec un fantôme, Mako, ce n'était pas Nathalie. Elle est morte. C'est juste… je ne sais pas moi… une manifestation de ta culpabilité !

— Elle a encore sa ligne de téléphone portable, dit-il en sortant son portable, tu veux écouter ? On entend sa voix…

— Tu n'as sans doute jamais résilié sa ligne. J'imagine que les factures sont payées par prélèvements automatiques.

Mako secouait la tête, refusant désespérément d'accepter ce que disait son ami.

— Mais on s'est mariés, regarde, j'ai même l'alliance !

Papa soupira.

— Cette alliance appartenait à ton père, tu l'as récupérée à sa mort il y a dix ans. Tu ne l'as jamais quittée.

Mako ôta fébrilement l'anneau et lut l'inscription gravée à l'intérieur. Ludmilla 20/05/59. Le prénom de sa mère, décédée de chagrin quelques mois après que la silicose eut emporté son père. Il lâcha la bague qui tomba sur la moquette du couloir. Il se prit le front entre les mains, des flashs d'images terribles explosaient dans sa tête comme si, trop longtemps contenues, ces visions refaisaient surface avec d'autant plus de violence. Du sang, beaucoup de sang dans le salon. Le corps de Nathalie en position fœtale baignant dans le liquide épais et carmin. Des traces de main sanglantes sur les meubles, les murs, le téléphone. Elle avait dû vouloir appeler les secours, mais trop tard. Elle s'était effondrée avant d'arriver à passer l'appel et s'était recroquevillée, le téléphone renversé de sa tablette juste à côté d'elle. La tonalité résonnait lugubrement dans la pièce. Le bébé avait été la première victime de la balle de 9 mm. Non ! Non, pas ça, ce n'est pas vrai, mon Dieu, je vous en supplie.

Un gémissement animal, primaire, sortit de ses lèvres. Mako se balançait d'avant en arrière, les yeux vides. Enfouis au plus profond de sa mémoire, enterrés dans le tréfonds de son âme blessée, les souvenirs remontaient à la surface de sa conscience, comme des bulles de gaz crevant la surface d'un marécage. La détresse et la culpabilité déferlèrent dans son esprit, balayant tout, menaçant de le submerger sous une houle de désespoir. Sa vie n'était qu'une illusion, un mensonge. Un mensonge, mais pour survivre, pour ne pas sombrer dans l'abîme. Il perdait pied maintenant qu'il ne pouvait plus fuir. Il s'enfonçait lentement dans les sables mouvants de son esprit torturé. Il était soulagé et il était affligé de l'être. Il rit puis fondit en larmes. Il hurla de chagrin puis murmura sa joie d'être libéré.

Papa le prit dans ses bras et serra fort, de grosses larmes plein les yeux. Il berça Mako comme il l'aurait fait pour un fils perdu.

– Calme-toi, petit, ça va aller maintenant. Je te promets que ça va aller.

Mako cherchait désespérément une prise à laquelle s'accrocher. Dans le chaos de ses pensées s'entrechoquant, il réalisa qu'il n'avait pas d'alternative, il ne pouvait qu'aller de l'avant. Il se calma, ses sanglots s'espacèrent. Le désespoir résista un peu puis reflua doucement jusqu'à l'orée de la conscience de Mako, attentif, attendant son heure.

Le temps passa, au rythme de métronome de la pendule du salon. Ils restèrent comme cela, prostrés dans le couloir, sans parler. Puis Mako frotta ses yeux, se releva et aida Papa à en faire autant. Le gros sortit un mouchoir de la poche de sa veste, dans lequel il souffla bruyamment. Mako, gêné, s'essuya le visage sur la manche de son blouson.

– Non, Papa, ça n'ira pas, tant que je n'aurai pas terminé ce que j'ai commencé.

Le retraité dévisagea son ami, il lut dans ses yeux encore mouillés une sombre et terrible détermination.

– Dis-moi, ton 45, tu l'as toujours ? demanda Mako.

XXII

Léo fumait une cigarette en se demandant où il avait foiré. Il marchait de long en large dans la cour intérieure de la vieille ferme. Un tracteur achevait de rouiller sous un auvent en tôles ondulées. Léo composa un numéro sur le clavier de son téléphone portable et attendit. À la troisième sonnerie, on décrocha.

– Lefèvre ? C'est moi, Vlad.

Vlad était le nom de code de Léo.

– Oui, Vlad, je croyais que nous t'avions demandé de te montrer discret.

À l'autre bout de la ligne, la voix du colonel Lefèvre était glaciale.

– Je n'y suis pour rien, c'est ce sale flic qui a foutu la merde.

– Quand je parlais d'être discret, cela impliquait de ne pas te lancer à nouveau dans tes petits trafics de mafieux minables.

– Si je comprends bien, tant que cela se passait à l'étranger, cela ne vous gênait pas. Vous avez bien profité de moi au Kosovo et vous avez continué ici, en France. Mais maintenant il faut me sortir de là.

– Je crains que cela ne soit pas possible.

– Comment cela, ce n'est pas possible ? Tu vas me

sortir de ce merdier, t'as compris, enfoiré ? Tu oublies un peu vite que j'en sais beaucoup sur toi et tes petits copains des services de renseignement militaire.

Lefèvre ne répondit pas.

– Oh ! espèce de fils de pute, t'es toujours là ? aboya Léo.

– Tu perds les pédales, Vlad. Pour un homme dans ta situation ce n'est jamais très bon.

– Je t'emmerde, t'as plutôt intérêt à m'envoyer une équipe pour m'exfiltrer, mes hommes et moi.

– Et tu veux aller où exactement ?

– J'en ai rien à foutre, loin d'ici. Pourquoi pas les States ? Et je veux du pognon, de quoi me la couler douce, autrement je balance tout, aux journaux, sur Internet et même aux flics. T'as bien compris ?

– Je vais voir ce que je peux faire, je reprends contact avec toi ce soir.

– T'as intérêt à ce que les nouvelles soient bonnes.

Mais au bout de la ligne, il n'y avait plus personne. Le colonel Lefèvre avait raccroché.

Ils se retrouvèrent dans un petit café à l'angle de la route nationale et de la rue où habitait Irina. Elle avait commandé un café qu'elle remuait doucement. Mako s'assit en face d'elle et contempla le visage abîmé de la jeune femme. Son œil avait pris une teinte qui virait du bleu marine au jaune. Son nez avait dégonflé et n'était manifestement pas cassé. Elle baissa les yeux, gênée.

– Ne me regarde pas, je suis défigurée.

Il sourit.

– Dans quelques jours, il n'y paraîtra plus, j'en sais quelque chose.

Il commanda un café au garçon qui s'était avancé vers eux.

– Luan était dans tous ses états. J'ai dû trouver une explication qui se tienne. Je lui ai dit que j'avais eu un accident, que j'avais été renversée sur un passage piéton par un chauffard qui avait pris la fuite. Il voulait tout savoir, la marque de la voiture, la couleur. Il m'a dit qu'il tuerait le chauffard s'il le rencontrait.

Elle eut un petit rire sans joie et ajouta :

– On ne devrait jamais mentir à ses enfants…

Mako hocha la tête.

– J'ai reçu de la visite hier, à mon appartement. Par chance, je n'étais pas présent. Ils ont dû passer juste après que je suis parti au boulot.

Irina avala une gorgée de café et le regarda dans les yeux.

– Ils ne m'ont pas laissé le choix. J'ai résisté tant qu'il n'a fait que cogner, j'ai l'habitude. Mais lorsqu'il a parlé de s'en prendre à Luan…

Mako regardait fixement sa tasse.

– De toute façon, cela n'a plus d'importance. D'une certaine manière tu m'as rendu service…

Ils gardèrent le silence un instant, une tension s'était installée entre eux.

– Tu as pu localiser la planque de Léo ? demanda-t-il d'une voix neutre.

– Oui. J'ai profité, hier soir, qu'il n'y avait personne dans les bureaux, pour farfouiller. J'ai trouvé un contrat de bail pour une ferme perdue dans la cambrousse. Je suis sûre qu'il s'agit de leur cache. Léo n'est pas du genre à apprécier les week-ends bucoliques à la campagne.

– Donne-moi l'adresse.

Elle le considéra gravement, ouvrit son petit sac à main, et prit quelque chose à l'intérieur. Elle fit glisser un bout de papier plié sur la table en direction de Mako. Il le prit et lut rapidement ce qui était écrit. Il glissa le papier dans la poche revolver de son blouson, satisfait.

– Pourquoi ne pas laisser faire tes collègues ? demanda-t-elle. Ils finiront par les avoir, ce n'est qu'une question de temps.

– Pourquoi cette sollicitude ? Il n'y a pas si longtemps, tu as déclaré avoir couché avec moi parce que j'étais un pauvre type et que tu faisais ce que tu voulais de moi.

– C'est vrai, et je t'ai utilisé. Les types comme toi sont empêtrés dans leurs principes. Ils méprisent les putes et s'en méfient. Mais en même temps, ils en ont envie. Et le jour où ils en baisent une, ils ont besoin de se sentir différents du commun des michetons. Ils s'imaginent qu'il s'est passé quelque chose de spécial avec la pute et qu'ils doivent la sauver du trottoir. Ça évite de se sentir minable. Si on les laisse faire, les types comme toi finissent par se sentir des droits, et c'est exactement ce qui se passait avant que j'y mette le holà. Je n'ai pas besoin d'être sauvée, Mako. Je suis une grande fille et je m'en sortirai toute seule. Tu m'as débarrassé de Vidic mais tu ne l'as pas fait que pour moi, tu l'as aussi fait pour cette fille morte…

– Lily, elle s'appelait Lily.

– Tu l'as fait pour moi, pour Lily et tu l'as fait pour toi. Maintenant tu veux t'occuper de Léo, mais c'est une voie sans issue. Tu n'obtiendras aucune rédemption et quand tu l'auras buté, comme Vidic, tu ne t'en sentiras pas mieux pour autant, juste un peu plus sale. Renonce, ce type, c'est déjà du passé. Cela n'en vaut pas la peine.

Mako réfléchissait, il sourit tristement.

– Je n'ai pas le choix, quand le vin est tiré... Mais tu n'as pas répondu à ma question, pourquoi cette sollicitude ?

– Tu l'as dit toi-même, je t'aime bien.

Le garçon apporta le second café. Ils attendirent qu'il s'esquive. Mako but une gorgée de son café.

– Que vas-tu devenir, quand tout cela sera terminé ? demanda-t-il, les yeux dans le vague.

– Je vais partir avec Luan, m'installer ailleurs, peut-être dans le Midi, peut-être à Bordeaux, je ne sais pas trop. Je voudrais reprendre mes études. Au Kosovo, j'allais rentrer à l'Université lorsque, pour mon malheur, j'ai rencontré Léo... Je voulais être professeur de littérature...

Elle eut un petit rire amer.

– ... Et je me suis retrouvée sur les trottoirs de Bologne, puis sur ceux de Paris. Quelle ironie !

Il se leva, sortit un billet de sa poche qu'il posa sur la table.

– Je t'appellerai demain pour te dire...

– Et si tu n'appelles pas ?

– Alors, il sera temps pour toi de prendre le train à destination de ta nouvelle vie.

Il sortit du café sans se retourner.

Mako enfourcha le VMax. En se penchant, il sentit dans le creux de ses reins le vieux colt semi-automatique calibre 45 qu'il avait glissé derrière son ceinturon. Papa avait refusé dans un premier temps de le lui donner. Il avait fallu que Mako insiste lourdement pour que l'ancien finisse par céder. Ils s'étaient rendus chez Papa. Le gros avait sorti le calibre d'une vieille boîte à chaussures planquée dans le grenier. Il était en parfait état de marche, huilé et enveloppé dans des chiffons. Papa en avait hérité d'un copain qui avait eu un passé un peu agité. Le braquage d'une douzaine d'établissements bancaires lui avait valu de passer quelques années à l'ombre. Lorsqu'il était ressorti, il avait décidé de tirer une croix sur ses années de voyou. Il s'était rangé, marié et était sur le point d'avoir une progéniture. Il avait décidé que c'était le moment pour lui de tirer un trait définitif et de se débarrasser de quelques souvenirs encombrants de son ancienne vie. Il avait offert le 45 à Papa, en l'assurant que le calibre n'avait jamais servi dans un braquo et n'avait jamais blessé personne. Les numéros de série avaient été limés. Papa avait accepté le cadeau de son pote. « C'est une bonne arme, tu verras, une arme d'homme, à l'ancienne », avait déclaré le gros en lui remettant le calibre avec les deux chargeurs. Mako l'avait glissé dans son dos sans répondre. Ils s'étaient embrassés et leurs au revoir avaient le goût d'adieux. Mako démarra le VMax, enfila son casque, enclencha une vitesse et s'insinua dans le flot de circulation.

Il ne remarqua pas la grosse berline allemande qui démarrait derrière lui.

D'épais nuages masquaient par intermittence un croissant de lune chétif, plongeant la morne campagne de la Brie dans une obscurité presque totale. Mako progressait à travers champs en direction de la ferme dont l'adresse figurait sur le bout de papier que lui avait donné Irina. La terre, gorgée d'eau, s'accrochait à son pas déterminé, tentant vainement de le retenir. Devant lui les bâtiments formaient un îlot en U au milieu des champs de céréales et de betteraves. Juste derrière la construction, un bois touffu dressait ses bataillons serrés d'arbres squelettiques que le printemps tardait à regarnir. Le policier avait abandonné sa moto dans un petit bosquet en bordure de la route départementale, un kilomètre en amont. Il avançait comme un somnambule, le colt 45 se balançait mollement au bout de son bras, au gré des labours. Lorsqu'il se trouva à une centaine de mètres de la ferme, il fit une pause. L'édifice était plongé dans les ténèbres. Aucune lumière ne trahissait de présence humaine. Ou presque. Il distingua brièvement une lueur dans l'obscurité au niveau du chemin carrossable reliant les bâtiments à la route. Le genre de lueur que produit la combustion d'une cigarette lorsqu'on aspire la fumée. Mako ouvrit grand les yeux et chercha à distinguer les contours de la silhouette du guetteur. Le fumeur aspira une autre bouffée, trahissant à nouveau sa position. Cette fois Mako prit garde de ne pas perdre de vue le type, dont il devinait maintenant la présence, adossé au mur d'enceinte. Il allait devoir s'occuper de celui-là en premier. Il ignorait de combien d'hommes Xhemi disposait et, à dire vrai, il s'en foutait. Tout ce qui comptait, c'était d'en finir, peu importait l'issue.

Il reprit son chemin tranquillement, l'esprit engourdi. Il élargit sa trajectoire pour contourner le guetteur. Il arriva le dos au contact du mur d'enceinte de la ferme. Il se colla contre les pierres de taille rugueuses et ferma les yeux quelques secondes. Lorsqu'il les rouvrit, son regard était empreint d'une détermination implacable. Il profita de la fugace apparition de la lune pour lever le pistolet au niveau de ses yeux. Il fit jouer la culasse sur quelques millimètres pour vérifier la présence d'une cartouche dans la chambre. Rassuré, il entreprit d'avancer tout doucement en direction du guetteur. D'où il était, il ne pouvait plus le voir, car ce dernier se tenait en retrait du mur. Il prit garde à ne faire craquer aucune brindille, chacun de ses pas se faisant au ralenti, son bras armé tendu en direction de l'entrée de la ferme. Il mit une bonne vingtaine de minutes pour couvrir la centaine de mètres qui le séparaient de la position présumée du guetteur. N'ayant plus de signe de sa présence Mako commençait à douter. Le type avait peut-être changé de position. Peut-être même avait-il repéré Mako et prévenu ses complices, lesquels étaient sur le point de le prendre à revers. Mako se retourna brusquement en braquant son arme en direction de la nuit, indifférente. Personne ! Pour autant qu'il puisse en juger…

Il fit les derniers pas en redoublant encore de précautions. Devant lui un petit craquement retentit, suivi d'une lueur jaune-orange frémissante. Le type était toujours là et il venait de s'allumer une nouvelle cigarette. Mako réfléchit, le moindre bruit risquait de le trahir dorénavant. C'est à ce moment que quelques gouttes d'eau commencèrent à marteler le sol avec un bruit mou et gras. Puis, rapidement, ce fut le déluge. Une pluie torrentielle s'abattit sur Mako. Il entendit jurer devant lui. Le guetteur s'avança sur le chemin, il était de profil par rapport au policier et portait en bandoulière un fusil d'assaut AKM. Par chance, il avait relevé la capuche de sa veste, ce qui diminuait considérablement son champ de vision latéral. Mako estima la distance : six mètres à tout casser. Le type jeta sa cigarette mouillée au sol en jurant à nouveau et enfouit ses mains dans les poches de sa veste. C'était le moment. Mako glissa le 45 dans son ceinturon. Il prit une inspiration et fondit sur le type en quelques puissantes enjambées. Au dernier moment, le type devina que quelque chose clochait, il tourna la tête en direction de Mako, mais c'était trop tard. De la main gauche, Mako tira violemment sur le canon de la kalachnikov vers le bas et de l'autre il asséna un puissant coup de poing à la face ahurie du guetteur. Le type s'effondra en grognant, libérant ainsi le fusil d'assaut qui resta dans les mains de son agresseur. Au sol, le Kosovar ouvrit grand la bouche pour hurler. Mako comprit qu'il avait commis une erreur et que le Kosovar allait donner l'alerte. En un éclair, il frappa avec le fusil l'homme au sol. La crosse du fusil écrasa la face du type, broyant les os, faisant jaillir le sang, étouffant le cri. Mako frappa à nouveau, encore et encore, réduisant en une bouillie sanglante le visage du Kosovar. C'est à peine si la sentinelle, agitée de violentes convulsions, put exhaler un râle désespéré, couvert par le bruit de la pluie. Au bout de quelques secondes, qui parurent une éternité à Mako, le corps de l'homme cessa de s'agiter et reposa, inerte, sur le chemin carrossable. Mako jeta la kalachnikov poisseuse de sang dans le champ. Il jeta un œil en direction de la cour centrale de la ferme. Personne. Il traîna le corps quelques mètres à l'écart afin qu'il soit hors de vue des bâtiments. Il s'adossa contre le mur d'enceinte, haletant et couvert d'une sueur acide qui se mélangeait à la pluie ruisselante. Il devait se reprendre, continuer. Le temps jouait contre lui.

Il se pencha et jeta un œil prudent par-delà le mur d'enceinte, à l'intérieur de la cour. Elle formait une vaste esplanade cernée par des bâtiments qui tombaient en ruine. Il distingua le gros 4 × 4 noir, stationné devant une portion de l'édifice qui semblait en meilleur état. Tout était calme. Mako prit le pistolet en main et se glissa dans la cour en longeant le mur. Il se dirigea vers le véhicule. Celui-ci était vide. L'eau inondait l'habitacle, pénétrant à l'intérieur par le pare-brise manquant. La main demeurée libre de Mako effleura le capot moteur du 4 × 4. Froid. Il étudia attentivement les alentours. La ferme s'organisait autour de trois ailes. Les deux premières regroupaient l'étable, un hangar à machines agricoles et un appentis, dans lequel on avait abandonné un vieux tracteur, et une remise. L'ensemble donnait l'impression de n'avoir plus été utilisé depuis des lustres. La troisième aile était manifestement destinée à servir d'habitation. C'était celle devant laquelle le gros véhicule était garé. L'ensemble semblait en meilleur état. La façade comprenait une grosse porte en chêne et trois fenêtres dont les volets avaient été rabattus. Mako s'approcha de la porte et tendit l'oreille. Il entendit le son étouffé de plusieurs voix d'hommes. Impossible de distinguer les paroles. Mako entreprit de tourner tout doucement la poignée de la porte en retenant son souffle. Il pria pour que la serrure n'ait pas été verrouillée. Un petit clic lui indiqua que le pêne s'était retiré de son logement. À cet instant, Mako réalisa que la conversation s'était tue à l'intérieur de la pièce. Advienne que pourra. Il donna un violent coup d'épaule dans le battant, qui s'ouvrit avec fracas devant lui. Il se rua à l'intérieur, le colt 45 braqué devant lui. Il se retint de justesse de hurler « Police » ! En une fraction de seconde il distingua une pièce au plafond bas, chichement éclairée par une lampe à gaz. Au milieu de la pièce se trouvait une vaste table sur laquelle reposait un corps inanimé. Deux hommes pétrifiés le considéraient d'un air stupéfait. Xhemi était l'un d'eux. L'autre, c'était l'un des deux types costauds qui avaient participé à la livraison.

— Personne ne bouge ! hurla Mako, visant à tour de rôle les deux hommes.

Ceux-ci levèrent docilement les bras. Xhemi avait maintenant un petit sourire ironique aux lèvres. Mako reconnut le type allongé sur la table : il s'agissait du sbire qui avait flingué Vincent. Il n'avait pas survécu au tir groupé de Mako dans son dos. Le cadavre énorme gisait comme un cétacé échoué sur une plage. La présence d'une trousse de secours et une quantité impressionnante de chiffons imbibés de sang témoignaient d'une tentative désespérée de Xhemi et de ses comparses pour sauver leur camarade. Dans un coin de la pièce se trouvaient le sac à dos que portait Sofiane au moment de son enlèvement et un grand sac noir dont la fermeture Éclair, en partie ouverte, laissait apparaître des paquets en forme de brique. « La cocaïne », songea Mako.

— Où sont les autres ? demanda-t-il.

— Juste derrière, fit Léo que le sourire ironique n'avait pas quitté.

Mako n'eut pas le temps de se retourner.

Une détonation assourdissante résonna dans la pièce et, simultanément, il ressentit un impact dans le dos d'une violence incroyable qui le propulsa en avant sur la table. Mako, déséquilibré, tenta désespérément de se retenir au cadavre, qui l'accompagna dans sa chute. Le policier tournoya et heurta le sol du dos. Une douleur épouvantable se répandit dans son échine, menaçant de le faire défaillir. Il sentit le corps énorme et sanguinolent glisser pour finir par s'écraser sur lui. La table bascula à son tour avec fracas. Une odeur écœurante de merde, d'urine et de sang mêlés le prit à la gorge. À moitié assommé, Mako plissa les yeux et distingua un type dans l'ombre, derrière la porte, armé d'un fusil à pompe. Le tireur arrosa Mako d'un feu nourri. Mako se colla contre le cadavre, qui reçut à sa place trois balles à sanglier. Des bouts de viande grasse giclèrent dans la pièce. Une odeur âcre de cordite se répandit dans l'atmosphère. Léo et son sbire s'étaient reculés. Le tireur faisait feu en avançant en direction du couple grotesque formé par Mako et le cadavre de l'obèse, empêtrés. Le chef des Kosovars hurla :

– Arrête, Eddin, bordel !

Le tireur, tout proche, braquait son fusil sur Mako. Une fraction de seconde, il détourna son attention, pour jeter un œil à son chef. Mako savait qu'il n'aurait pas d'autre chance. Il leva le 45 que, par chance, il n'avait pas lâché dans sa chute et ouvrit le feu sur le type au fusil. Trop bas. Gênée par le corps de l'obèse, sa première balle toucha le type à la cuisse. La jambe du Kosovar se déroba sous lui, il tomba sur son genou valide en hurlant. Mako visa et pressa la détente. La balle de gros calibre fit exploser la tête du type. Le Kosovar s'écroula. Mako rua pour se dégager de l'emprise du cadavre de l'obèse. Dans un effort surhumain et avec un han de bûcheron, il parvint à faire basculer le quintal et demi de viande morte. Trop tard cependant. Le comparse de Léo se ruait sur lui et shootait comme un footballeur dans la main du policier, celle armée du 45. Le pistolet valdingua dans la pièce. Le sbire dégaina un CZ 9 mm qu'il braqua sur la tête de Mako.

– Bravo, Shaban, déclara Léo d'un air satisfait.

Le policier se releva, hagard. Il grimaça de douleur. Son dos le faisait atrocement souffrir.

Le canon du pistolet de Shaban vint toucher la poitrine de Mako, rencontrant une résistance anormale.

– Il porte un gilet pare-balles, déclara le Kosovar.

Léo considéra le policier qui se relevait avec la bienveillance amusée du chat pour une proie récalcitrante.

– Jamais, on ne m'aura autant cassé les couilles. Tu as rectifié Vloran, Driss, Eddin, et j'imagine que Malan…

– Si tu t'inquiètes pour le mec qui était censé monter la garde à l'extérieur, je dois avouer qu'il n'est pas au mieux de sa forme, ricana méchamment Mako en titubant.

– Butons cet enculé et filons avant que ses copains débarquent.

– Parce que tu t'imagines peut-être qu'il est venu accompagné ? Non, c'est personnel, n'est-ce pas, petit poulet ? C'est une vendetta.

– Mais pourquoi ? demanda Shaban, interloqué.

– Il est comme nous, il obéit à son propre *kanun*. Peu importe ses raisons, un homme se définit par ses actes.

– Je ne suis pas comme vous, gronda Mako avec répugnance.

Léo sourit.

– Tu as raison, mon ami. En fait, toi, tu es déjà un cadavre.

Mako haussa les épaules, indifférent.

– Peu importe, il y a longtemps que je suis mort et tu ne peux pas me tuer deux fois.

Le policier se tourna vers Shaban.

– Vas-y, fais-le, tête de nœud, tire ! gronda-t-il, les yeux étincelants.

Shaban jeta un regard interrogateur à son chef.

– Qu'est-ce que je fais ? On pourrait avoir besoin d'un flic comme otage, qu'est-ce que t'en penses ?

– On va le buter, répondit fermement Léo, mais avant, je veux qu'il sache que nous avons compris comment il a eu l'adresse de la ferme. Dès qu'on en aura fini avec toi, on s'occupera de la petite pute et de son chiard.

Les poings de Mako se crispèrent convulsivement.

– Espèce de...

Mais déjà le doigt de Shaban se crispait sur la détente du CZ. Une détonation claqua dans la pièce. Instinctivement le policier ferma les yeux. Il ressentit une vive douleur à la pommette gauche et dans le cou. Lorsqu'il rouvrit les yeux, la quasi-totalité de la tête de Shaban était manquante. Le corps s'effondra comme une marionnette dont on aurait coupé les fils. Mako était couvert de fragments humains, cervelle, os et sang mêlés. Deux esquilles s'étaient plantées dans le visage et le cou du policier. Le policier arracha les débris en râlant de dégoût. Il n'avait aucune autre blessure sérieuse. Dans l'ouverture de la porte, un homme tenait un fusil de chasse fumant dans les mains. Il était grand et maigre. Au milieu d'un visage osseux, ses yeux de chat luisaient d'un éclat malsain.

– Toc, toc ! Pardonnez cette entrée un peu cavalière et ce manque de savoir... vivre.

Léo reculait au fond de la pièce vers une porte close donnant manifestement accès à l'extérieur de la ferme.

– Mais, putain, qu'est-ce que c'est que ce bordel, encore ?

Le Kosovar se déplaçait doucement, manœuvrant de

façon à positionner Mako dans la ligne de tir du nouvel arrivant.

– C'est la cavalerie. Toi ! le flic, écarte-toi.

Mais c'était déjà trop tard. À une vitesse invraisemblable, d'un geste d'une fluidité incroyable, Léo dégaina un pistolet automatique qu'il portait sous son pull-over, glissé dans son ceinturon. Le type au fusil hésita une fraction de seconde, gêné par Mako. Celui-ci plongeait derrière la table quand claquèrent plusieurs coups de feu et une détonation retentissante. Le type au fusil s'effondra, touché à la hanche et au ventre. Il avait riposté, mais son tir avait fait voler le plâtre du plafond. Léo, indemne, arrosa Mako en hurlant de rage. Les 9 mm se perdirent dans le bois épais de la table, faisant sauter des échardes dans toute la pièce. La culasse du Kosovar cliqua, retenue en position arrière. Le chargeur du pistolet était vide. Allongé sur le pas de la porte, le type au fusil pressait ses mains jointes sur son ventre. À l'extérieur résonnait le son de la course d'une ou plusieurs personnes se rapprochant. Un cri retentit.

– Pic à glace !

Léo jeta son arme inutilisable et se rua sur la porte arrière. Il l'ouvrit violemment et disparut dans la nuit. Mako se leva et se jeta vers l'ouverture. Passé la porte, il se retrouva dans une nuit d'encre sous la pluie battante. Il distingua la silhouette du Kosovar courant en direction du bois tout proche. Mako se lança à la poursuite de Léo. Il courut à perdre haleine. Son dos lui faisait un mal de chien. Des gouttes de pluie martelaient son visage, se mêlant à ses larmes de souffrance et de désespoir. Le fugitif disparut à la lisière. Mako redoubla d'effort et parvint rapidement dans le sous-bois. Par chance, Léo était vêtu d'un pull de couleur blanche qui faisait de lui une cible facile à suivre. Mako accéléra encore, pétri d'angoisse à l'idée de le perdre. Des ronces déchirèrent son visage, mais il n'y prit pas garde. Un air saturé d'humus et de végétaux en décomposition emplissait ses poumons martyrisés. Il accéléra encore, à l'agonie, slalomant entre les arbres. Mais il gagnait du terrain, imperceptiblement d'abord, puis de plus en plus. Bientôt, il ne fut plus qu'à quelques mètres derrière Léo. Celui-ci tourna la tête en arrière, alerté par le bruit lourd de la foulée du policier. Mako allongea juste la jambe pour crocheter l'un des pieds du Kosovar. Celui-ci trébucha, tenta de se rattraper, mais finit par chuter. Il se réceptionna par une roulade et se releva souplement, faisant face à Mako. Le policier haletait, à la limite de l'apoplexie. Toujours en garder sous le pied, ne jamais aller au fond, c'était la règle de sécurité qu'il s'était toujours imposée et qu'il n'avait pas respectée cette fois-ci. Léo souriait, il ne semblait pas avoir souffert de la course, lui, constata le policier avec amertume.

– T'es encore là ? Putain, mais qu'est-ce que tu veux ?

Mako essayait désespérément de reprendre son souffle. Il ouvrit son blouson qu'il jeta au sol, arracha les scratchs en Velcro de son gilet pare-balles. Lorsqu'il le retira, le mouvement provoqua une douleur terrible dans son dos, irradiant jusque dans ses flancs. « Les côtes, songea-t-il, cassées... au moins deux. »

Léo le considérait avec intérêt.

– Ça fait mal ? Attends de voir la suite.

Il s'avança tranquillement vers le policier, sûr de son fait. Mako ne vit pas venir le coup. Le poing du Kosovar était parti à une vitesse stupéfiante et vint le cueillir à la mâchoire. Sonné, il recula de deux pas en s'ébrouant. Le second coup l'atteignit à la tempe, et pendant quelques secondes ses genoux flageolèrent. Il craignit de perdre conscience, mais, au prix d'un effort considérable, il parvint à rester debout. Il leva ses poings dans une attitude dérisoire de garde, pendant que Léo tournait autour de lui avec le sourire du prédateur s'amusant de sa proie. La pluie avait cessé de tomber et les nuages s'écartèrent juste ce qu'il fallait pour qu'un rayon de lune vienne éclairer la scène.

– Je ne pense pas être sadique, fit-il avec un petit rire de gorge, mais là, je dois avouer que je vais éprouver du plaisir à te faire souffrir… avant de te tuer.

Un direct supersonique atteignit Mako au plexus, bloquant la respiration du policier. Il tomba à genoux, tentant vainement de reprendre son souffle, de faire entrer un peu d'air humide dans ses poumons qui en manquaient déjà. Un coup de pied précis, terrible et vengeur le cueillit à la face, faisant exploser son nez et craquer quelques dents. Mako s'effondra, la face sanglante, dans la terre humide et fraîche. Il parvint à prendre appui sur ses mains et se releva péniblement. Léo considérait son adversaire avec un rien d'étonnement.

– Tu en veux encore ? Je dois reconnaître que tu es combatif pour un petit flic. Mais, en ce qui me concerne, je n'ai pas toute la nuit.

Il souleva la jambe droite de son pantalon, faisant apparaître un étui en cordura attaché à sa cheville, qui contenait un poignard commando. Il sortit lentement la lame de son étui avec un sourire mauvais. « Cette fois c'est la fin », pensa Mako, que la perspective de la mort n'effrayait pas. Il savait Irina et Luan hors d'atteinte du Kosovar. Ce dernier n'avait plus de réseau, il était en fuite avec à ses trousses toute la police française. Il aurait d'autres chats à fouetter que de prendre le risque exorbitant d'une vengeance stérile. Léo fut sur lui en un bond, bizarrement la lune brilla sur la lame du poignard, donnant à la scène un éclat presque surnaturel. Mako essaya de bloquer l'attaque. Dans un acte réflexe désespéré, il parvint à saisir le poignet du Kosovar armé du couteau. Léo s'agrippa à lui, poussant de toutes ses forces pour faire pénétrer la lame dans le ventre du policier. Il s'agrippait de la main gauche à la nuque de Mako et tirait à lui en grognant.

– Crève, mais crève, bordel !

Mako engagea toutes les ressources qui lui restaient pour le repousser et, inexorablement, la lame se mit à reculer. Léo grogna de rage et passa sa jambe droite derrière celle de Mako, la crochetant. Il poussa en avant. Les deux hommes tombèrent au sol. Une plainte terrible sortit de la bouche du policier lorsque la lame, sous la poussée et le poids conjugués du Kosovar, lui déchira les entrailles. Une douleur incommensurable se répandit dans son ventre, lui arrachant des larmes de souffrance. Il sentit la pression se relâcher tandis que Léo essayait de se redresser, un sourire satisfait aux lèvres. Il relâcha sa vigilance, une fraction de seconde. Mako en profita. Un hurlement concentrant toute sa rage, son désespoir et sa souffrance jaillit de sa bouche. Il frappa du poing en visant la gorge de Léo. Il sentit la tête des quatre métacarpiens écraser la trachée-artère de son adversaire, broyant les cartilages. Léo se redressa brutalement, ses mains crispées autour de sa gorge, la bouche grande ouverte sur un cri muet, essayant désespérément d'avaler une goulée d'air. Il tituba dans la lumière diaphane de la lune, comme un danseur ivre. Mako tenta de se redresser, mais la douleur dans son ventre lui arracha un gémissement.

Il renonçait lorsque, soudain, il vit apparaître une silhouette fantomatique juste derrière le Kosovar chancelant. La silhouette brandit un objet de forme longue, légèrement oblongue et l'abattit violemment sur la nuque de Léo. Ce dernier fut propulsé au sol par la violence du coup. La silhouette sombre s'avança dans le rayon de lune. Karim, le visage fermé, tenait à la main une batte de base-ball. Il s'approcha du corps inanimé et le retourna. Et là, froidement il leva la batte et fracassa la tête du Kosovar. Le bruit sec de la boîte crânienne éclatant résonna atrocement dans le sous-bois. Il leva encore et encore la batte, broyant, écrasant, faisant gicler sang, cervelle et os éclaté. Il s'arrêta enfin et respira profondément comme s'il avait exécuté sa sinistre tâche en apnée. Karim laissa tomber la batte de base-ball et s'approcha de Mako. Le policier porta la main sur la garde du poignard figé dans son ventre et ferma les yeux.

– À ta place, je ne ferais pas cela, dit le Kabyle.

Mako arracha le poignard en hurlant, un sang noir, épais gicla et coula le long de ses flancs pour aller nourrir la terre grasse. Son bras retomba, sans force, laissant échapper le poignard qui roula dans l'herbe. Karim s'assit à côté de lui, il sortit un paquet de cigarettes de sa poche et s'en alluma une. Il la tendit à Mako.

– Non, merci, je viens d'arrêter, déclara le policier en haletant.

Il sentait la vie s'échapper de lui doucement, inexorablement.

Karim porta la cigarette à sa bouche et aspira la fumée avec volupté.

— Moi aussi, je devrais arrêter. Je vais bientôt être père.

— Félicitations.

— Merci. J'espère qu'il aura une belle vie, loin de tout ce bordel.

— J'espère aussi.

Mako hésita un bref instant.

— Je suis navré pour ton frère, c'est moche...

Karim hocha la tête.

— J'ai toujours imaginé que la vie était ce que l'on en faisait, qu'on était libre de choisir sa route. Je suppose que je me plantais. Tout est écrit. La vie, c'est une putain de malédiction. À la naissance, on distribue les cartes pour toi et tu dois te démerder avec le jeu qu'on t'a refilé. Y'a pas de seconde donne. Sofiane avait une mauvaise main, depuis le début...

Il se tourna vers Mako. Le policier gisait, immobile, dans une mare de sang. Ses traits semblaient apaisés.

XXIII

Il émergea dans un monde ouaté, blanc et silencieux. Pas tout à fait. On chuchotait tout près de lui. Il se sentait nauséeux et la tête lui tournait un tantinet. Il était allongé et lorsqu'il voulut se redresser pour mieux y voir, une douleur atroce au ventre fit avorter toute velléité de continuer. Il se laissa retomber sur l'oreiller. Il tourna la tête à gauche pour discerner, au travers des brumes persistantes de sa vision, une femme vêtue d'une blouse blanche, lui tournant le dos. Elle s'affairait autour d'une grosse machine électronique clignotante comme un juke-box. Il parvint à se pencher un peu en avant et, incapable de parler, leva la main pour attirer l'attention de la femme. En vain.

– Nathalie… parvint-il enfin à murmurer.

Les chuchotements cessèrent au bout de la pièce. La femme se retourna et lui sourit.

– Je m'appelle Bénédicte, monsieur Makovski, je suis infirmière.

– Où suis-je? coassa-t-il.

– Vous êtes à l'hôpital, en service de réanimation. Vous avez été blessé au ventre. C'était très sérieux. Vous nous avez fait faire du souci, le gourmanda-t-elle gentiment. On vous a opéré hier matin. Ça s'est bien passé, votre état ne nous inspire plus d'inquiétude. Comment vous sentez-vous ?

– Super... grogna-t-il, qu'est-ce que j'ai ?

– Vous avez reçu un coup de couteau à l'abdomen qui a percé les intestins, sans pour autant toucher d'organes vitaux. La blessure a cependant provoqué une importante hémorragie, qui aurait pu avoir des conséquences... disons, définitives.

Mako se demanda pour quelle obscure raison le corps médical répugnait autant à évoquer la mort devant ses patients.

– Vous avez aussi subi un important traumatisme dans le dos. Quatre vertèbres ont été déplacées et vous avez trois côtes cassées. Enfin et pour en finir, vous souffrez d'un léger traumatisme crânien au niveau de la tempe gauche, votre corps est constellé de contusions plus ou moins importantes, dont certaines datent d'ailleurs de plusieurs jours. Ah... j'allais oublier, il vous manque désormais deux dents, ne me demandez pas lesquelles, je ne sais plus.

Mako fit mine de réfléchir.

– Et à part ça ?

L'infirmière explosa de rire.

– À part ça, vous êtes en pleine forme.

Son visage se ferma soudain et elle désigna le fond de la pièce.

– Ces messieurs souhaitent avoir un entretien avec vous, j'ai tout d'abord refusé, car vous avez besoin de repos, mais ils ont insisté. L'un d'eux se prétend votre ami.

Cette fois-ci Mako parvint à se redresser pour voir deux hommes assis au fond de la chambre. Ils se levèrent à l'unisson et s'approchèrent. Le policier reconnut instantanément le premier, c'était Paul. L'autre, Mako ne l'avait jamais rencontré. Il était de taille moyenne, vêtu d'un costume simple, mais manifestement coûteux. La mise et le maintien indiquaient l'homme de pouvoir, habitué à être obéi.

– Merci, madame, fit l'inconnu.

Il attendit quelques secondes en silence, donnant implicitement son congé à l'infirmière. Celle-ci le toisa et se tourna vers Mako.

– N'oubliez pas que vous devez vous reposer. Si vous avez besoin de quoi que ce soit, appuyez sur le bouton et l'on viendra.

Elle se tourna vers Paul.

– Pas plus de cinq minutes.

Paul hocha la tête et regarda la jeune femme sortir. Il se tourna vers Mako.

– Quel tempérament ! T'as plutôt intérêt à suivre ses prescriptions sans broncher…

– Moi, je la trouve sympa.

Paul se racla la gorge, il hésita un bref instant. Il désigna le type qui l'accompagnait.

– Mako, je te présente le colonel Lefèvre de la Direction du renseignement militaire.

Le militaire inclina la tête. Mako garda le silence.

– Il connaissait Xhemi, poursuivit Paul.

Mako leva un sourcil.

– Tiens donc ? C'était un de vos amis ?

Lefèvre sourit.

– Pas exactement, disons qu'il nous était parfois utile.

– Utile ? Au point d'ignorer la nature de ses activités ?

– Cette relation que nous avons entretenue avec

Léotrim Xhemi a probablement sauvé la vie de plusieurs dizaines de soldats français combattant au Kosovo...

– Et combien d'innocentes en a-t-elle brisées en France ou ailleurs ? Vous me donnez envie de dégueuler, gronda Mako.

Il réfléchit un court instant, son visage s'éclaira soudain.

– Les types qui m'ont tabassé devant la planque de Vidic, c'étaient vos barbouzes, n'est-ce pas ?

– Je n'ai pas donné personnellement cet ordre...

– Paul, fais sortir cet enculé de ma chambre, gronda Mako, la main crispée sur son ventre.

La douleur avait tendance à se réveiller sous l'effet de la colère. Paul leva une main apaisante.

– Doucement, Mako, Lefèvre n'est pas venu en ennemi et on a besoin de lui.

– On ?

– Oui, on ! On est dans la merde, tous les deux. T'as foutu un vrai bordel. T'as buté beaucoup de monde dans cette histoire...

– C'est mon côté soupe au lait, marmonna Mako.

Il se rappela soudain la présence de Karim à ses côtés, juste avant qu'il perde connaissance.

– Mais je comprends mieux maintenant, poursuivit-il, acerbe, tu ne veux pas que le prophète plonge avec moi, c'est cela ?

Paul blêmit.

– T'es injuste, et puis tu ignores un élément.

– Ah oui, et lequel ?

– Je t'ai couvert pour Vidic et son pseudo-accident de voiture. Je suis impliqué, moi aussi.

Mako soupira, étonné.

– Comment t'as su ?

– C'était pas très compliqué, n'oublie pas que je suis un flic de l'ancienne école, et pas le plus mauvais.

Lefèvre toussa.

– Pardonnez mon immixtion dans vos touchantes histoires de famille, mais on a un problème à résoudre.

– Il est toujours là, celui-là ? demanda Mako.

– On dirait bien que oui, répondit Paul.

Le militaire fit mine d'ignorer l'échange. Il consulta sa montre.

– Bon, pour gagner du temps, sachez qu'à cette heure mes hommes ont dû finir de faire disparaître toute trace de votre, euh… altercation dans la ferme. Et Dieu sait que cela n'a pas dû être facile.

– Je n'étais pas seul sur place, il y avait Karim et un autre type, grand, maigre, une gueule de croque-mort. Il s'est fait plomber par Xhemi.

– Il est dans une clinique discrète, spécialisée dans le traitement des blessures par arme à feu, il devrait s'en sortir. En fait, ce qui arrangerait tout le monde, c'est que cette… explication que vous avez eue avec le gang Xhemi n'ait jamais eu lieu. Vous pourriez par exemple avoir eu un accident de moto. Ce serait la version officielle.

Mako réfléchit.

– En fait, c'est ça ou les assises, n'est-ce pas ?

– À peu près, oui. N'oublie pas que tu n'es pas seul dans la galère, je risque pas mal d'emmerdes pour t'avoir couvert, dit Paul.

Mako soupira.

– D'accord, j'ai eu un accident de moto, si ça arrange tout le monde.

– Vous en premier, riposta Lefèvre.

– C'est juste, concéda Mako.

Un ange passa.

— Maintenant qu'on est d'accord sur l'essentiel, peut-être pourriez-vous nous laisser entre collègues, mon colonel, dit Paul, après quelques instants.

— Soit, si vous le souhaitez.

Le militaire sortit de la chambre, un air soupçonneux sur le visage. Il claqua la porte.

— Quel parano ! Trop de conspiration rend con, fit Paul.

— T'avais quelque chose à me dire dans l'intimité ? demanda Mako.

Paul soupira, il regardait par la fenêtre la nuit engloutir la banlieue. L'éclairage public, les feux des véhicules circulants, les ampoules scintillantes des appartements formaient une constellation de lumières naissantes, miroir tragique d'un ciel sale et stérile. « Les étoiles sont tombées en bas », songea-t-il.

— Je voulais te présenter des excuses. Si j'avais interpellé Xhemi et Vidic devant leur planque, rien de tout cela ne serait arrivé.

— Ne t'excuse pas.

— Je n'aime pas ce que je suis devenu. Ma copine non plus d'ailleurs, elle m'a quitté.

Mako, gêné, hocha la tête.

— Karim m'a sauvé la vie, s'empressa-t-il de poursuivre.

— Je sais, il m'a appelé. Il voulait venger la mort de Sofiane. Il savait que tu étais après Vidic et Xhemi. Tu étais sa seule chance de remonter jusqu'à l'assassin de son frère. Il t'a filoché jusqu'à la ferme.

— Décidément c'est une manie, fit Mako avec un soupçon d'amertume dans la voix.

— Après son coup de fil, j'ai provoqué l'arrivée des

secours et je me suis rendu sur place. Par chance, Lefèvre a pu arranger une version crédible avec les pompiers. Ils n'ont pas bronché, après tout ce sont des militaires, eux aussi.

– Il est utile, ce Lefèvre.

Paul sourit.

– Bon, il faut que j'y aille.

– Juste une seconde, Paul, fit Mako, l'air préoccupé.

– Oui ?

– Est-ce que Vincent…

– Il est sorti d'affaire même si ça n'est pas passé loin. Il est dans le même service que toi, en réanimation, mais je crois savoir qu'il monte dans les étages pour une chambre classique demain matin. Je vais lui rendre une petite visite de ce pas. J'en profiterai pour lui dire que vous êtes voisins.

– Oui, fais ça.

Paul entrouvrit la porte puis marqua une pause et se retourna.

– Au fait, dans la ferme on a retrouvé la coke. On a fait un joli feu de joie.

Il sortit et referma la porte sur lui.

Mako songea que son collègue n'avait pas évoqué l'argent. Il revit en mémoire le sac à dos de Sofiane.

– Sacré Karim !

Il sombra dans un sommeil profond et sans rêves.

Elle attendait sur le quai de la gare, vêtue d'un jeans court, d'une paire de bottes en cuir et d'un blouson teddy au col en fausse fourrure. Elle avait l'air un peu perdue. Luan jouait au milieu des voyageurs avec un chariot de bagages sur lequel s'entassaient deux valises et un gros sac de sport. Irina le gronda gentiment. Mako s'approcha en marchant doucement. Il se sentait encore faible et une douleur lancinante irradiait dans ses entrailles, surtout lorsqu'il restait trop longtemps debout. Il avait la bouche sèche et son cœur battait la chamade. Il se demanda si les médicaments qu'il prenait pouvaient en être la cause. Elle l'aperçut enfin et un sourire illumina son visage. Elle s'avança à sa rencontre. Ils s'arrêtèrent à un pas de distance l'un de l'autre. Ils se dévisagèrent et, après un court instant, s'étreignirent. Mako plongea son nez dans la fourrure synthétique imprégnée du parfum d'Irina. Il huma avec délice en ignorant l'élancement que provoquait l'étreinte. Lorsqu'ils parvinrent finalement à s'arracher l'un à l'autre, ils se dévisagèrent à nouveau. Luan les observait à distance, intrigué. Ce fut elle qui rompit le silence en premier.

– Tu as une mine épouvantable.

– J'ai dû signer une décharge pour pouvoir sortir, ils ne voulaient pas que je quitte ma chambre.

Elle le considéra d'un air grave.

– Tu n'en fais qu'à ta tête.

– Depuis toujours, et je ne suis pas près de changer, cela m'a tellement réussi jusqu'à présent.

Elle sourit et pendant une fraction de seconde, autant dire une éternité, il fut au paradis.

Luan s'approcha et tira Mako par la manche de son blouson.

– Dis, tu es le copain de maman ?
– Un ami seulement, mon grand.
– C'est toi qui as une grosse moto ?
– Heu, oui, c'est moi…

– Luan, laisse-nous tranquilles, nous avons à parler entre adultes, déclara Irina d'un air amusé.

Le garçon soupira et s'éloigna en maugréant, la tête basse. Mako entendit fuser un « c'est pas juste ».

– Bon, donne-moi des nouvelles de ton jeune collègue, celui qui a été blessé, reprit-elle.

– Il va mieux mais il a subi deux opérations à l'épaule. Les médecins disent qu'il devrait recouvrer la presque totalité de la mobilité de son bras. Il va être nommé brigadier au feu et, normalement, il pourra obtenir une affectation prioritaire pour la Martinique.

Irina hocha la tête.

– Tu dois être soulagé. Qu'est-ce qui va se passer pour toi ?

– Je m'en tire pas trop mal si on considère le fait que je pourrais dormir à Fresnes. Je dois passer en conseil de discipline le mois prochain, on parle de révocation…

– Ce serait grave pour toi, de perdre ton boulot ?

Il soupira, fataliste.

– Je ne sais rien faire d'autre. Mais, assez parlé de moi. Tu es prête pour un nouveau départ ?

– Autant qu'on peut l'être.

Elle fit un signe en direction du chariot à bagages et de Luan assis contre, l'air boudeur.

– Il y a là toute ma vie. Ce n'est pas grand-chose et c'est énorme tout à la fois.

Mako jeta un œil au wagon stationnant sur la voie, le long du quai. Il lut le panneau sur le flanc de la voiture la plus proche.

– Alors, ce sera Aix-en-Provence, constata-t-il.

– Une association m'a dégotté un job à mi-temps dans une clinique vétérinaire comme secrétaire. Comme cela, j'aurai le temps de reprendre mes études. Je vais m'inscrire à la fac de lettres.

Autour d'eux les gens se pressaient pour monter dans le train. Un manutentionnaire de la SNCF entreprit de monter les bagages d'Irina dans la voiture située à leur niveau. Les haut-parleurs annoncèrent le départ imminent du train à destination d'Aix-en-Provence. Luan monta dans la voiture et, par la porte béante, appela sa mère.

– Vite, maman, le train va partir.

Irina se colla contre Mako, l'embrassa sur la joue puis glissa jusqu'à sa bouche. Ils s'embrassèrent désespérément. Ses lèvres étaient fraîches. Elle avait le goût du printemps. Elle s'esquiva enfin sans qu'il pût la retenir et monta dans le train. Les portes se refermèrent alors qu'elle lui envoyait un dernier baiser. Il s'approcha des vitres fumées de la voiture et put ainsi suivre leur progression jusqu'à ce que la mère et le fils s'asseyent. Il sursauta lorsque le son aigu du sifflet du chef de gare malmena ses tympans. La voiture démarra doucement. Irina lui souriait et Luan lui fit signe de la main. Il resta là, sans bouger, longtemps après que le train eut disparu au bout de la voie ferrée. Lorsqu'il put se résoudre à rentrer, il réalisa que, de toute façon, personne ne l'attendait. Sa blessure s'était rouverte, un liquide chaud et poisseux imbibait son tee-shirt. Le trille joyeux d'un oiseau perça le vacarme ambiant de la gare. Cette fois, c'était sûr, le printemps était bien là.

REMERCIEMENTS

Remerciements à Philippe, Éric et Pierre pour leur aide et leur amitié sans faille. Merci à toi, Nicolas, pour ton honnêteté.

Mille mercis à Josiane pour son aide.

*Du même auteur
chez le même éditeur :*

Le Roi des crânes, 2010.

Le Livre de Poche — www.livredepoche.com

- le **catalogue** en ligne et les dernières parutions
- des **suggestions de lecture** par des libraires
- une **actualité éditoriale permanente** : interviews d'auteurs, extraits audio et vidéo, dépêches…
- **votre carnet de lecture** personnalisable
- des **espaces professionnels** dédiés aux journalistes, aux enseignants et aux documentalistes

Composition réalisée par IGS-CP

Achevé d'imprimer en février 2010 en Espagne par
LITOGRAFIA ROSÉS S.A.
08850 Gavà
Dépôt légal 1re publication : mars 2010
LIBRAIRIE GÉNÉRALE FRANÇAISE - 31, rue de Fleurus - 75278 Paris Cedex 06

31/2859/2